古典詩歌研究彙刊

第十六輯

龔鵬程 主編

第 4 冊

唐詩漢代人物研究（上）

李 淑 婷 著

國家圖書館出版品預行編目資料

唐詩漢代人物研究（上）／李淑婷 著 -- 初版 -- 新北市：花木
蘭文化出版社，2014〔民103〕
目 2+182 面；17×24 公分
（古典詩歌研究彙刊 第十六輯；第 4 冊）
ISBN 978-986-322-822-6（精裝）
1.唐詩 2.詩評

820.91   103013515

ISBN-978-986-322-822-6

9 789863 228226

古典詩歌研究彙刊
第十六輯　第四冊　　　　　　　ISBN：978-986-322-822-6

唐詩漢代人物研究（上）

作　　　者　李淑婷
主　　　編　龔鵬程
總 編 輯　杜潔祥
副總編輯　楊嘉樂
編　　　輯　許郁翎
出　　　版　花木蘭文化出版社
社　　　長　高小娟
聯絡地址　235 新北市中和區中安街七二號十三樓
　　　　　　電話：02-2923-1455／傳真：02-2923-1452
網　　　址　http://www.huamulan.tw 信箱 hml810518@gmail.com
印　　　刷　普羅文化出版廣告事業
初　　　版　2014 年 9 月
定　　　價　第十六輯 21 冊（精裝）新台幣 32,000 元
版權所有·請勿翻印

唐詩漢代人物研究（上）

李淑婷　著

作者簡介

李淑婷，臺灣省屏東人。國立中正大學中國文學研究所碩士，現任桃園縣立觀音高中專任教師。自幼秉承父教及家學，研究方向以古典詩學為主，並交融高中國文為教材；撰有〈杜甫詩中「鬼」意象──與唐傳奇中的離魂記〉、〈唐代社會下的三吏三別〉並與蕭蕭、白靈等人合著爾雅作文書《悅讀王鼎鈞──通澈文心》、《悅讀琦君──筆燦麒麟》、《悅讀余秋雨──生命譜新曲》等三書。

提　　要

　　漢、唐是中國二個文明的代表朝代，然雖相隔幾個世紀之遠，其際寓卻有著彼此相近之感。冥冥中的巧合，讓喜探討歷史遺跡的唐人，為漢人寫下無數詩篇。唐人以「以漢喻唐」的傳統，亦使詩篇有著時代意義。唐人寫漢代人物於詩作數而言，以賈誼、漢武帝居首；由詩作寫作手法而言，有自比身世、比喻時代，有歌功頌德、出言諷刺，皆傳達出不同的主題意義。而由詩作數量與寫作手法中可以發現，由此亦看出唐詩人與唐時代的幾個問題：（一）君臣相處問題：如詩中相關的韓信與高祖、賈誼與文帝之詩作。（二）文人出處問題：如張良、商山四皓之相關詩作（三）唐人貶謫與唐代地域意象的問題，如：唐人貶謫詩作的湘水、長沙、蜀地的一再被提起。（四）唐人個人生命問題的呈現：詩中詩人刻意著墨於其中某些漢代人物。這些都是詩中得見的現象，而探詩其中所代表的意涵，也就更能看出漢、唐人物與時代之間的深層意義了。

目次

上 冊

第一章 緒 論 ……………………………………… 1
　第一節 研究動機 ………………………………… 1
　　第二節 研究範圍與研究方法 ………………… 3
　　第三節 研究回顧與文獻檢討 ………………… 10
第二章 唐代詠漢人物詩作綜論 ……………… 15
　　第一節 唐代詩歌分類──「詠史」、「懷古」、
　　　　　 「人物」詩 …………………………… 15
　　第二節 唐代詠漢人物詩作的表現特色 ……… 19
第三章 唐詩漢人物詩作分論（一）──「漢
　　　　 帝王」與「賈誼」 ……………………… 35
　　第一節 唐代詠漢武帝詩作的內容及主題……… 35
　　第二節 漢帝王──高祖、文帝 ……………… 40
　　第三節 唐代詠賈誼詩作的內容及主題 ……… 52
第四章 唐詩漢人物詩作分論（二）──唐代
　　　　 詠漢人物中的特出人物 ……………… 65
　　第一節 唐詩中漢人物「特出人物」──命運
　　　　　 多舛的韓信、李廣、司馬相如、馮唐、
　　　　　 揚雄、禰衡 ………………………… 65
　　第二節 理想欽慕人物──張良、商山四皓、
　　　　　 文翁、李膺 ………………………… 88
第五章 漢人物、地域與唐詩人 ……………… 115
　　第一節 漢代人物對唐代詩人的意義 ………… 116
　　第二節 「巴蜀」、「湘水」表現的唐人悲情…… 130
第六章 唐詩漢人物詩反映的唐代問題 ……… 149
　　第一節 漢帝王反映的唐代政治問題 ………… 149
　　第二節 唐代貶謫地域反映的問題 …………… 164
第七章 結 論 ……………………………………… 173

參考書目 ………………………………………… 177

下 冊

附 錄 ……………………………………………… 183

第一章　緒　論

第一節　研究動機

　　朝代的更迭替換，人事的變化無常，是人們艮古難解的疑問。哲學家以哲學思維來解說之，宗教家以人倫關懷來解答之，而文學家以主觀抒懷來解困，而史學家則從客觀史實來解惑。然此豈獨自思考就可得到真解？於是哲學家融合宗教的概念，文學家求諸歷史的安慰，自此文學、史學、哲學、歷史、地理雜合交融，中國人有的是複雜的文化精神，因此成就了一個五千年浩瀚無窮的中華文化。由於這麼複雜的人物、事件、歷史、地理、哲學各方面，蘊育了中國的文人，故歷代文人所寫下的詩詞歌賦也呈顯出多樣的複雜面貌。在一部中國文學史中，所含括的文學現象，也融合了史學、宗教、哲學、地理等多重背景。故詩文中可以敘事、論理、言志、諷刺、懷古、詠史，形成了文學的精神內涵與藝術的呈現。因此討論文學，要從多方面探討始能深究之。「漢、唐」是遠古歷史文明中最閃亮的兩顆星星。它們的出現照亮了中國上古以來的厚重塵霾，人類文明從此有了耀眼的一幕。

　　唐人的精髓可以說是唐詩。「髓」乃人體中最重要、最精華的部分，而「唐詩」之於唐即有這樣的地位。古來詩言志，自《詩經》、《楚

辭》以下中國詩歌的發展，經歷多朝在內容及形式上不斷地力求進
步，迄於唐代可以說是詩歌發展的極盛時期。唐人寫詩者上自帝王、
嬪妃、宰相、朝廷重臣、地方官吏〔註1〕，下至落第文人、貶謫之士、
僧人、女觀等都有詩作留存。而今觀唐詩者，可見清康熙朝曹寅主編
之《全唐詩》，所錄詩人約二千五百二十九人，而詩作約四萬二千八
百六十三首，加上近人陳尚君纂輯的《全唐詩補編》補收唐人詩作遺
稿，為數更多。由此可見詩在唐代的繁盛了。

　　而唐詩歌之時代表現，在政治上明顯可見，《唐詩與政治》一書
中即指出，詩歌是唐代君臣交游和政治生活中的重要內容。一般帝王
重視之並喜愛獎勵優秀詩人，而詩人的仕途亦與詩歌有關〔註2〕，此
外，君臣之間亦喜以詩作往來，互通情誼，如張說、蘇頲、沈佺期、
宋之問、王維、張九齡等都有應制詩留存。此外在開元、天寶以後，
唐以詩取士，使得詩歌之寫作，更為唐代士人所重。另詩又有諷諫與
納諫的傳統，這使得中唐以下的詩人得以針對時事，而傳達一己之意
見，故唐詩之盛，實有其特殊的時代背景。

　　唐人的精氣可以說是歷史。「氣」乃人體最主要的精神所在，而
「史」之於唐又實為其文化之要。中國史學發展到了唐代達到繁盛。
歷代有修史傳統，而唐居冠，如唐所修《晉書》、《梁書》、《陳書》、《北
齊書》、《周書》、《隋書》、《南史》、《北史》等史書，在二十五史中占
了約三分之一，足見其對史的重視。因此本論即以唐人擅長的詩歌，
與唐人重視的歷史，探討其中時代的深層問題與意義。

〔註1〕　據孫琴安著：《唐詩與政治》，上海：人民出版社，2003 年 7 月，頁
　　　　1～17。統計唐有帝號君主二十二人，其中有詩留的有十三人，占二
　　　　分之一多，而宰相有一百六十一位有詩作留存；而唐代重要的朝廷
　　　　命官有一百七十六位有詩作留存，地方官則有一百零六位有詩作留
　　　　存。
〔註2〕　孫琴安著：《唐詩與政治》，上海：人民出版社，2003 年 7 月，頁 19
　　　　～22。

第二節 研究範圍與研究方法

　　本論文以「唐詩」為主要研究範圍，主要研究目的則在觀察詩人述寫「漢代人物」〔註3〕之表現，冀能看出唐人在「宗漢」的文學傳統之下，其文學表現、代表意義，並欲審視出在此之下的唐代問題、唐文化，以至唐詩人的個別意義。而研究唐詩的版本，本論文以康熙年間刊行的《全唐詩》〔註4〕及近人補錄之《全唐詩補編》〔註5〕為主。至於《全唐詩》，本論文採 1986 年上海古籍出版社據揚州詩局本影印之版本〔註6〕，作為研究之文本。然由於《全唐詩》之詩作數量龐大，本論文除在文本上逐一檢閱詩作之外，亦運用了網路資源，如 1、陳郁夫主編「寒泉」之全唐詩系統〔註7〕。2、北京大學李鐸主編之全唐詩電子檢索系統〔註8〕。3、元智大學羅鳳珠主編之全唐詩檢索系統〔註9〕，作為輔助研究唐人詩作之用。

〔註 3〕　本論文在研究範圍上以前三史《史記》、《漢書》、《後漢書》的男性人物為主，其他女性人物如皇后、嬪妃、宮人等已有前人研究。參閱李映瑾《全唐詩宮廷婦女形象研究》，國立中正大學中國文學碩士論文，2003 年。

〔註 4〕　《全唐詩》，又稱《御定全唐詩》，唐五代詩總集。全書九百卷，目錄十二卷，共有詩 42863 首，作者 2529 人。《全唐詩》根據明代胡震亨編《唐音統籤》之 1033 卷，及清初季振宜《唐詩》之 717 卷為底本，參取內府所藏明吳琯《唐詩紀》等唐人總集、別集，加以編纂。

〔註 5〕　《全唐詩補編》，即近人王重民據敦煌材料，補餘詩 104 首輯成《補全唐詩》，另補詩 62 首輯成《敦煌唐人詩集殘卷》。另孫望輯《全唐詩補逸》20 卷，共錄詩 830 首，詩句 86 句。童養年輯《全唐詩續補遺》21 卷，錄詩 1000 餘首，詩句 330 餘句，根據上述四書中華書局輯成《全唐詩外編》，而近人陳尚君校定，在此之外，又增入其所輯逸詩 4000 餘首，編成《全唐詩續拾》，在附上《全唐詩外編》後，再合輯成書，是為《全唐詩補編》。

〔註 6〕　康熙為《全唐詩》設詩局於揚州，而此本即為據康熙揚州詩局本剪貼縮印。

〔註 7〕　寒泉網址：http://210.69.170.100/s25。

〔註 8〕　北京大學全唐詩檢索系統網址：http://chinese.pku.edu.cn/tang。

〔註 9〕　元智大學全唐詩檢索系統網址：http://cls.admin.yzu.edu.tw/QTS/HOME.HTM。

　　本論文由於從探討唐詩漢人物之表現，因此在不同的研究範圍上，採用了不同的研究方法，分述如下。

一、研究範圍

（一）唐代歷史

　　自古「史學」發展，即有「以史爲鑑」的傳統，《史記・太史公自序》司馬談告誡司馬遷云：「夫天下稱頌周公，言其能歌文、武之德，宣周、邵之風，達太王、王季之思慮，爰及公劉，以尊后稷也。幽、厲之後，王道缺，禮樂衰，孔子修舊起廢，論《詩》、《書》，作《春秋》，則學者至今則之。自獲麟以來四百有餘歲，而諸侯相兼，史記放絕。今漢興，海內一統，明主賢君忠臣死義之士，余爲太史而弗論載，廢天下之史文，余甚懼焉，汝其念哉！」司馬談認爲周公、孔子之所以爲人所稱頌和效法，是因爲他們用種種方式反映了時代的面貌〔註10〕，故而司馬遷著《史記》即言其目的在於「究天人之際，通古今之變，成一家之言」，而「以史爲鑑」遂成中國自來的文化傳統。唐代君臣更是重視這樣的觀念，如魏徵在《上太宗十思疏》即有「以史爲鑑可以知興替」之語，足見唐人對歷史的觀念，而史學盛行情況如：（A）頒詔：初唐從高祖到唐高宗，先後正式頒發了三篇修史詔書。（B）立史館。（C）增史科：唐代科舉考試有一史和三史兩科，據《舊唐書・穆宗紀》記載，三史科設置於長慶三年「諫議大夫殷侑奏禮部貢舉請三傳、三史科，從之。」〔註11〕，另外唐文宗於大

〔註10〕　參見楊海崢著：《漢唐史記研究論稿》，山東：齊魯書社，2003 年 6 月，頁 124。

〔註11〕　見《唐會要》卷七十六，殷侑之奏書：「歷代史書，皆記當時善惡，系以褒貶，垂裕勸戒。其司馬《史記》，班固、范煜兩《漢書》，音義詳明，懲惡勸善，並於六經，堪爲世教。伏惟國朝故事，國子學有文史直者，宏文館宏文生并試以《史記》、《兩漢書》、《三國志》。又有一史科。近日以來，史學都廢，至於有身處班列，朝廷舊章，昧而莫知，況乎前代之載，焉能知之？伏請置前件史科，每史問大義一百條，策三道，義通七。……三史皆通者，請錄奏聞，特加獎

和元年同意在科舉中「惟三史則超一資授官」。更使史學受到重視。
（D）史學地位的提升：中唐以後，經各方的努力，史學已提升到與
經學等同的地位。如殷侑所奏議的「併於六經」、以考查「通五經」
的方式來測通史者，並認爲通史者應享受與五經一樣的待遇，此已將
史學提升到與經學相同的地位了。〔註12〕因此唐代史學發展，實有其
繁盛的背景因素。

　　由於唐代史學地位的提升，使得歷史知識對唐人及唐文化有著
深植的效果。如在唐教育史料上，可見唐人在歷史知識上所受的薰
陶，現存的敦煌文獻中，一些教育史料如《免園策》之類的大眾讀
物，其中多數內容皆屬歷史知識。另《李氏蒙求》（伯271、5522）
是自中唐至北宋一部最爲流行的童蒙課本，據說是李瀚所撰。另唐
詩《蒙求》是以四字爲句，以歷史爲典，串連而成的詩，也可以作
爲唐人歷史知識豐富之証明。另《略出纂金》（伯2537、3650，《鳴
沙石室古籍叢殘影印本》第五冊），乃是一本類書筆記，而多爲歷史
典故的分類編纂。〔註13〕另一方面在一般的民間裏，亦受到此風影
響，民間文學出現了歷史故事的痕跡，如唐傳奇即有講史一類，像
杜光庭《虯髯客傳》即是以初唐史事爲主的故事，而李商隱《驕兒
詩》：「或謔張飛胡，或笑鄧艾吃。」也對三國人物作了生動的描述，
故而可見歷史人物故事在唐民間已漸普遍且具有影響力了。唐代小
自兒童，大如成人，下至一般大眾、文人，上如重臣、帝王等，對
於歷史知識的重視，由此可見一斑。

（二）唐代文學

　　唐代由於朝廷上下對史學的重視，加上一般大眾對於歷史知識
的廣博汲取，兩相交互的影響之下，當時人們對於過去發生的史跡

　　　攫。」
〔註12〕參見查屏球著：《史學與唐詩》，北京：商務印書館，2000年5月，
　　　　頁264。
〔註13〕同上註，頁264～265。

了解是很深刻的。而生活在這樣一個社會時代的文人、學者，對此更是受到極大的影響。中國自古史學與文學即難以劃分，先秦《尚書》、《左傳》、《國語》、《戰國策》的流傳研究，乃至兩漢司馬遷《史記》、班固《漢書》實錄漢代史事，迄後人以此爲範本而有歷朝正史的創作。史書的發達讓中國文學散文、傳記文學皆受其影響，而歷史朝代的更迭替換，則讓國人自早即有「無常」之感慨，中國哲學因而興起，而中國文學則多了感懷、傷逝、惜春、悲秋的文學主題。唐文學繼承傳統，加以史學知識的發達，唐代文人借史感懷之作也就更多了。因此，唐文學與史學是互相影響交融的：

1、文學多史學材料

在唐人重史的觀念之下，文學作品無論古文、詩作、傳奇，在寫作時往往大量運用史料，散文類除卻唐修史書之外，唐代一些知名文士也多寫過歷史人物評傳如：張九齡〈徐樨〉、高適〈董卓〉、劉禹錫〈華陀〉、李德裕〈張禹〉〈公孫弘〉、韓愈〈田橫〉、柳宗元〈終軍〉、羅隱〈梅福〉、杜牧〈荀彧〉、司空圖〈坑儒銘〉、皮日休〈賈誼〉等。〔註14〕而詩歌上中晚唐更是出現了大量的詠史詩作〔註15〕，如李商隱〈四皓廟〉、杜牧〈賈生〉、〈赤壁〉、許渾〈韓信廟〉等，造成中晚唐詩歌的特殊現象。而在唐一般的民間文學、小說傳奇或變文等更是可以找出以歷史人物或事件爲主題的相關作品。如傳奇中的〈長恨歌傳〉、〈虬髯客傳〉等，史傳變文有〈伍子胥變文〉、〈漢將王陵變文〉、〈王昭君變文〉等，由這些作品的呈現，可以發現在唐代文學中史料運用的普遍現象〔註16〕。因此，文學與歷史是互相交融的。

〔註14〕 明鄭賢撰：《史料六編古今人物論》，台北：廣文書局印行，民國63年6月。

〔註15〕 據統計，有唐一代約有詠史詩一四四二首，其中晚唐即有一○一四首，佔全唐詠史詩總數的百分之七十。王紅：〈試論晚唐詠史詩的悲劇審美特徵〉，《陝西師大學報（哲學社會科學版）》，1989年第三期，頁83。

〔註16〕 同註5，頁272～273。

2、「經世致用」的史學觀念影響文學理論風格

　　唐代史學十分發達，文學家如韓愈、柳宗元等人多重史學，並有史學觀念。柳冕《答孟判官論宇文生評史官書》「昔周公制禮五百年而夫子修《春秋》，夫子沒五百年而子長修《史記》，遷雖不得聖人之道而繼聖人之志，不得之聖之才而得聖人之旨，自以為命世而生……」，柳冕此段文字中，可見其對史學的見解，另李翱在《答皇甫湜書》：

> 唐有天下，聖明繼於周、漢，而史官敘事，曾不如范蔚宗、陳壽所為，況足擬望左丘明、司馬遷、班固之文哉？僕所以為恥。當茲得於時者，雖負作者之才，其道既能物，則不肯著書矣。僕竊不自度，無位於朝，幸有餘暇，而詞句足以稱贊明盛，紀一代功臣、賢士行迹，灼然可傳於後代，自以為能不滅者，不敢為讓。故筆削國史，成不刊之書，用仲尼褒貶之心，恥天下公是公非以為本。群黨之所謂為是者，僕未必以為是。不不著者，未必聲名於後；貧賤而道德全者，未必不烜赫於無竊。韓退之所謂「誅奸諛於既死，發潛德之幽光」，是翱之心也。

李翱認為史家之職就在於以聖人之心，取天下公平是非以為本。而其中「雖負作者之才，其道既能物，則不肯著書矣。」實指著韓愈而言，可見文學家都具史學觀念及才學。而在這樣的觀點之下，文學難免受史觀之影響。唐之史觀在「經世致用」，如李翰在《通典序》云：「以為君子致用，在乎經邦，經邦在乎立事，立事在乎師古，師古在乎隨時。必參今古之宜，竊始終之要，始可以度其古，終可以行於今，問而辨之，端如貫珠，舉而行之，審如中鵠。夫然，故施於文學，可為通儒，施於政施有致。」〔註17〕，此乃明「史」在於以經世之心，而施於政。而「經世致用」觀點也確實影響了唐代的散文、詩歌理論及風格，如韓愈重古文尚經學，其文學理論有著「文以載道」之成功，

〔註17〕 杜佑著：《通典》卷一，影印文瀾閣四庫全書本。

亦有「經世致用」史觀之痕跡。而此觀點在中晚唐詩歌，更有明顯表現。唐人史觀以文爲史以表現出史家之主觀意識爲價值。如柳宗元在元和八年所作《與韓愈論史官書》中指出史家「宜守中道，不忘其直」，否則「信人口語，每每異辭」〔註18〕，而這樣的精神與詩家之心不謀而合。中晚唐詩人杜牧即秉著劉知幾重視的史家「才、學、識」而創作一系列的詠史之作，改變了元和以來流俗的元白詩風，造成晚唐詩風的丕變。

3、「以漢喻唐」的文學傳統

唐人對遙遠的漢代光輝有著無限崇仰之意，面對史冊上的漢代人物亦充滿了欽慕感懷之情，這從唐文學中可以看出此現象。漢、唐兩朝其實有其相似性，如漢、唐都是民族統一的政權；同樣有盛世出現，如漢的文景之治，唐的貞觀之治；同樣女性干政，如漢的呂后，唐的武后；同樣有撼動國本的亂事，如漢的七國之亂，唐的安史之亂；在對抗外族上同樣採用了和親政策，同樣重視宮廷文學，帝王往往召文人學士共同論文，如武帝時的司馬相如、枚皋、東方朔等，而唐太宗時的虞世南、歐陽詢、李百藥等。而由於這樣的相似性，唐人有意無意會將漢比喻爲唐，如直呼唐朝爲漢、借漢人名、借漢事、用漢地名、用漢時物、用漢時官名〔註19〕，而表現在文學作品中，唐詩則往往出現許多名「漢」人、「漢」物、「漢」事而實指「唐」人、「唐」物、「唐」事的文學用法。如白居易《長恨歌》「漢皇重色思傾國」實指唐玄宗，如韓愈《寒食》「日暮漢宮傳蠟燭」暗指了唐宮廷，李白《清平調》「借問漢宮誰得似」指的是唐朝廷，諸如此類的詩作甚多，可見唐人「宗漢」的文學意識。

在「詩」與「史」的雜融之下，唐文學有著別於其他朝代的廣度與深度，它「承上啓下」使文學與史學在後代有了不同的發展與面貌，

〔註18〕 見柳宗元著、吳文治等校：《柳宗元集》，北京：中華書局，1979 年。
〔註19〕 見凌朝棟：〈試論唐詩用典的宗漢意識〉，《渭南師範學院學報》第17 卷第六期，2002 年 11 月，頁 29～30。

而古典文學與民間文學也藉由它而有了新的發展方向。由於「史」對唐人、唐文學是如此的重要，藉此，我們也即能看到唐人主要的觀念，和隱含的思想所在。而由文學傳統中「知人論世」的觀念來看唐詩中之漢人物，更能見到唐人的深層意識。

二、研究方法

（一）多重研究法

　　針對以上不同的研究範圍，本論採取了不同的研究方法。唐一代在史地方面尤其發達，除史學外，地理志更是完備精細。故在史地方面，本論採用了多重研究法，以進一步立體呈現出唐人生平與足跡。多重研究法：「詩」是一種含蓄蘊藉的表達方式，尤其唐詩更以此為美。詩中多含詩人胸中懷抱、抑鬱感懷，或暗喻當朝，或借以感懷，或寬慰友人，或歌詠田園。唐詩之內容豐富，意義深廣，而又多富時代意涵。故研究唐詩宜由多方面客觀資料進行考察，才能深入的了解唐人創作之深意。因此本論文除唐詩文本之外，另參考唐代相關歷史、地理，並考察唐之制度、經濟等各方面，以理解唐詩中之深層意涵。

（二）統計與量表

　　由於本論文研究之範圍橫跨漢、唐兩朝，其中之漢人物與唐詩人數量眾多。在漢人物方面，由於漢人物與生平事跡中，更要廣範地閱讀正史資料。另在唐詩人生平與詩作方面，則要細究《全唐詩》與其相關正史與詩作箋注。其份量之大，若無一統計整理之量表，則容易見樹不見林，造成資料雜亂不章。故本論文在處理文學作品與兩代人物，採統計與量表。以呈現詩作的集中性與人物的獨特性，並希望藉著「量」的呈現，客觀又具體地表達出唐代有漢人物詩作的特殊現象，而據以研究。

（三）取材與綱目方面

由於本文主要在討論「唐詩」中詩人筆下的「漢人物」之表現及意涵，故首先即要從《全唐詩》中逐筆檢索漢人物之相關詩作，然若無綱目、無章法地搜尋，勢必治絲愈棼，更不能辨其條理。故本論文即以唐人所重視之《史記》、《漢書》、《後漢書》人物為綱，以唐詩人為目，彼此互為縱橫交錯。架構出漢、唐二代，交錯出漢人物與唐詩人，以探討彼此間之時代意義與人物之間的代表意涵。

（四）附錄

本論文以相關詩作為附錄，一方面能鉅細靡遺的考察詩作。另一方面也希望藉此助益於後人，俾使欲以此為範圍而繼續探討之研究者，能透過此附錄，減少因搜尋文本而浪費時間，繼續此一主題的研究。

第三節　研究回顧與文獻檢討

唐詩研究近幾年來運用了許多新的研究方法，成果嶄新而豐碩。其中注意到「唐詩」與「歷史」關係的論文，亦頗豐。然唐詩在研究上多以詩類劃分，如「詠史」〔註20〕、「懷古」〔註21〕之類為準。以中晚唐「詠史詩」要主為研究範圍，在學位論文如：

一、周宜梅《杜牧詠史詩研究》國立臺灣師範大學碩士論文，民國九十三年。本論文對詠史定義、淵源、流變俱有清楚交代，並加以介紹唐代各期詠史詩的發展，並以杜牧為主，從史詩之題材、內容、手法、風格、影響詳細分析，然本論文只為論一個人，無法看出唐一詠史的全部面貌。

二、賴玉樹《晚唐五代詠史詩之美學意識》中國文化大學中國文

〔註20〕詠史者，讀史見古人成敗，感而作之。見《文鏡秘府論校注》。
〔註21〕懷古者，見古跡思古人，其事無他，興亡賢愚而已。見（元）方回著：《瀛奎律隨》，上海：上海古籍出版，1993年。

學研究所博士論文，民國九十二年。本論文以美學為出發點，深度探討詠史的內容與藝術表現。如詩作中意象、時空、聲情詞情與其他美學特徵，都有深入淺出的分析。然詠史詩即有一部分的歷史層面，本論文則較缺乏。

三、向懿柔《唐代詠史絕句研究》國立清華大學中國文學系碩士，民國九十年。本論亦對詠史詩之定義、流變有著深入探討，而進一步以絕句為研究範圍，探討其內容與表現手法，然以絕句為研究，則其他長句詩歌不能見其貌。

四、李宜涯《晚唐詠史詩研究》中國文化大學中國文學研究所博士論文，民國九十年。本論文在晚唐詠史詩與平話演義之關係上，作了深入探討研究。然面對全唐時代而言，則似缺乏其研究了。

五、徐亞萍《唐代詠史詩與中國傳統士文化關係之研究》，高雄師範大學文學系博士論文，民國八十八年。本論文深入針對史詩中文化背景作深入研究，將詠史詩分為三類，一為抒情詠懷，二為以古諷今，三為以詩論史，然詠史一類詩歌中，另有詩人對時人的讚揚等其他功用，則不能作歸類。

六、潘志宏《晚唐三家詠史詩研究》清華大學中國文學研究所碩士論文，民國八十二年。本論文作者選擇以晚唐李商隱、杜牧、許渾三家詠史作品為研究範圍，認為他們的成果可以代表晚唐詠史詩之大概。然唐人對於史的影響，並不限於一家數人，更從初唐以來，歷史人物屢在詩作中呈現，故不宜劃地為限。

這些著作明顯的發現晚唐大量而起的詠史詩現象，並加以探討研究，均有不錯的成果呈現。然僅重視詠史一類詩作，偏重於唐詩人與詠史詩作一面，無法見唐時代與歷史時代交錯的全貌。

另有以「懷古詩」為主要範圍的期刊論文者，如：

一、侯迺慧：〈唐代懷古詩研究〉，中國古典文學研究，第 3 期，89 年 6 月。本論文以懷古詩的定義、淵源、流變、內容為主要研究範圍，並選擇以唐代為研究朝代。由於詠史與懷古的定義雖屢見重

議，在研究上則出現無法分割者。故有所缺憾。

二、田耕宇：〈論晚唐懷古詩終極關懷的形成及審美表現〉，陝西師範大學學報，29卷第4期，2000年12月。本論文作者對晚唐懷古詩中，詩人所探討到的人生憂患、生命悲劇、宇宙意識作一研究與細探，並結合詩歌中的審美表現，可以說對晚唐懷古詩有了深度的研究。然唐一代長達二百多年，各期時代問題與作者遭遇，都有不見相同的呈現，故宜作全時代的探討。

三、鄭正平：〈淺論唐代懷古詩不同時期的主題傾向〉，浙江師大學報25卷，第4期，2000年。本論文的優點在對全唐的懷古詩作一全面性的探討，並找出懷古主題為研究方向，然在內容上淺談而止，對於深層的文化問題，則疏於深究，則為可惜。

四、張晶：〈中晚唐懷古詩的審美時空〉，北方論叢，第4期，1998年。本論文從時空感、時空特徵、時空透視特定意象羣與時空審美內容四個方面探討中晚唐懷古詩的審美時空。對於此期在懷古詩藝術審美探討上，有很大的價值。然僅重視美學卻少了文學與歷史層面的探討，則屬可惜。

五、謝明陽：〈許渾懷古詩試說〉，中國文化月刊，88年07等，本論文針對晚唐詩人許渾之懷古詩作、內容、意義進行研究，然只選一人一家作為探討。對於唐代懷古全貌，則較缺乏。

在這些期刊論文上，在美學方面研究、懷古主題探討、唐代詩人終極情懷之研究都有著很大的成果，對唐之懷古詩研究有相當重要的價值。然詩歌若以類型來分「詠史」、「懷古」，在研究上卻很容易出現界定不易模糊難分，或定義紛歧，有所疏漏。本論文為改善此種缺點，改以「正史」上之「人物」為主的敘述傳統，為了避免侷限一隅，乃唐人所重視之「漢」為斷代，作為主要研究範圍，其優點是：

一、能改善以詩歌類別分割詩作之缺點。

二、以「人物」為中心，可以交融事件與地點。

三、可以架構出兩朝人物與時代的綱目，不容易紊亂。

四、透過漢、唐兩時代問題，與漢、唐兩代人物上的交會，可以
　　發現唐詩人、唐時代之相關意義與問題。

五、面對詩歌中的歷史人物，可以有深入的了解，知道其代表意
　　義與相關涵意。

故本論文以唐詩中之「史傳人物」為研究重點，透過以「人物」
為主體的方式進行研究詩歌，期望此能創出新的研究路向。

第二章　唐代詠漢人物詩作綜論

第一節　唐代詩歌分類──「詠史」、「懷古」、「人物」詩

　　中國詩歌自《詩經》以下，經過長期的蓬勃發展，在唐已是文學上成熟的文體了。然詩歌型態與內容，均受時代潮流、詩人個別性影響，有著不同的詩作風格呈現。而這樣的改變與不同，在唐一代的詩歌表現更是明顯。唐代詩歌一般被分為四期，明高棅《唐詩品彙》：「唐詩之變，漸矣！隋氏以還，一變而為初唐，貞觀、垂拱之詩是也；再變而為盛唐，開元、天寶之詩是也；三變而為中唐，大歷、貞元之詩是也；四變而為晚唐，元和以後是也。」〔註1〕，由此可看出唐詩風格上的轉變。然因詩歌數量眾多，而內容又十分龐雜，研究者多企圖將其分類，以了解其中涵意，歷代詩歌分類情況如下：

　　中國詩歌自《詩經》以下，經過長期的蓬勃發展，在唐已是文學

（1）《詩經》即被分為風、雅、頌三個部分。

（2）晉摯虞《文章流別論》將包括詩在內的每種文體來源、體制特點和流變加以探探。

〔註1〕　（明）高棅《唐詩品彙・五言古詩敘目》，上海：上海古籍出版社，1982年。

（3）梁蕭統《昭明文選》進一步的將詩歌分類，共分「補亡詩、述德詩、勸勵詩、獻詩、公宴詩、祖餞詩、詠史詩、百一詩、游仙詩、招隱詩、游覽詩、咏懷詩、哀傷詩、贈答詩、行旅詩、軍戎詩、郊廟詩、樂府、挽歌、雜歌、雜詩、雜擬」等共二十二類的詩歌類型，然此種分類標準不一，而顯得龐雜，然其所採用的詠史、游仙、詠懷、贈答等名稱，迄今仍為人們所使用。

（4）陸機《文賦》：《文賦》把文體分為十體，即詩、賦、碑、誄、銘、箴、頌、論、奏、說十體。

（5）梁劉勰《文心雕龍》，齊梁時代劉勰的《文心雕龍》總結了歷代文體分類將文體分為三十四類，並綜合歸納出「文」、「筆」的二分，即今所謂有韻文，無韻為筆也。

（6）元方回的《瀛奎律髓》將詩歌分為四十九類：「<u>登覽</u>、朝省、<u>懷古</u>、風土、升平、宦情、風懷、宴集、老壽、春日、夏日、秋日、冬日、晨朝、暮夜、節序、晴雨、茶、酒、梅花、雪、月、閑適、<u>送別</u>、拗字、變體、著題、陵廟、<u>旅況</u>、邊塞、宮閨、忠憤、山岩、川泉、庭宇、論詩、技藝、遠外、消遣、兄弟、子息、寄贈、遷謫、疾病、感舊、俠少、釋梵、仙逸、<u>傷悼</u>。」此四十九類以詩歌內容為主，分類既細，種類又繁多，可以說是詩歌分類集大成者。

（7）明吳訥的《文章辨體》則以詩歌形式分類，在古詩類下分四言、五言、七言、歌行等。而在隋唐以後的詩歌，則分律詩、排律、絕句等。就詩歌歷代總體形式而言，分為古歌謠辭、四言古詩、楚辭、賦、樂府、五言古詩、七言古詩、雜言古詩、近體歌行、近體律詩、排律詩、絕句詩、六言詩、和韻詩、聯句詩、集句詩、雜句詩、雜言詩、雜體詩、雜韻詩、雜數詩、雜名詩、離合詩、詼諧詩、詩餘等。

由於這樣的分類與分期，使得唐詩得以進行研究與探討。而歷來

由此進行研討的寫作期刊、專書或學位論文亦不少。然就與本論文相關之「歷史」、「地理」、「人物」與「唐詩」、「唐人物」主題而論唐詩分類，可以看出三大類：（一）詠史詩。（二）懷古詩。（三）感懷詩或詠懷詩，然如何分別這三類，古今學者則各有其不同的分類方法。三者之間的關係，施蟄存《唐詩百話》指出「詠史詩是有感於某一歷史事實，懷古詩是有感於某一歷史遺跡，但歷史事實或歷史遺跡如果在詩中不占作比喻，那就是詠懷詩了」，故，在此即就「詠史詩」與「懷古詩」分別論之。

　　中國詠史詩之名，起於東漢班固的《詠史詩》。《昭明文選》即收錄此一時期以來的詠史詩二十一首，唐代呂延濟在《文選》六臣注中，爲詠史詩下的定義爲「覽史書詠其行事得失，或自寄情。」，《文選》的詠史詩作共有：直接題爲「詠史」有王粲一首、左思八首、張協一首、鮑照一首。或以古人古事爲題如曹植《三良詩》一首、顏延之《秋胡詩》一首和《五君詠》五首、虞羲《詠霍將軍北伐》一首、謝瞻《張子房詩》。又或有以某種形同「詠史」然卻另有其所延伸其意者，如盧諶《覽古》等〔註2〕，而唐人詠史詩作以杜牧、李商隱、許渾等人爲最著。懷古詩之名，起於唐陳子昂〈白帝城懷古〉、〈峴山懷古〉，方回《瀛奎律髓》卷三云：「懷古者，見古跡，思古人，其事無他，興亡賢愚而已。」而「見古跡，思古人」亦成懷古之基本定義。懷古詩作，在唐人詩作中甚多。如杜甫〈詠懷古跡五首〉、許渾〈凌歊臺〉、〈洛陽城〉、〈驪山〉、〈金陵〉諸篇。

　　而詠史與懷古詩之分眾說紛紜，莫衷一是。有的將「詠史」、「懷古」互相包涵者，如大陸學者胡大雷〔註3〕、王立〔註4〕、降大任〔註5〕；

〔註2〕　胡大雷：〈詠史：個體抒情在時間上的擴張——中古詠史詩抒情分析〉，廣西師範大學學報哲學社會科學版，第33卷，第1期，1997年3月，頁31。

〔註3〕　同上註。

〔註4〕　近人王立將「借史事以詠己之懷抱」與「經古人之成敗詠之」列入懷古主題。見王立《中國古代十大主題——原型與流變》台北：文

又或將二者壁壘分明，畛域互異者，如大陸學者儲大泓〔註6〕、施蟄存〔註7〕，台灣學者廖蔚卿〔註8〕、韓惠京〔註9〕、廖振富〔註10〕、潘志宏〔註11〕、李宜涯〔註12〕等人爲詠史詩、懷古詩各下定義，自爲其說。關於詠史詩與懷古詩，劉若愚在《中國詩學》將這二者說得很清楚：

> 我們在中國詩裡不僅看出一種在時間中的敏銳的個人存在意識，而且也看出一種強烈的歷史感覺；究竟，歷史是什麼呢，假如不是一國民族對於它本身在時間存在的集體意識的記錄？大體上，中國詩人對歷史的感覺，其方式很像他們對個人生命的感覺一樣；他們將朝代的興亡與自然那似乎永久不變的樣子相對照；他們感歎英雄功績與王者偉業的徒勞；他們爲古代戰場或者往昔美人，「去年之雪」而流淚。表現這種感情的詩，通常稱爲「懷古詩」。這與所謂「詠史詩」不同；「詠史詩」一般指示一種教訓，或者以某個史實爲藉口以評論當時的政治事件。〔註13〕

這裏把詠史詩與懷古詩，用情感作一畫分，詠史是「指示一種教訓」是屬理性，懷古是「表達情感的詩」是屬感性。這樣的分屬雖有其統整性，但，卻讓中國詩歌中，雜夾評論與抒情於一詩的作品難以分類，

史哲出版社，民國83年，頁119。

〔註5〕 見降大任：《詠史詩註析》一書所附〈試論我國古代詠史詩〉。降大任：《詠史詩註析》，太原市：人民出版社，1985。

〔註6〕 儲大泓：《唐代詠史詩選註》，西安：陝西人民出版社，1990年。

〔註7〕 施蟄存：《唐詩百話》，上海：華東師範大學出版社，1996年。

〔註8〕 廖蔚卿：《漢六朝文學論集》台北：大安出版社，1997年。

〔註9〕 韓惠京：《李商隱詠史詩探微》私立中國文化大學中國文學研究所碩士論文，民國76年。

〔註10〕 廖振富：《唐代詠史詩之發展與特質》台北國立台灣師範大學國文研究所碩士論文，民國78年。

〔註11〕 潘志宏：《晚唐三家詠史詩研究》，國立清華大學中國文學研究所碩士論文，民國82年。

〔註12〕 李宜涯：《晚唐詠史詩與平話演義之關係》，台北：文史哲出版社，2002年。

〔註13〕 劉若愚著，杜國清譯：《中國詩學》，台北：幼獅文化公司，民國66年，頁82～83。

況唐詩因其時代演變的不同，已分初、盛、中、晚唐，而又因詩人多才，且各自遭遇不同，佳詩、佳句多如過江之鯽。詩人多才多情，實難畫分其所屬。故關於詠史詩與懷古詩，多兼融並蓄，或感懷之情而有之，故以此談論唐詩之漢人物，恐不能面面俱到，更難以發現詩作中的主要涵義。況欲探討唐詩與漢史人物之間的關連性，不得不注意到《史記》、《漢書》與《後漢書》之人物史實發展，而此三書皆以人物紀傳為主。故在唐詩分類之中，本論文即以人物為主體，若此則不論詠史、懷古、感懷之詩歌，皆可合而取之，欲以此含括詩作中唐人所以論者、述者，或因之以感懷者之深層義涵，均較為方便。

第二節　唐代詠漢人物詩作的表現特色

　　由於唐人有重史的傳統，而漢代人物在唐代又有著重要的代表意義與象徵，因此，在唐詩中可以看到的漢代人物為數甚多，單以唐人所重的前三史〔註14〕來看就高達百人以上。在中國的歷史傳統中，司馬遷創作了以人物為主的紀傳體，太史公透過「述往事，思來者」〔註15〕表達了個人的觀點、評價，企圖找出生命的價值及意義，而在「唐人以漢為宗」的心理之下，唐人寫漢人物，也有著這樣的企圖與心願。由於「詩言志」，加以詩可以「興、觀、群、怨」，故詩在中國文學發展史上，一直占著重要的地位。詩的發展到唐朝臻於極盛，不論形式、內容乃至聲律都到達成熟階段，因此，唐代在寫作史傳人物、詠懷歷史，除了以史傳、古典散文一類的作品呈顯之外，更透過詩的特色，表達詩人「蘊藉」及「溫柔敦厚」的情懷。

　　在唐詩裏，我們透過唐人熟讀的前三史人物可以發現以下幾點現象：（1）東漢人物少於西漢。（2）特出人物詩作的集中。（3）唐

〔註14〕指《史記》、《漢書》、《後漢書》三書而言。
〔註15〕見《史記・太史公自敘》，頁1372。瀧川龜太郎：《史記會注考證》，台北：洪氏出版社，民國75年9月。

詩中漢人物詩作高峰──漢武帝與賈誼。由於這些特色，使得漢人物在唐詩人與唐文化有了潛藏的意義存在。

一、東漢人物少於西漢

東漢人物少於西漢，指的是唐詩人在以漢人物入詩之詩作份量而言。先就兩漢帝王入詩的情形來說，西漢帝王入詩情形：

高祖	惠帝	高后	文帝	景帝	武帝	昭帝	宣帝	元帝	成帝	哀帝	平帝	王莽
52	3	4	39	4	125	2	5	1	2	0	1	2

東漢帝王入詩情形：

光武	明帝	章帝	和帝	安帝	順帝	桓帝	靈帝	獻帝
10	1	0	0	0	0	1		0

就兩漢的帝王而言，西漢除去高后與王莽不列名為西漢帝王外，共有十二位皇帝，而東漢自光武下則共九位皇帝，相差三位。但就唐詩引入漢帝王而言，西漢大約有二百四十五首詩作，而東漢卻僅約十二首詩作。而就詩作百分比例上看來，詠東漢帝王的詩作份量約僅為詠西漢帝王詩作的百分之五而已，因此，唐詩人注意的重心，顯然著重於西漢的皇帝。又就其他文士、武將、儒者、節士等而言，其詩作分布亦是西漢大於東漢，且由附錄整體統計可以發現，在《全唐詩》中東、西漢入詩的人物人數相差無多，但詩人側重表現在詩作數量上，西漢多達九百多首比東漢僅四百多首，足足超出一倍之多，再就兩漢個別人物而言，入詩作最多的賈誼約有一百三十七首，而東漢人物入詩最多的禰衡卻僅二十七首，二者相差約近五倍，由此可看出，唐詩人對兩漢人物有所傾重的特殊現象了。

二、特出人物詩作的集中

唐詩人寫作漢人物，還有一個現象即對於特出人物有較多的詠頌或引用，在這裏所謂的特出人物，包括了言行上的特出、功業上的特

出，或是人格命運上的特出，這些歷史人物的特出紛紛抓住了唐詩人的注意目光，而他們的成就或人格、命運也使得唐詩人因而感到共鳴而詠頌不已。

排名	朝代	卷　　　目	兩漢人物	詩作數目	詩作比例
1	西漢	《史記・屈原賈生列傳》	賈誼	134	10%
2	西漢	《史記・武帝本紀》	漢武帝	125	9%
3	西漢	《史記・留侯世家》	張良	56	4%
4	西漢	《史記・高祖本紀》	漢高祖	52	4%
5	西漢	《史記・留侯世家》	商山四皓	49	4%
6	西漢	《史記・司馬相如列傳》	司馬相如	48	4%
7	西漢	《史記・文帝本紀》	漢文帝	39	3%
8	西漢	《史記・李將軍列傳》	李廣	37	3%
9	西漢	《漢書・揚雄傳》	揚雄	34	3%
10	西漢	《史記・張釋之馮唐列傳》	馮唐	31	2%
11	西漢	《史記・韓信盧綰列傳》	韓信	31	2%
12	西漢	《漢書・循吏列傳》	文翁	30	2%
13	東漢	《後漢書・文苑列傳》	禰衡	27	2%
14	東漢	《後漢書・黨錮列傳》	李膺	23	2%
15	東漢	《後漢書・袁安傳》	袁安	20	1%
16	東漢	《後漢書・黨錮列傳》	孔融	20	1%
17	西漢	《史記・蕭相國世家》	蕭何	20	1%
18	東漢	《後漢書・逸民列傳》	嚴光	20	1%
19	東漢	《後漢書・蔡邕列傳》	蔡邕	19	1%
20	西漢	《漢書・朱買臣傳》	朱買臣	16	1%
21	西漢	《漢書・梅福傳》	梅福	16	1%
22	東漢	《後漢書・方術列傳》	王喬	16	1%
23	東漢	《後漢書・班超傳》	班超	15	1%
24	東漢	《後漢書・逸民列傳》	龐公	15	1%

25	西漢	《史記・酈生陸賈列傳》	陸賈	15	1%
26	東漢	《後漢書・逸民列傳》	梁鴻	15	1%
27	西漢	《漢書・朱雲列傳》	朱雲	13	1%
28	東漢	《後漢書・馬融列傳》	馬融	12	1%
29	西漢	《史記・遊俠列傳》	劇孟	11	1%
30	西漢	《漢書・江充傳》	江充	11	1%

70%

由《全唐詩》中我們統計出唐人入詩的兩漢人物約二、三百人，而吟詠的重點卻集中在某些特出人物，在帝王中以漢武帝、漢高祖、漢文帝居多數，而漢武帝以一百二十六首占了全部帝王的一半，尤見獨特。其他入詩人物本身往往也有特出之處，或因行為高潔、或因功業有成、或因時運多舛而引發詩人共鳴。高潔者如西漢商山四皓、東漢的李膺等人，功業有成者如張良、文翁等人，但最特別的還是屬於時運多舛者，如賈誼、李廣、司馬相如、韓信、馮唐、揚雄之類，在詩作比例上產生了極大差距，在唐代的文化背景之中，我們發現唐詩人在選擇兩漢人物入詩，是有其創作心理及晦而欲顯的因素的。

據本文統計唐人所重視的前三史《史記》、《漢書》、《後漢書》人物約數百人，而唐人寫作總數量約一千三百五十一首。然唐人側重抒寫的人物，約占總數百分之二（包括百分之二）以上者共十四人，這些有關漢人物的詩作量，共占全數之百分之五十四，亦即占了全數一半以上，故本論文以此為主要的研究對象。此十四人分別是賈誼、漢武帝、漢高祖、張良、商山四皓、司馬相如、漢文帝、李廣、揚雄、馮唐、韓信、文翁、禰衡、李膺。

三、唐詩中漢人物詩作高峰——「漢武帝」與「賈誼」

由於漢代歷史人物為數甚多，單以前三史《史記》、《漢書》、《後漢書》而言即達七、八百人之多，而唐詩所詠占百分之二者，僅十六、七人而已，在此情形之下詩作集中的人物便值得注意了。而其中有兩

個人物爲這些詩作的高峰，一爲漢武帝，一爲賈誼。以此二人入詩者，詩人或以其名入詩、或專詠史事、或專發議論、或借以感懷傷事，均達一百首以上。此二人雖一爲帝王，一爲臣子，然因其功業、性格或遭遇與唐帝王、唐詩人或唐時代有某程度上的相似，詩人往往容易有感於胸而運之於筆墨，作爲借喻、抒懷、議論的橋樑。這就是唐詩人喜以漢武帝、賈誼入詩的原因了。

第三節　唐詩人寫漢人物現象分析

　　在漢人物的寫作上，唐詩呈現了集中性。然就某時代某詩人的個別性來看，仍呈現人物集中的特別現象。這種現象仍顯出唐人與漢人之間，特殊的關聯與意義，實在有待深入探討。在漢代人物中以賈誼一百三十七首居冠，漢武帝一百二十六首居次。在此則就唐詩人及唐詩時期分析之。

一、各時期詩作分布情形

（一）賈誼與漢武帝

　　由於賈誼與漢武帝在唐詩中，明顯地爲詩人所論及，其數量之多，遠遠地高過其他人物，故分別述之。唐詩寫賈誼詩作數量，共一百三十四首。其中初唐十首、盛唐三十三首、中唐五十五首、晚唐三十六首，以中唐時期爲多。而唐人寫漢武帝者，初唐八首、盛唐十七首、中唐三十七首、晚唐六十三首，以晚唐詩作居冠。

	初　唐	盛　唐	中　唐	晚　唐	合　計
漢武帝	8	17	37	63	125
賈　誼	10	33	55	36	134

　　以圖表顯示則爲：

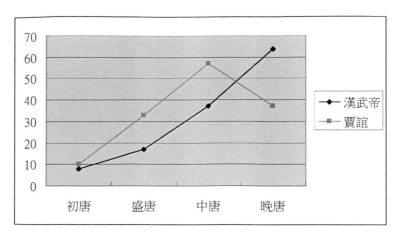

由圖表所示，可見詩作明顯表現在中晚唐時期，然由於詩人及時代等特殊因素，則領先時期各不相同。

（二）其他漢人物

另外，在其他漢代人物之中，唐人寫作的喜好，也因時代及個人因素，呈現不同的面相，如下表：

序號	人物時期	初 唐	盛 唐	中 唐	晚 唐	合 計
1	張良	5	18	15	18	56
2	高祖	4	9	11	26	50
3	四皓	5	4	17	23	49
4	司馬相如	3	13	8	24	48
5	文帝	1	5	16	17	39
6	李廣	1	15	6	15	37
7	揚雄	2	8	10	14	34
8	韓信	1	7	7	15	31
9	馮唐	2	9	9	11	31
10	文翁	0	5	7	18	30
11	禰衡	0	6	3	18	27
12	李膺	0	4	5	13	22

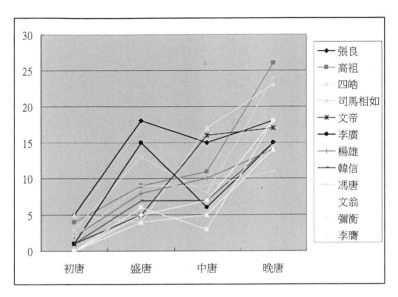

　　詠史詩與懷古詩的創作，泰半出現於中、晚唐，據統計有詠史、懷古詩一四四二首。〔註16〕據圖表顯示，唐詩寫作漢代人物，其習性卻明顯地與詠史、懷古詩作有不同的現象。圖表中除文翁、揚雄、四皓、高祖、文帝、李膺等六人以外，其餘之漢人物其寫作可見兩個高峰，即在盛唐與晚唐二個時期，可見唐人寫作漢代人物與唐人寫詠史詩、懷古詩作，在現象上出現了不同的地方。

二、唐人寫作漢代人物之最

（一）賈誼

時期	詩作數量	詩人	時期	詩作數量	詩人
盛唐	11	杜甫	晚唐	3	李洞
中唐	9	白居易	中唐	3	戴叔倫
盛唐	8	李白	中唐	3	孟郊
中唐	8	劉長卿	中唐	3	李端

〔註16〕　王紅：〈試論晚唐詠史詩的悲劇審美特徵〉，《陝西師範大學學報》哲學社會科學版，1989年第三期，頁83。

晚唐	7	李商隱	晚唐	2	貫休
晚唐	5	徐鉉	晚唐	2	唐彥謙
盛唐	4	王維	中唐	2	韓愈
晚唐	4	杜牧	中唐	2	盧綸
初唐	3	張九齡	中唐	2	賈島
盛唐	3	孟浩然	中唐	2	李端
晚唐	3	羅隱	中唐	2	牟融

　　然就詩人寫作「賈誼」數量來看，杜甫十一首、白居易九首、劉
長卿八首、李白八首、李商隱七首等，如表列之，此乃寫作量多的詩
人。然另外，尚有表中未能列出之詩人如初唐楊炯、宋之問，盛唐儲
光羲、中唐元稹、劉禹錫，晚唐吳融等四十八人各為一首，此則可看
出唐人寫作賈誼詩的分布情形。

（二）漢武帝

時期	詩作數量	作者	時期	詩作數量	作者
晚唐	7	曹唐	晚唐	2	薛昭蘊
晚唐	5	李商隱	晚唐	2	陳陶
盛唐	4	杜甫	晚唐	2	胡曾
中唐	4	李賀	晚唐	2	邵謁
中唐	4	王建	初唐	2	張說
盛唐	3	李白	初唐	2	沈佺期
晚唐	3	羅隱	初唐	2	李適
晚唐	3	薛逢	中唐	2	顧況
晚唐	3	許渾	中唐	2	鮑溶
晚唐	3	吳融	中唐	2	劉禹錫
中唐	3	韋應物	中唐	2	張祜
中唐	3	白居易	中唐	2	李益
盛唐	2	儲光羲	中唐	2	元稹

　　關於「武帝」詩作，以曹唐八首居冠，李商隱五首居次，杜甫、王建、李賀四首居三。其餘依序排名，然只寫作一首者則不入排名。

（三）漢高祖

時期	詩作數量	詩人	時期	詩作數量	詩人
晚唐	6	胡曾	中唐	2	劉叉
晚唐	4	羅隱	晚唐	2	杜牧
盛唐	3	杜甫	晚唐	2	徐夤
晚唐	3	貫休	盛唐	2	李白
中唐	2	張碧			

　　關於「高祖」詩作，以胡曾六首居冠，羅隱四首居次，杜甫、貫休三首居三。其餘依序排名，然只寫作一首者則不入排名。

（四）漢文帝

時期	詩作數量	詩人	時期	詩作數量	詩人
中唐	5	白居易	晚唐	2	杜牧
中唐	2	張祜	晚唐	2	徐鉉
中唐	2	鮑溶	盛唐	2	李白

　　關於「文帝」詩作，以白居易五首居冠，張祜、鮑溶、杜牧、徐鉉、李白二首居次，只寫作一首者則不入排名。

（五）四皓

時期	詩作數量	詩人	時期	詩作數量	詩人
中唐	8	白居易	晚唐	2	羅隱
晚唐	4	杜牧	晚唐	2	黃滔
盛唐	3	李白	晚唐	2	徐夤
中唐	2	劉禹錫			

　　關於「四皓」詩作，以白居易八首居冠，杜牧四首居次，李白三首居三。其餘依序排名，然只寫作一首者則不入排名。

（六）張良

時期	詩作數量	詩人	時期	詩作數量	詩人
盛唐	6	李白	中唐	2	元稹
中唐	5	白居易	晚唐	2	許渾
盛唐	3	杜甫	晚唐	2	胡曾
初唐	2	張說	晚唐	2	李商隱
中唐	2	盧綸	晚唐	2	司空圖
中唐	2	權德輿	晚唐	2	徐夤

　　關於「張良」詩作，以李白六首居冠，白居易五首居次，杜甫三首居三。其餘依序排名，然只寫作一首者則不入排名。

（七）文翁

時期	詩作數量	詩人	時期	詩作數量	詩人
盛唐	4	杜甫	晚唐	2	薛能
晚唐	3	羅隱	晚唐	2	貫休

　　關於「文翁」詩作，以杜甫四首居冠，羅隱三首居次，薛能、貫休二首居三。只寫作一首者則不入排名。

（八）李廣

時期	詩作數量	詩人	時期	詩作數量	詩人
盛唐	4	杜甫	盛唐	2	王維
盛唐	3	高適			

　　關於「李廣」詩作，以杜甫四首居冠，高適三首居次，王維二首居三。只寫作一首者則不入排名。

（九）馮唐

時期	詩作數量	詩人	時期	詩作數量	詩人
盛唐	5	杜甫	中唐	2	姚合
中唐	2	權德輿	晚唐	2	劉兼

關於「馮唐」詩作，以杜甫五首居冠，權德輿、姚合、劉兼二首居次，只寫作一首者則不入排名。

（十）韓信

時期	詩作數量	詩人	時期	詩作數量	詩人
盛唐	4	李白	晚唐	2	胡曾
盛唐	2	岑參	晚唐	2	韋莊
中唐	2	陳羽	晚唐	2	羅隱
晚唐	2	許渾			

關於「韓信」詩作，以李白四首居冠，岑參、陳羽、許渾、胡曾、韋莊、羅隱二首居次，只寫作一首者則不入排名。

（十一）揚雄

時期	詩作數量	詩人	時期	詩作數量	詩人
盛唐	3	杜甫	晚唐	2	薛能
盛唐	2	錢起	晚唐	2	陸龜蒙
中唐	2	權德輿	晚唐	2	羅隱
晚唐	2	趙嘏	晚唐	2	鄭谷

關於「揚雄」詩作，以杜甫三首居冠，錢起、權德輿、趙嘏、薛能、陸龜蒙、羅隱、鄭谷二首居次，只寫作一首者則不入排名。

（十二）司馬相如

時期	詩作數量	詩人	時期	詩作數量	詩人
盛唐	6	杜甫	中唐	2	李賀
晚唐	3	黃滔	晚唐	2	羅隱
盛唐	2	王維	晚唐	2	徐鉉
盛唐	2	錢起			

關於「司馬相如」詩作，以杜甫六首居冠，黃滔三首居次，王維、錢起、李賀、羅隱、徐鉉二首居三，只寫作一首者則不入排名。

（十三）禰衡

時期	詩作數量	詩人	時期	詩作數量	詩人
盛唐	4	杜甫	晚唐	2	陸龜蒙
盛唐	2	李白	晚唐	2	方干
晚唐	2	李商隱	晚唐	2	羅隱

關於「禰衡」詩作，以杜甫四首居冠，黃滔、李白、李商隱、陸龜蒙、方干、羅隱二首居次，只寫作一首者則不入排名。

（十四）李膺

時期	詩作數量	詩人	時期	詩作數量	詩人
盛唐	2	李白	晚唐	2	許渾
晚唐	2	李羣玉	晚唐	2	周補
晚唐	2	杜牧	晚唐	2	齊己

關於「李膺」詩作，以則各詩人平分秋色均作詩二首，如李白、李羣玉、杜牧、許渾、周補、齊己二首，只寫作一首者則不入排名。

依上所述綜合來看，常居漢人物寫作數量之首者為杜甫，其在「賈誼」、「文翁」、「李廣」、「馮唐」、「揚雄」、「司馬相如」、「禰衡」等七個漢代人物中都是寫作第一名者，而李白、白居易則居次。李白在「張良」、「韓信」為第一，白居易在「四皓」與「文帝」居冠。其各自成為第一的有寫「漢武帝」的曹唐、寫「高祖」的胡曾。這些個別的特殊現象，實有其相關成因在於其中，故值得探討。

三、綜合論述

由於唐人寫作漢人物的龐大繁雜，後人對於其中表現多不能清楚，只能以管窺天、以蠡測海的看到一些鳳毛麟爪，故本論文採全面性的細分探討，企圖見其全體之面貌。以下即以表格顯出唐詩各期、各詩人及寫作數量。（此表製作以詩人寫作二首詩以上，包括二首詩

的數量爲主要統計資料〔註17〕。）

唐詩人		賈誼	漢武帝	漢高祖	漢文帝	四皓	張良	李廣	文翁	馮唐	韓信	揚雄	司馬相如	禰衡	李膺	合計
初唐	張說		2			2										4
	張九齡	3														3
	李適		2													2
	沈佺期		2													2
盛唐	杜甫	11	4	2			3	4	4	5		3	6	4		46
	李白	8	3	2	2	3	6				4			2	2	32
	王維	4						2					2			8
	錢起										2	2				4
	高適							3								3
	孟浩然	3														3
	儲光羲	2														2
	岑參										2					2
中唐	白居易	9	3		5	8	5									30
	劉長卿	8														8
	李賀		4										2			6
	權德輿							2		2		2				6
	盧綸	2						2								4
	元稹		2					2								4
	王建		4													4
	劉禹錫		2			2										4
	李端	3														3
	孟郊	3														3
	戴叔倫	3														3
	韋應物		3													3
	牟融	2														2

〔註17〕 由於唐詩人提漢代某一人物之單一詩作眾多，除有特殊代表意義之詩作外，否則爲防止統計時造成資料龐大雜亂以致無任何意義，故本論文單一詩作不列入統計。

時期	詩人	1	2	3	4	5	6	7	8	9	10	11	12	13	合計
中唐	賈島	2													2
	韓愈	2													2
	李益		2												2
	張碧			2											2
	張祜		2		2										4
	劉叉			2											2
	鮑溶		2		2										4
	顧況		2												2
	姚合									2					2
	張羽										2				2
晚唐	羅隱	3	3	4		2		3		2	2	2	2		23
	李商隱	7	5				2						2		16
	杜牧	4		2	2	4								2	12
	胡曾		2	6			2			2					12
	徐鉉	5			2						2				9
	許渾		3				2			2				2	7
	黃滔					2					2	3			7
	貫休	2		3				2							7
	徐夤			2		2	2								6
	曹唐		5												5
	薛能							2		2					4
	陸龜蒙									2		2			4
	李羣玉													2	2
	李洞	3													3
	吳融		3												3
	薛逢		3												3
	唐彥謙	2													2
	邵謁		2												2
	陳陶		2												2
	薛昭蘊		2												2
	司空圖					2									2
	劉兼								2						2
	韋莊											2			2

晚唐	趙嘏										2			2
	鄭谷										2			2
	周补												2	2
	齊己												2	2
	方干											2		2
合計		91	69	25	15	25	30	9	11	11	16	19	19	14	12	364

由上統計中，我們看出了唐代各期詩人寫作漢代人物之特色：

（一）初唐詩人「少量」寫作

初唐詩人只有張說、張九齡、李適、沈佺期在寫作上超過二首，其他如駱賓王、楊炯、盧照鄰、李乂、徐堅、魏萬、李適、韋嗣立、徐彥伯、王珪、寒山子等人均寫一首，在全唐詩作中，初唐詩顯然非詩作之高峰期，相對於其他各期的數量表現上，實屬少量。而這也與初唐詩人多與帝后「詔從臣賦詩」之習性有關，故內容上多「應制」為主〔註18〕，與之相關的詠史、懷古或歷史人物皆非其主要課題，故詩作量少，此亦為其主要的因素。

（二）盛唐詩人李、杜的「集中」雙峰寫作

盛唐詩作的情形，在李白、杜甫二人的集中寫作，二人作品佔了盛唐詩作的大半，造成一個雙峰的特殊情況。尤以杜甫共有四十七首詩居全唐之冠，而李白詩作則有三十二首，居全唐之次位。這樣的分布情形，雖與盛唐時李杜多產詩作有著相關連性，然李、杜詩在盛唐地位的代表性，卻不能忽略。故，研究李白、杜甫多重墨於漢代那位人物，在情感上、境遇上與漢人有何交融，除能看到盛唐氣象，亦能發現詩人理性、多情、豪邁與理想的一面，並能見其歷史觀點。

（三）中唐詩人白居易的「突出」大量寫作

中唐寫漢代人物者以白居易居冠，與居次位的劉長卿差了約莫三倍。中唐社會寫實詩風興起，而白居易為首要代表人物，其關心的對

〔註18〕《中國詩史》，出版地不詳、出版者、出版年代不詳，頁404。

象，如何享憫〈白居易詩歌之歷史人物形象探討〉[註19] 裏所提到如：「帝王、貴冑、文臣、武將、後宮嬪妃、以至各類文學、技藝人士、凡夫、走卒、一般女性」等皆爲白居易所關心與記錄，然在漢代人物一項裏，白居易特別的多寫賈誼、四皓、漢武帝、漢文帝，此其中亦顯出其本身的想理與情懷。因此，特別值得探討。其次劉長卿在賈誼詩作中，一口氣寫下八首，而他在其他作品中卻沒有寫下任何漢代人物來看，「賈誼」之於詩人，便特別值得研究與探討了。

（四）晚唐詩人「多人」大量寫作

晚唐詩人在寫漢代人物詩之中，呈現多人寫作的情形，在統計上以二十五人居全唐之冠，故在全唐寫作漢人物的數量上亦居冠。這除顯示中、晚唐爲詠史詩作的高峰外，在歷史上的漢人物、漢代歷史，亦與中、晚唐人亦有了極爲密切的相關性。中、晚唐人在混亂的時局之中，開始懷念起盛唐的繁盛之象，更景仰起漢代的強大王國，在懷念過去繁華，卻無法實現的情形下，多吟漢唐人物，便成了晚唐詩作中的一個特色了。其中著名詩人羅隱、李商隱、杜牧、胡曾、徐鉉、許渾等人特別突出，其中代表不遇的賈誼、代表盛明政治的武帝、文帝、代表隱逸的四皓，都是晚唐詩人著墨特多的人物。

綜合上述有唐一代的詩作特色，可見漢代人物在唐人、唐文化有其一定意義及其影響存在。故，依此進一步對詩作研究，即可見漢、唐之間彼此濡沫的相關性了。

[註19] 何享憫：〈白居易詩歌之歷史人物形象探討〉，玄奘大學中國文學所碩士論文，民國 93 年 6 月。

第三章 唐詩漢人物詩作分論（一）
──「漢帝王」與「賈誼」

第一節 唐代詠漢武帝詩作的內容及主題

　　在漢代帝王之中，唐詩人引入詩作的要以漢武帝為多，然何以如此？試觀唐人詩作及唐代歷史，我們不難發現其特殊的背景，主觀方面來自於詩人的創作心理及目的，而客觀方面則來自於漢唐帝王歷史情境的類似性。故探其時代歷史及詩作內容，便可發現唐人詠漢武帝詩作的寫作意義了。

　　漢武帝在位的漢代是一個文治武功都處於極盛的時代，而武帝在位時也確實致力於內政外交上的改革，其貢獻在《漢書》中記載：

> 孝武初立，卓然罷黜百家，表章《六經》。遂時咨海內，舉
> 其俊茂，與之立功。興太學，修郊祀，改正朔，定歷數，
> 協音律，作詩樂，建封示禪，禮百神，紹周後，號令文章，
> 煥焉可述。〔註1〕

唐人對於武帝的關注，也遠超過其他漢帝王，如詩作中有明確指出「漢武」、「武皇」、「武帝」、「劉徹」者，而晚唐詩人則好以「劉郎」隱指漢武帝就《全唐詩》中搜索就多達一百二十七首。至於詩作中不明指而有其涵蓋義的「漢王」、「漢皇」、「漢主」、「漢帝」等更高達數百首之多。在這些詩作中，唐人往往又喜以「漢武」直指唐明

〔註1〕班固著：《漢書·武帝紀第六》，北京：中華書局，1962。

皇或影射當時帝王，如

　　憶昔開元天地平，武皇十月幸華清。（鮑溶〈溫泉宮〉）

　　自言本是宮中嬪，武皇改號承恩新。（陳陶〈西川座上聽金五
雲唱歌〉）

　　往歲知君侍武皇，今來何用紫羅囊。（吳融〈薛舍人見徵恩賜
香并二十八字同寄〉）

　　公事武皇爲鐵冠，歷廳請我相所難。（李商隱〈偶成轉韻七十
二句贈四舍〉）

　　子儀不起渾瑊亡，西幸誰人從武皇。（羅隱〈中元甲子以辛丑
駕幸蜀四首：一〉）

　　武皇恩化親霑及，當時天下無甲兵。（李涉〈寄河陽從事楊潛〉）

可以看出武帝深受唐詩人的重視。值得進一步探討的是：（一）文人
之所以愛寫武帝，又喜以武帝代指唐代帝王，是否二者間有其連繫？
（二）「漢武帝」在詩人筆下究竟有何意義，形成了何種的文化圖騰？
因此我們統計及分析這些有關武帝的詩作，由詩作本身、及其相對應
的歷史時代、產生背景，即可探討此一現象。而由詩作中的相關「意
象」也可以進一步分析了解「漢武帝」的文化意涵。

一、唐代詠漢武帝詩作主題

　　在考察分析相關詩作時，首先遇到的即是詩作分類的問題。《全
唐詩》中明指「武帝」之名的詩作約有一百二十七首，而每一首詩歌
唐人都注入了他們的關心主題，有其時空背景，有其所指含意，更有
著詩人想表達的深遠理想，而爲求分析及理解方便，我們在這些詩歌
之中便須根據其內容及其意旨、主題分類。在歷代詩歌分類中，元方
回的《瀛奎律髓》可謂集大成，其將詩歌分爲四十九類：「登覽、朝
省、懷古、風土、升平、宦情、風懷、宴集、老壽、春日、夏日、秋
日、冬日、晨朝、暮夜、節序、晴雨、茶、酒、梅花、雪、月、閑適、
送別、拗字、變體、著題、陵廟、旅況、邊塞、宮閫、忠憤、山岩、

川泉、庭宇、論詩、技藝、遠外、消遣、兄弟、子息、寄贈、遷謫、
疾病、感舊、俠少、釋梵、仙逸、傷悼。」〔註2〕，這些詩類，雖分
得詳細，但唐詩中與武帝相關之類型卻無法套用。因此，本文以可以
涵括漢武帝的形象、意象與主題者爲主要分類方式;範圍小者以詩「單
句主題」爲單位，範圍大者以「全詩主題」爲單位。在分類時，又以
「單句主題」優於「全詩主題」爲主要考量。準此，可分：

（一）神仙類：本類詩作包含，1：整首詩明顯提到以神仙爲主
題者，如：李賀〈仙人〉：

> 彈琴石壁上，翻翻一仙人。手持白鷺尾，夜掃南山雲。鹿
> 飲寒澗下，魚歸清海濱。當時漢武帝，書報桃花春。（《全唐
> 詩》卷三百九十二）

又如：白居易〈新樂府：海漫漫，戒求仙也〉

> 海漫漫，直下無底傍無邊。雲濤煙浪最深處，人傳中有三
> 神山。山上多生不死藥，服之羽化爲天仙。秦皇漢武信此
> 語，方士年年采藥去。蓬萊今古但聞名，煙水茫茫無覓處。
> 海漫漫，風浩浩。眼穿不見蓬萊島，不見蓬萊不敢歸。童
> 男丱女舟中老，徐福文成多誑誕。上元太一虛祈禱，君看
> 驪山頂上茂陵頭。畢竟悲風吹蔓草，何況玄元聖祖五千言。
> 不言藥，不言仙，不言白日升青天。（《全唐詩》卷四百二十六）

2：以在詩句中與漢武帝相連句，有神仙形象、意象或指向，如
王建〈溫泉宮行〉：

> 十月一日天子來，青繩御路無塵埃。宮前內裏湯各別，每
> 箇白玉芙蓉開。朝元閣向山上起，城繞青山龍暖水。夜開
> 金殿看星河，宮女知更月明裏。武皇得仙王母去，山雞畫
> 鳴宮中樹。溫泉決決出宮流，宮使年年修玉樓。禁兵去盡
> 無射獵，日西麋鹿登城頭。梨園弟子偷曲譜，頭白人間教
> 歌舞。（《全唐詩》卷二百九十八）

本詩中其主要內容雖不在神仙，但在與武帝相連的詩句上，有「武皇

〔註2〕　方回著：《瀛奎律隨》，上海：上海古籍出版，1993年。

得仙」「王母去」，即採用了武帝求仙與王母相見的神仙故事，故也列入此類中。

（二）開邊類：此類即指與漢武帝相關的詩句或詩歌，有開邊拓土之意者。如：杜甫〈兵車行〉：

> 車轔轔，馬蕭蕭，行人弓箭各在腰。耶孃妻子走相送，塵埃不見咸陽橋。牽衣頓足闌道哭，哭聲直上干雲霄。道傍過者問行人，行人但云點行頻。或從十五北防河，便至四十西營田。去時里正與裹頭，歸來頭白還戍邊。邊亭流血成海水，武皇開邊意未已。君不聞漢家山東二百州，千村萬落生荊杞。縱有健婦把鋤犁，禾生隴畝無東西。況復秦兵耐苦戰，被驅不異犬與雞。長者雖有問，役夫敢申恨。且如今年冬，未休關西卒。縣官急索租，租稅從何出？信知生男惡，反是生女好。生女猶是嫁比鄰，生男埋沒隨百草。君不見青海頭，古來白骨無人收。新鬼煩冤舊鬼哭，天陰雨溼聲啾啾。（《全唐詩》卷二百十六）

在這詩首中，將唐朝的戰爭背景與漢武帝對外開邊的背景相連起來，而意有所指。又如：李益〈塞下曲：二〉：

> 秦築長城城已摧，漢武北上單于臺。古來征戰虜不盡，今日還復天兵來。（《全唐詩》卷二百八十三）

此首詩中「漢武北上單于臺」指的是漢武帝征伐匈奴單于之事，故屬此類。

（三）女色類〔註3〕：這一類詩作顧名思義，即指武帝與女子意象相關連的詩句或詩歌，如：劉希夷〈公子行〉：

> 天津橋下陽春水，天津橋上繁華子。馬聲迴合青雲外，人影動搖綠波裏。綠波蕩漾玉為砂，青雲離披錦作霞。可憐楊柳傷心樹，可憐桃李斷腸花。此日遨遊邀美女，此時歌舞入娼家。娼家美女鬱金香，飛來飛去公子傍。的的珠簾白日映，娥娥玉顏紅粉妝。花際裴回雙蛺蝶，池邊顧步兩

〔註3〕 以帝王與女子之間之相關詩作稱「女色詩」。

鴛鴦。傾國傾城漢武帝，爲雲爲雨楚襄王。古來容光人所
羨，況復今日遙相見。願作輕羅著細腰，願爲明鏡分嬌面。
與君相向轉相親，與君雙棲共一身。願作貞松千歲古，誰
論芳槿一朝新。百年同謝西山日，千秋萬古北邙塵。（《全唐
詩》卷八十二）

這首詩中「傾國傾城漢武帝」，用的是漢武帝的愛妾「李夫人」的典
故，與漢武相連的女子是李夫人，故亦屬此類。又如：王渙〈惆悵詩
十二首：二〉

李夫人病已經秋，漢武看來不舉頭。得所濃華銷歇盡，楚
魂湘血一生休。（《全唐詩》卷六百九十）

此詩明指李夫人，故屬此類。

（四）功業類：此類的詩作是指與武帝相關的詩句或詩歌，有歌
頌武帝之盛世或文武功業者。如王昌齡〈青樓曲二首：一〉

白馬金鞍從武皇，旌旗十萬宿長楊。樓頭小婦鳴箏坐，遙
見飛塵入建章。（《全唐詩》卷一百四十三）

此詩「白馬金鞍從武皇」，描寫戰士凱旋而歸的景象，而以「武皇」
的之光輝功業形象來比喻當時的皇帝，因此在此有頌武皇神武的意
思。又如張說〈奉和聖製爰因巡省途次舊居應制〉

蔥鬱興王郡，殷憂啟聖圖。周成會西土，漢武幸南都。歲
卜鑾輿邁，農祠雁政敷。武威稜外域，文教靡中區。警蹕
干戈捧，朝宗萬玉趨。舊藩人事革，新化國容殊。壁有眞
龍畫，庭餘鳴鳳梧。叢觴祝堯壽，合鼎獻湯廚。陽樂寒初
變，春恩蟄更蘇。三者頌命服，五稔復田輸。君賦大風起，
人歌湛露濡。從臣觀玉葉，方願紀靈符。（《全唐詩》卷八十八）

此詩在盛贊皇帝的盛世功業，「武皇幸南都」在指武帝南巡時的盛大
場面，代表了漢代的盛世，因此屬此類。

（五）其他：此類由於沒有明顯的武皇相關主題或意象，或有僅
以漢武之名代唐皇：如羅隱〈中元甲子以辛丑駕幸蜀四首：一〉「子
儀不起渾瑊亡，西幸誰人從武皇」；或純用武皇之名，如杜甫〈承聞

河北諸道節度入朝歡喜口號絕句十二首：二〉「周宣漢武今王是，孝子忠臣後代看」；或感懷悼古如薛逢〈悼古〉「漢武玉堂人豈在，石家金谷水空流」，由於類雜且與漢武形象無關，故放入其他類。

第二節　漢帝王——高祖、文帝

一、漢高祖

漢高祖劉邦是漢代的開國之君，其相關事跡清楚的記錄在《史記》、《漢書》之中，漢高祖在歷史算得上是一位特殊的國君，其特殊之處來自於，劉邦是有史以來第一位平民崛起的皇帝，他的出身《史記》記載：

> 高祖，沛豐邑中陽里人，姓劉氏，字季，父曰太公，母曰劉媼，其先劉媼嘗息大澤之陂，夢與神遇，是時雷電晦冥，太公往視，則見蛟龍於其上，已而有身，遂產高祖。高祖為人，隆準而龍顏，美須髯，左股有七十二黑子。仁而愛人，喜施，意豁如也。常有大度，不事家人生產作業。及壯，試為吏，為泗水亭長，廷中吏無所不狎侮。好酒及色，常從王媼、武負貰酒，醉臥，武負、王媼見其上常有龍，怪之。高祖每酤留飲，酒讎數倍。及見怪，歲竟，此兩家常折券棄責。〔註4〕

這裏記載的高祖形象，明顯地與漢以前的帝王不同，其出身非貴，而其人非威武英豪，但他卻在楚漢相爭之中脫穎而出，創立漢帝國。因此，其人必有特出之處，故而唐人引高祖入詩之作，高達五十幾首，由詩作的焦點，我們可以發現高祖在唐詩中展現的形象及唐人對高祖評價的觀點。

（一）「漢高祖」的主題與焦點

高祖由於是一位特殊的皇帝，他是中國史上第一個平民崛起的

〔註4〕　司馬遷著：《史記・高祖本紀》，台北市：藝文出版社，1982年。

皇帝，因此，記述高祖事跡及其為人，包括了平民期、起義期及開
漢後的皇帝時期，史家運筆生動靈活，將高祖的平民作風、性格、
性情、行為，表現得淋漓盡致，相關史蹟斬蛇起義、楚漢相爭等詩
家寫來歷歷在目，而漢高祖與群臣間的微妙關係，史家更透過實錄
之筆，客觀詳述，使「漢高祖」呈現多面又立體的歷史形象。而在
唐詩中，「漢高祖」實也是個重要人物，他是僅次於武帝而為唐詩人
關注的漢代皇帝之一。但在「漢高祖」的多面事蹟及形象中，唐詩
人又多注意到什麼焦點呢？以下分析之：

1、斬蛇起義

　　「斬蛇起義」是高祖興兵起義之端，事件記載在《史記・高祖本
記》：

> 高祖以亭長為縣送徒酈山，徒多道亡。自度比至皆亡之，
> 到豐西澤中，止飲，夜乃解縱所送徒。曰：「公等皆去，吾
> 亦從此逝矣！」徒中壯士願從者十餘人。高祖被酒，夜徑
> 澤中，令一人行前。行前者還報曰：「前有大蛇當徑，願還。」
> 高祖醉，曰：「壯士行，何畏！」乃前，拔劍擊斬蛇。蛇遂
> 分為兩，徑開。行數里，醉，因臥。後人來至蛇所，有一
> 老嫗夜哭。人問何哭，嫗曰：「人殺吾子，故哭之。」人曰：
> 「嫗子何為見殺？」嫗曰：「吾子，白帝子也，化為蛇，當
> 道，今為赤帝子斬之，故哭。」人乃以嫗為不誠，欲告之，
> 嫗因忽不見。後人至，高祖覺。後人告高祖，高祖乃心獨
> 喜，自負。諸從者日益畏之。

漢高祖由此而加入討秦的行列之中。而唐詩人引此入詩有四：

> 風昏晝色飛斜雨，冤骨千堆髑髏語。八紘牢落人物悲，是
> 箇田園荒廢主。悲嗟自古爭天下，幾度乾坤復如此。秦皇
> 矻矻築長城，漢祖區區白蛇死。野田之骨兮又成塵，樓閣
> 風煙兮還復新。願得華山之下長歸馬，野田無復堆冤者。（張
> 碧〈野田行〉）（《全唐詩》卷四百六十九）

> 師干久不息，農為兵兮民重嗟，騷然縣宇。土崩水潰，晼

中無熟穀……又疑漢高帝，西方未斬蛇，人不識……（劉叉
〈冰柱〉）（《全唐詩》卷三百九十五）

惠子休驚學五車，沛公方起斬長蛇。六雄互欲吞諸國，四
海終須作一家。自古經綸成世務，暫時朱綠比朝霞。人生
心口宜相副，莫使堯階草勢斜。（李咸用〈和友人喜相遇十首：
三〉）（《全唐詩》卷六百四十六）

白蛇初斷路人通，漢祖龍泉血刃紅，不是咸陽將瓦解，素靈
那哭月明中。（胡曾〈詠史詩：大澤〉）（《全唐詩》卷六百四十七）

在張碧〈野田行〉與李咸用〈和友人喜相遇十首：三〉兩首詩裏，唐
人用了漢高祖斬蛇起義的典故。在表現手法上均使用對句，如秦皇築
城與漢祖斬蛇相對，而李咸用詩則以惠子學富五車與沛公斬蛇之事相
比。前者表現出秦漢之盛世相繼隕落，而作者願得華山之下野田居的
生活，白蛇典在此代表著漢興，也代表著漢的盛世。此外中唐詩人劉
叉詩中的斬蛇亦有此意。在晚唐詩人李咸用的引白蛇典中，表現出仕
人的心情，欲得遇盛朝使自己學富五車的學問能選入官府出仕致用，
故斬長蛇典，也代表了盛朝興起之意。而晚唐胡曾〈詠史詩：大澤〉
詩裏主旨雖表達了前朝亡國與新朝之興的感歎，然白蛇典代表新朝興
起之義仍是沒變的。

2、創漢武功

在斬蛇起義之後，漢高祖旋即成為一方之領袖，加入抗秦之行
列，其中楚漢相爭——與項羽爭霸中原的事蹟最令人印象深刻。楚漢
相爭，在《史記》中多記載在〈高祖本紀〉與〈項羽本紀〉之中，如
鉅鹿之戰、鴻門宴、垓下之圍等事蹟，史公寫來刻畫深刻，裏面雖寫
史事但也深化了人物的性格，在唐詩中這些事蹟及形象當然也入於詩
作之中。

| 初唐 | 王珪 | 〈詠漢高祖〉 | 漢祖起豐沛，乘運以躍鱗。手奮三尺劍，西滅無道秦。…… |
| 初唐 | 王績 | 〈過漢故城〉 | 中原逐鹿罷，高祖鬱龍驤。 |

初唐	楊炯	〈和劉長史答十九兄〉	帝堯平百姓，高祖宅三秦。
盛唐	明皇帝	〈巡省途次上黨舊宮賦〉	不學劉琨舞，先歌漢祖風。
中唐	元稹	〈和李校書新題樂府十二首：法曲〉	漢祖過沛亦有歌，秦王破陣非無作。
中唐	張祜	〈橫吹曲辭：入關〉	秦皇曾虎視，漢祖亦龍顏。
中唐	張碧	〈鴻溝〉	……項籍骨輕迷精魂，沛公仰面爭乾坤。須與垓下賊星起，歌聲繚繞悽人耳。……
晚唐	李商隱	〈井泥四十韻〉	漢祖把左契，自言一布衣。
晚唐	胡曾	〈詠史詩：軹道〉	漢祖西來秉白旄，子嬰宗廟委波濤。誰憐君有翻身術，解向秦宮殺趙高。
晚唐	孫棨	〈題劉泰娘舍〉	漢高新破咸陽後，英俊奔波逐喫虛。
晚唐	徐夤	〈宋二首〉	……締構不應饒漢祖，姦雄何足數王敦。草中求活非吾事，豈齒橫身向廟門。
晚唐	貫休	〈大蜀皇帝壽春節進堯銘舜頌二首：堯銘〉	漢高將將，太宗兵柄。吾皇則之，日新德盛。
晚唐	羅隱	〈望思臺〉	可憐高祖清平業，留與閒人作是非。芳草臺邊魂不歸，野煙喬木弄殘暉。
晚唐	胡曾	〈詠史詩：滎陽〉	漢祖東征屈未伸，滎陽失律紀生焚。當時天下方龍戰，誰為將軍作誄文。
晚唐	胡曾	〈詠史詩：阿房宮〉	新建阿房壁未乾，沛公兵已入長安。帝王苦竭生靈力，大業沙崩固不難。

　　這些詩作中，以中晚唐占多數，而在詩人的筆下，多表現出稱誦漢高祖戰功彪炳，如「乘運以躍鱗」、「高祖鬱龍驤」、「先歌漢祖風」、「漢高將將」、「漢祖過沛亦有歌」、「漢祖西來秉白旄」、「高祖清平業」等都能感受到詩人歌誦高祖在創漢武功上的肯定與贊美。

3、漢高祖與君臣關係

　　漢高祖的建功與創漢，高祖的性格和其週遭的文臣、武將有著很大的關係，在唐詩中這些也都一一入於詩作之中：

初唐	盧照鄰	〈詠史四首：一〉	漢祖廣招納，一朝拜公卿。

盛唐	杜甫	〈述古三首：三〉	……豈惟高祖聖，功自蕭曹來。經綸中興業，何代無長才。……
盛唐	儲光羲	〈貽袁三拾遺謫作〉	高帝黜儒生，文皇謫才子。
中唐	何儒亮	〈亞父碎玉斗〉	莫量漢祖德，空受項君劍。
中唐	竇鞏	〈陝府賓堂覽房杜二公仁壽年中題紀手跡〉	當時憔悴題名日，漢祖龍潛未上天。
中唐	秦系	〈閒居覽史〉	當時漢祖無三傑，爭得咸陽與子孫。
晚唐	周曇	〈前漢門：高祖〉	愛子從烹報主時，安知強啜不含悲。太公懸命臨刀几，忍取杯羹欲爲誰。
晚唐	杜牧	〈題青雲館〉	四皓有芝輕漢祖，張儀無地與懷王。
晚唐	徐夤	〈溫陵殘臘書懷寄崔尚書〉	濟川無楫擬何爲，三傑還從漢祖推。
晚唐	胡曾	〈詠史詩：雲夢〉	漢祖聽讒不可防，僞遊韓信果罹殃。十年辛苦平天下，何事生擒入帝鄉。
晚唐	陸龜蒙	〈奉和襲美二遊詩：徐詩〉	漢祖入關日，蕭何爲政年。
晚唐	胡曾	〈詠史詩：沛宮〉	漢高辛苦事干戈，帝業興隆俊傑多。
	無名氏	〈秦家行〉	劍上忠臣血未乾，沛公已向函關入。

在詩作中，唐詩人注意到歷史記載中高祖的相關人物，如：蕭曹、項君、三傑、太公、四皓、韓信、蕭何……等，在這些人物之下有著相關事蹟，敘寫這些人物與事蹟，表現了唐代詩人對高祖人物觀感與歷史事蹟的評論。

4、建國與小人干政

在高祖創漢之後，最受詩人關注的即小人干政的史事，在《史記‧呂后本紀》裏記載了漢高祖在開國之後，廢立太子事件及審食其之事，這兩件事在高祖創漢之初，影響了漢王朝甚鉅，故爲詩人們所關心。

盛唐	李白	〈商山四皓〉	秦人失金鏡，漢祖昇紫極。陰虹濁太陽，前星遂淪匿。
盛唐	李白	〈雪讒詩贈友人〉	漢祖呂氏，食其在傍。

中唐	白居易	〈和答詩十首：答四皓廟〉	漢高之季年，嬖寵鍾所私。

5、其他

在以寫高祖為主的人物詩作中，有一部分的懷古、感懷、詠史詩作，這類詩作寄寓了詩人的情感及時代觀感，這多數與當代的事件或與詩人的感情有關。

盛唐	皇甫冉	〈奉和漢祖廟下之作〉	方修漢祖祀，更使沛童歌。
盛唐	祖詠	〈渡淮河寄平一〉	微微漢祖廟，隱隱江陵渚。
中唐	劉叉	〈天津橋〉	誰今漢祖都秦關，從此姦雄轉相熾。
中唐	戴叔倫	〈塞上曲二首〉	漢祖謾夸婁敬策，卻將公主嫁單于。
晚唐	于濆	〈秦原覽古〉	漢祖竟為龍，趙高徒指鹿。

（二）唐「漢高祖」詩主題與歷史價值新變

自有信史以來，中國人便重歷史，史家記史雖重實錄，但仍有著自我的史觀及其評價觀點。唐人在重史讀史，考察歷史發展的過程中，自然也產生自我的歷史評點及人物觀感，這些觀點因著時代，因著個人背景，而有所不同。故在此情況之下的歷史人物事跡在唐人的自我解讀中，自然產生歷史價值上的傳承或新變，而這是詩人對歷史的省思，也是詩人對時代及自我意識的反省。

1、詩中呈顯的價值導向──正向與負向

（1）稱誦創漢之功──反應出冀有盛世的理想

高祖以一介平民身，卻開創了漢代的榮興王朝，在唐人筆下是予以肯定的一個功業，詩作裏多稱頌。如李商隱〈井泥四十韻〉「漢祖把左契，自言一布衣」，肯定平民創漢的功勞，而王珪〈詠漢高祖〉「漢祖起豐沛，乘運以躍鱗」、王績〈過漢故城〉「中原逐鹿罷，高祖鬱龍驤」，徐夤〈宋二首〉「締構不應饒漢祖」、貫休〈壽春節進〉「堯雲同靉靆，漢祖太驅馳」等詩句，都可以見到詩人肯定與對高祖創漢之功的褒揚之意。在此高祖的形象是鮮明光亮，意氣風發的，如元稹〈和李校書新題樂府十二首〉「漢祖過沛亦有歌，秦王破陣非無作」、

唐玄宗〈巡省途次上黨舊宮賦〉「不學劉琨舞，先歌漢祖風」，皇甫冉〈奉和漢祖廟下之作〉「方修漢祖祀，更使沛童歌」等詩作，故唐詩人面對漢高祖辛苦創漢的功業，呈顯了肯定與正面價值的取向。

（2）「廣招納」、「俊傑多」高祖的正向人格——反應出「良士爲用」的理想

　　高祖知人善用，廣爲招納人才爲己所用，乃史書上所顯示的人格特色〔註5〕，而在詩作之中，詩人亦表現出高祖的這項正向的人格，如詩人稱羨三傑、蕭曹等人，發揮才能爲賢君所用，才是士人出仕的一個理想。如：杜甫〈述古三首：三〉：

　　漢光得天下，祚永固有開。豈惟高祖聖，功自蕭曹來。經綸中興業，何代無長才。吾慕寇鄧勳，濟時信良哉。耿賈亦宗臣，羽翼共裵回。休運終四百，圖畫在雲臺。（《全唐詩》卷二百十九）

陸龜蒙〈奉和襲美二遊詩：徐詩〉：

　　嘗聞四書曰，經史子集焉。苟非天祿中，此事無由全。自

〔註5〕 周先民著《司馬遷的史傳文學世界》中綜合史公記載，劉邦與項羽在各項爲人事蹟上，關於《史記》的記載提出數點評述：（1）在出生及性格上：「項羽用兵才氣與豪勇……劉邦工於心計、老謀深算……」表現出二人在性格上明顯的不同，一位是尚力型，一位則是尚智型，讓二人在以後的人物行爲表現上有不同的樣貌。（2）鉅鹿之戰與劉邦霸上入關的事件上：項羽表現出其暴的一面：「夜擊坑秦卒二十餘萬人新安城南」又「引兵西屠咸陽，殺秦降王子嬰，燒秦宮室，火三月不滅，收其貨寶婦女而東」，而反觀劉邦不殺已降的秦王子嬰、「捨慾納諫，還軍霸上」、「廢秦苛法，約法三章」、「堅辭不受秦民犒賞」，由這幾方面，反應出劉邦與項羽對待秦國軍民的不同作法。史公雖不云褒貶，但在史事記載上，卻已說分明。（3）「鴻門宴」與「鴻溝之約」：在這個事件之下，我們可見劉邦對臣的防範之心與其說謊、無情、背義的本能，然看項羽卻是個心有不忍，以情義爲重的君子。（4）得士者昌，失士者亡：劉邦是個能納諫並善於用人的人，他不拘一格、虛懷若谷、不剛愎自用、有大胸襟對己所惡之人，亦能用其才的人；但反觀項羽卻是個不能用人，剛愎自用的人。周先民《司馬遷的史傳文學世界》，台北：文津出版社，民國84年10月，頁109～134。

　　　從秦火來，歷代逢迍邅。漢祖入關日，蕭何為政年。盡力
　　　取圖籍，遂持天下權。中興熹平時，教化還相宣。立石刻
　　　五經，置於太學前。……（《全唐詩》卷六百十七）

雖然詩人們看到了高祖善用人才的人格特色，也再三指出良士為用的
理想，如：秦系〈閒居覽史〉：

　　　長策胸中不復論，荷衣藍縷閉柴門。當時漢祖無三傑，爭
　　　得咸陽與子孫。（《全唐詩》卷二百六十）

此外詩人也透過詩作，看出君主任才卻不知足的矛盾之處，胡曾〈詠
史詩：沛宮〉

　　　漢高辛苦事干戈，帝業興隆俊傑多。猶恨四方無壯士還鄉
　　　悲唱大風歌。（《全唐詩》卷六百四十七）

這看出了士人對於賢君的期望與憂慮之處，而漢高祖則表現了這方面
的君王形象。

（3）「聽讒」、「嬖寵」帝王的負面人格──反應出臣子之懼

　　　在高祖在位政治趨於穩定之後，「聽讒」、「嬖寵」對於君臣之間
的關係有著很大的傷害，胡曾〈詠史詩：雲夢〉

　　　漢祖聽讒不可防，偽遊韓信果罹殃。十年辛苦平天下，何
　　　事生擒入帝鄉。（《全唐詩》卷六百四十七）

在這首詩作中，詩人表達了君主聽讒言，訴韓信蒙冤受死的委曲，這
使詩人為其感到不平，另白居易〈和答詩十首：答四皓廟〉：

　　　……漢高之季年，嬖寵鍾所私。冢嫡欲廢奪，骨肉相憂疑。
　　　豈無子房口，口舌無所施。亦有陳平心，心計將何為。……
　　　（《全唐詩》卷六百四十七）

在這首詩中，詩人指出了君主為小人所惑，導致國家政局的不安，並
羨四皓之高潔，在國勢傾頹之時出力，卻在功成後身退，淡泊名利的
節操。另李白〈雪讒詩贈友人〉「……漢祖呂氏，食其在傍。秦皇太
后，毒亦淫荒……」（《全唐詩》卷一百六十八）亦指出小人干政，導
致國家陷入危機，這是詩人及仕宦們最憂慮的。

（4）天命所趨，歎帝業之無常

在唐一代，上自皇帝朝庭，下至文人、士大夫，都十分重視歷史，因此，懷古、感懷、詠史之詩大增，據田耕宇〈論晚唐懷古詩終極關懷的形成及審美表現〉中引述統計，有唐一代共有詠史、懷古詩一千四百二十四首，晚唐即占一千零十四首〔註6〕，詩人們借詠史、懷古來抒情詠懷，在「漢高祖」相關的詩作中明顯地也能看到詩人「以古鑑今」的影子。胡曾〈詠史詩：阿房宮〉：

新建阿房壁未乾，沛公兵已入長安。帝王苦竭生靈力，大業沙崩固不難。（《全唐詩》卷六百四十七）

無名氏〈秦家行〉：

彗孛飛光照天地，九天瓦裂屯冤氣。鬼哭聲聲怨趙高，宮花滴盡扶蘇淚。禍起蕭牆不知戢，羽書催築長城急。劍上忠臣血未乾，沛公已向函關入。（《全唐詩》卷七百八十五）

在這兩首詩之中，詩人對於朝代之間的盛衰迭換，有著深深的感歎，「沛公兵已入長安」、「沛公已向函關入」都暗示著朝代的結束，而帝王「新建阿房壁未乾」、「禍起蕭牆不知戢」的天真，都讓詩人對照著歷史，感歎當今。

二、漢文帝

唐詩裏寫與漢文帝有關的主題，有頌仁德、頌儉廉與悲臣怨的三個方面。

（一）頌仁德

漢文帝的仁德賢君形象在歷史記載中都是肯定的，《史記·孝文本紀第十》：「太史公曰：孔子言：『必世然後仁。善人之治國百年，亦可以勝殘去殺。』誠哉是言！漢興，至孝文四十有餘載，德至盛也。廩廩鄉改正服封禪矣，謙讓未成於今。嗚呼，豈不仁哉！」〔註7〕太

〔註6〕 田耕宇：〈論晚唐懷古詩終極關懷的形成及審美表現〉，陝西師範大學學報，29 卷第四期，2002 年 12 月。

〔註7〕 《史記·孝文本紀》，頁 204。瀧川龜太郎：《史記會注考證》，台北：洪氏出版社印行，民國 75 年 9 月。

史公以爲漢到孝文四十餘載，「德至盛也」作爲對文帝的稱頌，而《漢書·文帝紀第四》「南越尉佗自立爲帝，召貴佗兄弟，以德懷之，佗遂稱臣。與匈奴結和親，後而背約入盜，令邊備守，不發兵深入，恐煩百姓。吳王詐病不朝，賜以几杖。群臣袁盎等諫說雖切，常假借納用焉。張武等受賂金錢，覺，更加賞賜，以愧其心。專務以德化民，是以海內殷富，興於禮義，斷獄數百，幾致刑措。嗚呼，仁哉！」「仁德」已是漢文帝的形象及歷史評價，不論對於國人百姓〔註8〕或對於化外之邦，漢文帝都以仁德待之，故爲人所頌，

　　而在唐詩之中以此爲漢文帝形象的亦不少，如牧牧《皇風》「以德化人漢文帝，側身修道周宣王。」〔註9〕；張祜《送韋正字　貫赴制舉》「可愛漢文年，鴻恩蕩海壖。」〔註10〕；李紳《逾嶺嶠止荒陬抵高要》「明皇聖德異文皇，不使無辜困鬼方。」〔註11〕在對文帝書寫上都呈現了仁德的正面形象。

（二）頌儉廉

　　在漢之初由於民生凋弊，皇帝們多崇尙儉僕，而其中漢文帝更以此爲尙。《漢書·文帝紀第四》「贊曰：孝文皇帝即位二十三年，宮室、

〔註8〕 《史記·孝文本紀》記載「五月，齊太倉令淳於公有罪當刑，詔獄逮徙繫長安。太倉公無男，有女五人。太倉公將行會逮，罵其女曰：“生子不生男，有緩急非有益也！”其少女緹縈自傷泣，乃隨其父至長安，上書曰：“妾父爲吏，齊中皆稱其廉平，今坐法當刑。妾傷夫死者不可復生，刑者不可復屬，雖欲改過自新，其道無由也。妾願沒入爲官婢，贖父刑罪，使得自新。”書奏天子，天子憐悲其意，乃下詔曰：“蓋聞有虞氏之時，畫衣冠異章服以爲僇，而民不犯。何則？至治也。今法有肉刑三，而奸不止，其咎安在？非乃朕德薄而教不明歟？吾甚自愧。故夫馴道不純而愚民陷焉。詩曰‘愷悌君子，民之父母’。今人有過，教未施而刑加焉？或欲改行爲善而道毋由也。朕甚憐之。夫刑至斷支體，刻肌膚，終身不息，何其楚痛而不德也，豈稱爲民父母之意哉！其除肉刑。」瀧川龜太郎：《史記會注考證》，台北：洪氏出版社印行，民國75年9月，頁200。

〔註9〕 見《全唐詩》卷五百二十，第十六冊，頁5944。

〔註10〕 見《全唐詩》卷五百十，第十五冊，頁5801。

〔註11〕 見《全唐詩》卷四百八十，第十五冊，頁5463。

苑囿、車騎、服禦無所增益。有不便，輒弛以利民。嘗欲作露臺，召
匠計之，直百金。上曰：「百金，中人十家之產也。吾奉先帝宮室，
常恐羞之，何以台爲！」身衣弋綈，所幸慎夫人衣不曳地，帷帳無文
繡，以示敦樸，爲天下先。治霸陵，皆瓦器，不得以金、銀、銅、錫
爲飾，因其山，不起墳。」文帝由自身的周遭事物，到所居的宮室、
宮台到皇后的衣著，乃至未來自己之陵寢「霸陵」，都做到以儉樸爲
原則，希望達到「以示敦樸，爲天下先」的目的，這是漢文帝在仁德
之外的形象書寫。唐詩人寫漢文帝對此亦多有稱頌，這也成爲詩作中
的一個主題。如：沈佺期〈七夕曝衣篇〉：

> ……椒房金屋寵新流，意氣嬌奢不自由。漢文宜惜露臺費，
> 晉武須焚前殿裘。(《全唐詩》卷九十五)

白居易〈新樂府：八駿圖　戒奇物懲佚遊也〉：

> ……由來尤物不在大，能蕩君心則爲害。文帝卻之不肯乘，
> 千里馬去漢道興。(《全唐詩》卷四百二十七)

白居易〈新樂府：草茫茫　懲厚葬也〉：

> ……奢者狼藉儉者安，一凶一吉在眼前。憑君回首向南望，
> 漢文葬在霸陵原。(《全唐詩》卷四百二十七)

白居易〈德宗皇帝挽歌詞四首〉四：

> 夢減三齡壽，哀延七月期。寢園愁望遠，宮仗哭行遲。雲
> 日添寒慘，笳簫向晚悲。因山有遺詔，如葬漢文時。(《全唐
> 詩》卷四百四十一)

鮑溶〈經秦皇墓〉：

> 左崗青虬盤，右坂白虎踞。誰識此中陵，祖龍藏身處。別
> 爲一天地，下入三泉路。珠華翔青鳥，玉影耀白兔。山河
> 一易姓，萬事隨人去。白晝盜開陵，玄冬火焚樹。哀哉送
> 死厚，乃爲棄身具。死者不復知，回看漢文墓。(《全唐詩》
> 卷四百八十五)

鮑溶〈倚瑟行〉：

> 金輿傳驚瀟灑水，龍旗參天行殿巍。左文皇帝右慎姬，北

面侍臣張釋之。因高知處邯鄲道，壽陵已見生秋草。萬世
何人不此歸，一言出口堪生老。高歌倚瑟流清悲，徐樂哀
生知爲誰。臣驚歡歎不可放，願賜一言釋名妄。明珠爲日
紅亭亭，水銀爲河玉爲星。泉宮一閉秦國喪，牧童弄火驪
山上。與世無情在速貧，棄尸于野由斯葬。生死茫茫不可
知，視不一姓君莫悲。始皇有訓二世哲，君獨何人至於斯。
灞陵一代無發毀，儉風本是張廷尉。（《全唐詩》卷四百八十五）

許渾〈途經秦始皇墓〉：
龍盤虎踞樹層層，勢入浮雲亦是崩。一種青山秋草裏，路
人唯拜漢文陵。（《全唐詩》卷五百三十八）

司馬札〈築臺〉：
魏國昔強盛，宮中金玉多。徵丁築層臺，唯恐不巍峩。結
構切星漢，躋攀橫綺羅。朝觀細腰舞，夜聽皓齒歌。詎念
人力勞，安問黍與禾。一朝國既傾，千仞堂亦平。舞模衰
柳影，歌留草蟲聲。月照白露寒，蒼蒼故鄴城，漢文有遺
美，對此清飆生。（《全唐詩》卷五百九十六）

唐詩中頌漢文帝儉廉的由初唐沈佺期，到中唐白居易到晚唐鮑溶、許
渾、司札馬，詩中多表現對文帝的稱頌之意。

（三）悲臣怨

　　漢文帝在唐人心中是一位賢德的君主，然賈誼卻不遇於文帝，讓
唐代文人留下深深的遺憾與感傷。孟郊〈寄張籍〉「未見天子面，不
如雙盲人。賈生對文帝，終日猶悲辛」，句中充分表現出賈誼面對了
賢君然卻無法得遇的「悲辛」。又劉長卿〈長沙過賈誼宅〉「漢文有道
恩猶薄，湘水無情弔豈知。寂寂江山搖落處，憐君何事到天涯」，詩
句中「有恩」然「猶薄」，水「無情」而人「豈知」，使賈誼的怨有了
無限延展的現象，而今人憐古人，亦古人照今人，古今同悲，亦使讓
得悲怨千古同一了。白居易〈偶然二首：一〉「漢文明聖賈生賢，謫
向長沙堪歎息」白居易詩中寫到此處，亦同有著深深的「歎息」，而
這也使得唐人在感自己的遭遇中，有了同怨的對象，故同歎息了。

綜合文帝在唐人的印象中，有賢君形象如有仁德、儉廉等形象，唐人對此都詠頌不止，然在文帝流放賈生至長沙一事，更召回仍不知其賢者，唐人則賦予了深深的嘆息與感慨。站在同樣為人臣子的立場，有著同樣遭遇的詩人，謫居到同樣地點的臣子，憐憫悲怨之情也就相同了。

第三節　唐代詠賈誼詩作的內容及主題

唐詩詠賈誼詩作達百首，遠遠超過其他漢代將相，賈誼的個人特色在那裏，唐詩人何以獨厚賈誼，我們可以從賈誼生平及唐詩人寫作目的、相關詩作中，了解詩人之情懷與其寫作上的意義。

一、賈誼生平與詠「賈誼」詩之寫作內容

（一）賈誼生平

1、少多才

賈誼是漢文帝時的臣子，其生平事蹟司馬遷將之與屈原並傳，載於《史記・屈賈列傳》：

> 賈生名誼，雒陽人也。年十八，以能誦詩屬書聞於郡中。吳廷尉為河南守，聞其秀才，召置門下，甚幸愛。孝文皇帝初立，聞河南守吳公治平為天下第一，故與李斯同邑而常學事焉，乃徵為廷尉。廷尉乃言賈生年少，頗通諸子百家之書。文帝召以為博士。

賈誼年十八即才學出眾「能誦詩屬書」，為治績「天下第一」的吳廷尉所賞識，因而被文帝召為博士，實可謂年少得志。

> 是時賈生年二十餘，最為少。每詔令議下，諸老先生不能言，賈生盡為之對，人人各如其意所欲出。諸生於是乃以為能不及也。孝文帝說之，超遷，一歲中至太中大夫。

而賈誼在朝中亦表現出其政治上的才能，他傑出的才華，使其光芒在當代朝臣中顯得特別耀眼，而無人能及。

2、遭憂遠謫

　　賈誼才雋得帝王深寵，群臣乃發不平之情，故短於上：

　　　賈生以爲漢興至孝文二十餘年，天下和洽，而固當改正朔，
　　　易服色，法制度，定官名，興禮樂，乃悉草具其事儀法，
　　　色尚黃，數用五，爲官名，悉更秦之法。孝文帝初即位，
　　　謙讓未遑也。諸律令所更定，及列侯悉就國，其說皆自賈
　　　生發之。於是天子議以爲賈生任公卿之位。絳、灌、東陽
　　　侯、馮敬之屬盡害之，乃短賈生曰：「雒陽之人，年少初學，
　　　專欲擅權，紛亂諸事。」於是天子後亦疏之，不用其議，
　　　乃以賈生爲長沙王太傅。

遠謫長沙後，賈誼懷憂過湘水作《弔屈原賦》，以抒已懷。居長沙三年有鴞飛入屋隅，自以長沙卑溼，壽不得長，作〈鵩鳥賦〉以爲自廣。

　　賈誼年少有才，竟然遭讒貶謫長沙，帝雖重召卻未重用，終以三十三歲抱憾而卒，徒留下令人感傷的一頁歷史。唐人寫賈誼在形象上，注意到其才華，也注意到賈誼晚年困頓不遇、遭憂遠謫之事故，百首詩作之中多詠歎其才，而感歎其貶謫之事者亦泰半。各期代表人物如初唐楊炯、宋之問、張九齡；盛唐李白、杜甫、王維、孟浩然；中唐白居易、孟郊、張祜、賈島、劉長卿；晚唐戴叔倫、李商隱、杜牧都與賈誼相關的詩作。

（二）詠賈誼詩之寫作內容

1、賈誼之「才」

　　唐詩人在引「賈誼」入詩時，多書寫賈誼「少」、「才」、「賢」，如：

時期	詩人	詩題	詩句
初唐	李乂	奉和幸長安故城未央宮應制	代邸孫通禮　朝稱賈誼才
初唐	韋嗣立	酬崔光祿冬日述懷贈答	洛陽推賈誼　江夏貴黃瓊
初唐	張說	岳州別梁六入朝	遠泝長沙渚　欣逢賈誼才

初唐	鄭愔	哭郎著作	詩禮康成學　文章賈誼才
初唐	宋之問	登粵王臺	人非賈誼才　歸心不可見
盛唐	李白	經亂離後天恩流夜郎憶舊遊書懷贈江夏韋太守良宰	君登鳳池去　忽棄賈生才
盛唐	王義門	都中閒居	寂寞東京裏　空留賈誼才
盛唐	王維	哭祖六自虛	人知賈誼賢　公卿盡虛左
盛唐	孟浩然	晚春臥病寄張八	賈誼才空逸　安仁鬢欲絲
盛唐	胡皓	同蔡孚起居詠鸚鵡	賈誼才方達　揚雄老未遷
盛唐	錢起	送嚴維尉河南	甘泉未獻揚雄賦　吏道何勞賈誼才
中唐	元稹	酬樂天餘思不盡加爲六韻之作	衆推賈誼爲才子　帝喜相如作侍臣
中唐	白居易	江亭夕望	爭敢三年作歸計　心知不及賈生才
中唐	白居易	偶然二首：一	漢文明聖賈生賢　謫向長沙堪歎息
中唐	李端	相和歌辭：襄陽曲	賈生十八稱才子　空得門前一斷腸
中唐	姚合	寄主客劉郎中	漢朝共許賈生賢　遷謫還應是宿緣
中唐	張祜	酬武蘊之乙丑之歲始見華髮余自悲遂成繼和	賈生年尚少　華髮近相侵
中唐	劉長卿	淮上送梁二恩命追赴上都	賈生年最少　儒行漢庭聞
晚唐	李商隱	〔安定〕城樓	賈生年少虛垂淚　王粲春來更遠遊
晚唐	李商隱	賈生	宣室求賢訪逐臣　賈生才調更無倫

　　在這些詩作中，詩人對賈生之年少多才多稱讚不置或代爲稱揚友人，或自我比喻，皆表對賈誼才華的讚揚肯定。

2、賈誼的遇與不遇——「文帝」與「賈生」

　　唐人詠賈誼詩多提及文帝與賈生之關係，即儒生求仕的遇與不遇，而這也是賈誼命運轉折的關鍵，這些詩作如：盛唐李白〈巴陵贈賈舍人〉「賈生西望憶京華，湘浦南遷莫怨嗟。聖主恩深漢文帝，憐君不遣到長沙」、中唐孟郊〈寄張籍〉「未見天子面，不如雙盲人。賈生對文帝，終日猶悲辛。……」、中唐白居易〈偶然二首：一〉「楚懷邪亂靈均直，放棄合宜何惻惻？漢文明聖賈生賢，謫向長沙堪歎息。……」、劉禹錫〈詠史二首：二〉「賈生明王道，衛綰工車戲。同

遇漢文時，何人居貴位？」、晚唐李商隱〈賈生〉「宣室求賢訪逐臣，賈生才調更無倫。可憐夜半虛前席，不問蒼生問鬼神。」在盛、中、晚唐各期提及「賈誼」、「文帝」的詩作中，文士求遇然不得知己，常讓唐人寫賈誼時感到十分無奈。

3、貶謫

　　賈誼遭讒而被遠謫至長沙之地長達三年之久，賈誼自以壽不得長，不能回朝而悲傷，詩人寫賈誼，多爲賈誼無罪遭謫而興歎。盛唐李白〈金陵送張十一再遊東吳〉「去國難爲別，思歸各未旋。空餘賈生淚，相顧共悽然。」、盛唐孟浩然〈曉入南山〉「……地接長沙近，江從汨渚分。賈生曾弔屈，予亦痛斯文。」、劉長卿〈長沙過賈誼宅〉「三年謫宦此棲遲，萬古惟留楚客悲。……」、晚唐李羣玉〈讀賈誼傳〉「卑溼長沙地，空拋出世才。已齊生死理，鵩鳥莫爲災。」、吳仁璧〈賈誼〉「扶持一疏滿遺編，漢陛前頭正少年。誰道恃才輕絳灌，卻將惆悵弔湘川。」貶謫爲賈誼帶來極大的悲傷，並爲此作〈鵩鳥賦〉、〈弔屈原賦〉，唐人遠謫或遠遊它鄉多想到賈誼典故以之入詩，來抒憂遣懷，其故在此。

二、詠賈誼詩寫作目的

　　唐人詩作寫到賈誼，就題材類別以送別詩、贈答詩、懷古詩、詠史詩、感懷詩、哀悼詩爲主。就寫作目的而言，有引喻自況、感懷傷事、自勉慰友、悲歎不遇之情、詠史懷古〔註12〕、議論或諷刺君王等。

（一）稱頌自況

　　1、引喻稱頌：如初唐鄭愔〈哭郎著作〉：「詩禮康成學，文章賈誼才」，此乃哀悼詩，是鄭愔悼郎餘令〔註13〕而作之詩，而以鄭玄賈誼之博學與才識稱讚郎餘令。盛唐王維〈哭祖六自虛〉：「人知賈誼賢，

〔註12〕方回《瀛奎律髓》卷三「懷古者，見古跡而思古之幽情」。
〔註13〕《舊唐書‧郎餘令傳》。

公卿盡虛左」，乃王維哀悼祖六，以賈誼之賢公卿虛左來喻祖六之賢才。中唐元稹〈酬樂天餘思不盡加為六韻之作〉：「眾推賈誼為才子，帝喜相如作侍臣」，此乃元稹稱頌白居易之才也。

2、自況：李白〈經亂離後天恩流夜郎憶舊遊書懷贈江夏韋太守良宰〉：「君登鳳池去，忽棄賈生才」乃李白慮廟堂之無人，憂將帥之不一，而賊之不得速平，此所棄之賈生才乃自我比喻，張祜〈酬武蘊之乙丑之歲始見華髮余自悲〉，以賈生尚少華髮相侵，來自我比況，自我感懷傷悲。

賈誼「少」、「才」、「賢」，早年即得君王倚重，唐人對此亦稱頌之，在詩作詩人寫賈誼「少」、「才」、「賢」有其作用，不論引喻稱頌或以此自況，都可看出唐詩人借以對他人及自我的認定，由此也肯定讚揚賈誼才高的一面。

（二）感懷傷事

在唐人詩作裏，唐人明顯注意到賈誼的人生際遇，在多達百首詩作中多提及其懷憂遠謫之事蹟，唐詩人或遠遊登臨，或遭謫去國，多借賈誼之事以悲遠遊他鄉或貶謫情懷，多屬感傷之詞。

1、貶謫情懷：如盛唐李白〈金陵送張十一再遊東吳〉：
張翰黃花句，風流五百年。誰人今繼作，夫子世稱賢。再動游吳棹，還浮入海船。春光白門柳，霞色赤城天。去國難為別，思歸各未旋。空餘賈生淚，相顧共悽然。（《全唐詩》卷一百七十六）
此詩乃李白為友人張十一送別而作，因「去國」與「思歸」皆感無奈的情形之下，只有流下如賈生般傷心的淚水，相顧悽然了。中唐白居易〈憶微之傷仲遠〔註14〕〉：
幽獨辭羣久，漂流去國賒。只將琴作伴，唯以酒為家。感逝因看水，傷離為看花。李三埋地底，元九謫天涯。舉眼

〔註14〕 注：「李三仲遠去年春喪。」仲遠，李顧言字，顧言行三，新歿。頁640。

青雲遠，回頭白日斜。可能勝賈誼，猶自滯長沙。（《全唐詩》
卷四百三十九）

白居易面對故人，一是新歿，一是遠謫，在漂流去國已久的他鄉。想
到賈誼的遠謫長沙，不禁深深引起共鳴格外自憐自歎了。顧況〈寄祕
書包監〔註15〕〉

一別長安路幾千，遙知舊日主人憐。賈生只是三年謫，獨
自無才已四年。（《全唐詩》卷二百六十七）

此詩乃作者以「賈生只是三年謫」，而自己「無才」已四年來自我感
歎、自我反諷，以抒遠謫不能回京之情。

2、遠遊感懷：初唐楊炯〈廣溪峽〉：

廣溪三峽首，曠望兼川陸。山路遠羊腸，江城鎮魚腹。喬
林百丈偃，飛水千尋瀑。驚浪回高天，盤渦轉深谷。漢氏
昔云季，中原爭逐鹿。天下有英雄，襄陽有龍伏。常山集
軍旅，永安興版築。池臺忽已傾，邦家遠淪覆。庸才若劉
禪，忠佐爲心腹。設險猶可存，當無賈生哭。（《全唐詩》卷
五十）

在這首詩中作者表露出忠心爲佐的心願，但卻沒有達到其目的。故作
者歎云「設險猶可存，當無賈生哭」。宋之問〈登粵王臺〉

江上粵王臺，登高望幾回。南溟天外合，北戶日邊開。地
溼煙嘗起，山晴雨半來。冬花採盧橘，夏果摘楊梅。跡類
虞翻枉，人非賈誼才。歸心不可見，白髮重相催。（《全唐詩》
卷五十三）

此詩末提「跡類虞翻枉，人非賈誼才。歸心不可見，白髮重相催。」
表現作者思歸卻無法如願，而在年紀已老的情形之下，作者感到無
奈。提賈誼典，來看「歸」，一方面只是表達想要「歸鄉」之欲念，
另一方面作者雖說「人非賈誼才」，然實是才如賈誼之謙說，而暗示

〔註15〕　包監，包佶。《新唐書》本傳：「改祕書監，封丹陽郡公。」《唐會要》
卷三五，「貞元七年十二月，祕書監包奏……」詩云：「賈生只是三
年謫，獨自無才已四年」，當貞元八年作。頁361。

想要「回歸」朝廷的欲望。盛唐孟浩然〈曉入南山〉

> 瘴氣曉氛氳，南山復水雲。鯤飛今始見，鳥墮舊來聞。地接長沙近，江從汨渚分。賈生曾弔屈，予亦痛斯文。(《全唐詩》卷一百六十)

與王維並稱王孟，以田園詩見長的孟浩然，在此詩中表現了南山之氣魄，而文末提及賈誼弔屈原典故，表達了對賈誼、屈原的憐憫之情。杜甫〈入喬口〔註 16〕〉:

> 漠漠舊京遠，遲遲歸路賒。殘年傍水國，落日對春華。樹蜜早蜂亂，江泥輕燕斜。賈生骨已朽，悽惻近長沙。(《全唐詩》卷二百三十三)

杜甫此詩上四句言自我的行蹤，而下四句則表露了流落感傷，由於入喬口在長沙府西北九十里處，詩人行至此地，想到賈誼與自己則感共鳴，悽惻之情也就油然而生了。晚唐張碧〈秋日登岳陽樓晴望〉

> 三秋倚練飛金盞，洞庭波定平如剗。天高雲卷綠羅低，一點君山礙人眼。漫漫萬頃鋪琉璃，煙波闊遠無鳥飛。西南東北竟無際，直疑侵斷青天涯。屈原回日牽愁吟，龍宮感激致應沈。賈生憔悴說不得，茫茫煙靄堆湖心。(《全唐詩》卷四百六十九)

詩人到了岳陽，楚天遼闊想起流落楚地的屈原與賈誼不禁悲從中來了。

　　不論初、盛、中、晚唐的各期詩人，無論身處謫境或遠在他鄉，詩人與賈誼在境遇、情感上都有著無時地隔閡的共鳴，這也是唐詩人喜以賈誼入詩之原因。

（三）自勉慰友

　　在引賈誼入詩之作品中，唐人亦有借賈誼之事自我勉勵或以慰友之翻典用法，如李白〈巴陵贈賈舍人〉:

> 賈生西望憶京華，湘浦南遷莫怨嗟。聖主恩深漢文帝，憐

〔註16〕　《大清一統志》:「入喬口在長沙府西北九十里處。」。

君不遷到長沙。（《全唐詩》卷一百七十）

賈舍人指賈至，《新唐書‧賈至傳》：「（至德中）坐小法貶岳州司馬……」，而李白於巴陵寫詩贈之〔註17〕，有深意。此詩乃詩人以賈誼典安慰遭貶謫的賈曾，認爲「聖主」（指唐皇）恩深過於聖明的漢文帝，未將賈曾貶到更遠而卑溼的長沙去。楊愼《升庵詩話》指出：「太白此詩解其怨嗟也。得溫柔敦厚之旨矣。」宋咸熙《耐冷譚》云：「唐人贈遷謫詩，率用賈太傅事，然不過概作惋惜之詞耳。太白〈巴陵贈賈舍人〉……眞得溫柔敦厚之旨。」，又王維〈送楊少府貶郴州〉〔註18〕

明到衡山與洞庭，若爲秋月聽猿聲。愁看北渚三湘遠，惡說南風五兩輕。青草瘴時過夏口，白頭浪裏出湓城。長沙不久留才子，賈誼何須弔屈平？（《全唐詩》卷一百二十八）

同樣是一首以賈誼事安慰友人的翻典用法，王維的好友被貶郴州，而王維以「長沙不久留才子，賈誼何須弔屈平？」意指被貶的時間短，而友人何必爲此而傷懷，來寬慰友人，在清趙殿成箋注中提到：「送人遷謫，用賈事者多矣，然代爲悲忿之詞，惟李供〈奉巴陵贈賈舍人〉詩云……與右丞此篇結句，俱得忠厚和平之旨，可爲用事翻案法。」

盛唐時期的李白與王維，在這兩首詩作的表現上分別利用賈誼典故中的「時間」與「地點」作爲翻案，贈詩與賈誼有著同樣命運的友人，表達詩人安慰之意與溫柔敦厚之旨。

（四）悲歎不遇之情

身逢盛世仍不遇知己的明主，這是唐詩人心中最感傷心無奈的事。初唐張九齡〈將至岳陽有懷趙二〉：

湘岸多深林，青冥晝結陰。獨無謝客賞，況復賈生心。草

〔註17〕 瞿蛻園等校注：《李白集注》，台北：里仁書局，民國70年3月，頁770。引注「今人詹鍈云：賈至有初至巴陵與李十二白裴九同泛洞庭湖詩……則賈至之抵巴陵，當在乾元二年九月。此詩之作，亦在是時。」

〔註18〕 《新唐書‧地理志》：郴州桂陽郡，屬江南西道。

色雖云發，天光或未臨。江潭非所遇，爲爾白頭吟。(《全唐詩》卷四十八)

此詩是張九齡在開元元年奉召入京時所作，時感趙二年老不遇而貶謫荒遠之地，深爲其不得展其才而惋惜。盛唐王羨門〈都中閒居〉：

君王巡海内，北闕下明臺。雲物天中少，煙花歲後來。河從御苑出，山向國門開。寂寞東京裏，空留賈誼才。(《全唐詩》卷二百三)

此詩末尾，詩人以「寂寞」、「空留」表達了不遇情懷，中唐孟郊〈寄張籍〉：

未見天子面，不如雙盲人。賈生對文帝，終日猶悲辛。夫子亦如盲，所以空泣麟。有時獨齋心，髣髴夢稱臣。夢中稱臣言，覺後眞埃塵。東京有眼富不如，西京無眼貧西京。無眼猶有耳隔牆，時聞天子車轔轔。轔轔車聲輾冰玉，南郊壇上禮百神。西明寺後窮瞎張太祝，縱爾有眼誰爾珍？天子咫尺不得見，不如閉眼且養眞。(《全唐詩》卷三百七十八)

詩人直接的表示「未見天子面，不如雙盲人。」表達希望能見得天子得到重用的心情。然「賈生對文帝，終日猶悲辛。」，以「夫子亦如盲，所以空泣麟。」，這裏詩人又進一步的表達「盲」有兩種情形，一是：不得見天子，一是得見然不重用於天子，句末表達既不得見，不如「閉眼養眞」，表現遇與不遇之間詩人的選擇。中唐白居易〈偶然二首之一〉

楚懷邪亂靈均直，放棄合宜何惻惻？漢文明聖賈生賢，謫向長沙堪歎息。人事多端何足怪，天文至信猶差忒。月離于畢合滂沱，有時不雨何能測。(《全唐詩》卷四百三十九)

邪亂的楚懷王與明聖的漢文帝，在對待直與賢的臣子上，靈均與賈生的命運卻是一樣的，此詩表現了遇與不遇，其時命不能自主的無奈。白居易〈端居詠懷〉：

賈生俟罪心相似，張翰思歸事不如。斜日早知驚鵩鳥，秋風悔不憶鱸魚。胸襟曾貯匡時策，懷袖猶殘諫獵書。從此萬緣都擺落，欲攜妻子買山居。(《全唐詩》卷四百三十九)

詩人在此詩中，更表現了無奈欲歸的情懷，懷才而不遇之慨，在詩作的末尾表露無遺。

（五）詠史懷古

　　中晚唐詠史、懷古之詩作大增〔註19〕，在引賈誼入詩的作品中，多少都夾雜議論與感傷的情懷如中唐白居易〈讀史五首：一〉：

　　　　楚懷放靈均，國政亦荒淫。彷徨未忍決，繞澤行悲吟。漢文疑賈生，謫置湘之陰。是時刑方措，此去難爲心。士生一代間，誰不有浮沈？良時眞可惜，亂世何足欽。乃知汨羅恨，未抵長沙深。（《全唐詩》卷四百二十五）

劉禹錫〈詠史二首：二〉：

　　　　賈生明王道，衛綰工車戲。同遇漢文時，何人居貴位。（《全唐詩》卷三百六十四）

劉長卿〈長沙過賈誼宅〉：

　　　　三年謫宦此棲遲，萬古惟留楚客悲。秋草獨尋人去後，寒林空見日斜時。漢文有道恩猶薄，湘水無情弔豈知。寂寂江山搖落處，憐君何事到天涯。（《全唐詩》卷一百五十一）

戴叔倫〈過賈誼宅〉：

　　　　一謫長沙地，三年歎逐臣。上書憂漢室，作賦弔靈均。舊宅秋荒草，西風客薦蘋。淒涼回首處，不見洛陽人。（《全唐詩》卷）

戴叔倫〈過賈誼舊居〉：

　　　　楚鄉卑溼歎殊方，鵩賦人非宅已荒。謾有長書憂漢室，空將哀些弔沅湘。雨餘古井生秋草，葉盡疏林見夕陽。過客不須頻太息，咸陽宮殿亦淒涼。（《全唐詩》卷二百七三）

晚唐李羣玉〈讀賈誼傳〉：

　　　　卑溼長沙地，空拋出世才。已齊生死理，鵩鳥莫爲災。（《全

〔註19〕據統計，有唐一代約有詠史詩一四四二首，晚有一〇一四首，佔全唐詠史詩總數的百分之七十。王紅：〈試論晚唐詠史詩的悲劇審美特徵〉，《陝西師大學報（哲學社會科學版）》，1989年第三期，頁83。

唐詩》卷五百七十）

吳仁璧〈賈誼〉

> 扶持一疏滿遺編，漢陛前頭正少年。誰道恃才輕絳灌，卻
> 將惆悵弔湘川。（《全唐詩》卷六百九十）

在詠史、懷古的詩作中，詠賈誼之悲者，常針對漢文之不識人才而議論，「同遇漢文時，何人居貴位」、「漢文有道恩猶薄，湘水無情弔豈知」、「漢文疑賈生，謫置湘之陰。」，儘管「上書憂漢室」，然只是「空拋出世才」、「空將哀些弔沉湘」，這樣的無奈讓中晚唐詠賈誼者莫不感到惆悵，唐人認為因楚懷王的無道，屈原果受讒言而謫，然漢文的有道，卻使賈誼仍遭讒而謫，比較二人冤恨之深，白居易認為賈誼是勝過屈原的。

而除議論之外，另一方面詩人對於賈誼的遭遇感到同情而發出傷懷之情，在詩中所表現出為淒涼之感，詩中景象如「秋（荒）草」、「寒林」、「葉盡疏林」、「雨餘古井」、「夕陽」、「楚鄉」、「湘水」、「卑溼」、「宅已荒」，而情感上如：客「悲」、「寂寂」、「憐」君、「歎」逐臣、「憂」漢室、「淒涼」、空將「哀」些、頻「太息」、「可憐」，在此情景交融之下，其情悲憫而其詞哀淒，可看出在面對賈誼的一生，詩人感到無比的同情與淒愴。

中唐戴叔倫在觀自身也觀唐時代，不免也發出「過客不須頻太息，咸陽宮殿亦淒涼。」的歎語。

（六）諷刺君王

自白居易等人提倡「歌詩合為事而作」之後，中晚唐詩多寫實與諷刺之作，李賀〈感諷五首：二〉

> 奇俊無少年，日車何躃躃。我待紆雙綬，遺我星星髮。都
> 門賈生墓，青蠅久斷絕。寒食搖揚天，憤景長肅殺。皇漢
> 十二帝，唯帝稱睿哲。一夕信豎兒，文明永淪歇。（《全唐詩》
> 卷三百九十一）

李賀的這首詩作中，感諷的是君王的聽信豎臣讒言，漢文帝在漢十二

皇中史稱聖明睿哲，然「睿哲」仍抵不住讒言的左右，造成賈誼的人生悲劇，詩人因而感慨了。李商隱〈賈生〉：

　　宣室求賢訪逐臣，賈生才調更無倫。可憐夜半虛前席，不問蒼生問鬼神。（《全唐詩》卷五百四十）

李商隱此詩亦諷亦歎，所嘲諷者是君王不識人才，重召賈生竟然只問鬼神之事，所感歎者在於天下君至多無識人之明，宜乎不遇之臣士多矣。言下之意不免自歎，也歎唐代的君王。

第四章　唐詩漢人物詩作分論（二）
——唐代詠漢人物中的特出人物

　　唐詩人在漢代人物中，發現了可以產生共鳴的對象，也發現了可以解決唐代問題及自身問題的方法。不少漢代人物，無論他的人生際遇、人生智慧或一生功業如何，在唐人有意寄與同情、諷刺、憐憫、感懷之中，往往帶有著唐人自身及時代上的比附情懷。而漢人際遇之悲也就等同於唐人自身遭遇之悲，漢人不遇之歎也就等同於唐人不遇之歎，漢之時代悲劇也讓唐人面對當時局勢感到惶懼不安，在詩人細膩的情感及筆觸下，漢代人物也就可悲、可憐、可傷了。在眾多的漢代人物之中，除漢武帝及賈誼外，唐人還重視一些特出的人物，有的是在命運上、有的在功業上、有的在品性上，注意到其詩作內容也能得知詩人忐忑深刻不安的問題，及深慕景仰的人物典型了。

第一節　唐詩中漢人物「特出人物」——命運多舛的韓信、李廣、司馬相如、馮唐、揚雄、禰衡

　　「命運多舛」的「舛」字，據《說文解字》解釋謂「人與人相對而休也。引伸之足與足相抵而臥亦曰舛。」〔註1〕在人生際遇之中，

〔註1〕　（清）段玉裁：《說文解字注》，台北，黎明文化事業公司，民國75年12月，頁236。

盡其所能卻不逢其時或仍遭逢不幸者就是命運多舛。漢代人物在史冊
之中命運不順者多矣，《史記》、兩《漢書》多有記載，在《史記》中
司馬遷尤喜悲劇人物，如霸王之悲的項羽、遭憂遠謫的屈原、不遇明
主的賈誼、終不封侯的李廣，在對這些人物的敍寫上，史公大多悲憫
其志，對其生平細膩刻劃，另在兩《漢書》中，作者班固、范曄亦忠
實的寫下悲劇人物的生平事蹟。在唐人喜讀史書的傳統之中，這些悲
劇人物也深化於詩人心中，當情景相近、感懷相同、際遇相當時，因
地、因景、因情，詩人都能與歷史人物相通，這也是唐詩人與漢代悲
劇人物相連的原因之一了。然而在漢代《史記》、兩《漢書》的人物
之中，所謂「命運多舛」其實包含了許多類型，本文依類分述其內容。

一、不遇型

　　所謂「遇」指的是臣之於君得遇與否的際遇。君臣之間的知遇
關係，左右著士人的才情能否貢獻於朝，能否致君堯舜，能否任職
顯達，然知音難覓卻是歷代才識過人而有意仕進者，心中難掩的痛。
莫道明君難遇，即便有幸遇上，然知己難逢，縱能知己，未必能大
用，縱能大用，早已年紀老邁，難有作爲了。種種不遇的情形，在
炎漢一朝屢見不鮮，唐人讀史之際，不禁爲之感慨萬千了。

（一）不逢時

1、馮唐

　　馮唐，西漢時人，歷文、景、武帝三朝。文帝時以孝著稱，其性
耿直，因直言救魏尙官拜車騎都尉，主中尉及郡國車。景帝時以馮唐
爲楚相，不任。武帝時馮唐年九十，不能爲官，遂拜其子馮遂爲郎。
《史記》記載

> 馮唐者，其大父趙人‧父徙代‧漢興徙安陵‧唐以孝著，
> 爲中郎署長，事文帝‧文帝輦過，問唐曰：「父老何自爲郎？
> 家安在？」唐具以實對‧文帝曰：「吾居代時，吾尚食監高
> 袪數爲我言趙將李齊之賢，戰於鉅鹿下‧今吾每飯，意未

嘗不在鉅鹿也‧父知之乎？」唐對曰：「尚不如廉頗、李牧
之爲將也‧」上曰：「何以？」唐曰：「臣大父在趙時，爲
官將，善李牧‧臣父故爲代相，善趙將李齊，知其爲人也‧」
上既聞廉頗、李牧爲人，良說，而搏髀曰：「嗟乎！吾獨不
得廉頗、李牧時爲吾將，吾豈憂匈奴哉！」唐曰：「主臣！
陛下雖得廉頗、李牧，弗能用也‧」上怒，起入禁中‧良
久，召唐讓曰：「公柰何眾辱我，獨無閒處乎？」唐謝曰：
「鄙人不知忌諱‧」……七年，景帝立，以唐爲楚相，免‧
武帝立，求賢良，舉馮唐‧唐時年九十餘，不能復爲官，
乃以唐子馮遂爲郎‧遂字王孫，亦奇士，與余善。〔註2〕

唐詩人寫馮唐者約三十餘首，大抵歎其年老爲郎，借以自況、或喻人
之不遇者。如薛業〈晚秋贈張折衝〉

都尉今無事，時清但閉關。夜霜戎馬瘦，秋草射堂閒。位
以穿楊得，名因折桂還。馮唐眞不遇，歎息鬢毛斑。（《全唐
詩》卷一百一十七）

詩人對馮唐多有「不遇」及「老」的感歎，此多有暗喻自己或暗喻他
人之意涵。薛業之詩表面，雖云馮唐「不遇」、歎其「鬢毛斑」，然詩
人實暗指爲友人歎息。又或詩作有借以自況，如王維〈重酬苑郎中〉：

何幸含香奉至尊，多慚未報主人恩。草木盡能酬雨露，榮
枯安敢問乾坤。仙郎有意憐同舍，丞相無私斷掃門。揚子
解嘲徒自遣，馮唐已老復何論。（《全唐詩》卷一百二十八）

王維作此詩時爲庫部員外，其小序云：「頃輒奉贈，忽枉見酬，敘末
云，且久不遷，因而嘲及，詩落句云，『應同羅漢無名欲，故作馮唐
老歲年』，亦解嘲之類也。」詩人贈詩與苑咸，此詩中有不能奉恩報
主的感慨，有馮唐已老的無奈不安，詩人借馮唐典，也爲自己感歎。
而在苑咸〈酬王維〉中「……爲文已變當時體，入用還推間氣賢。應
同羅漢無名欲，故作馮唐老歲年。」回贈於王維，雖亦用馮唐典故，

〔註2〕　見《史記‧張釋之馮唐列傳》卷一百二十，瀧川龜太郎：《史記會注
考證》，台北：洪氏出版社印行，民國75年9月，1130頁。

然已轉化典故不含感歎之意了。

　　杜甫使用馮唐典故之詩作多達五首，居各家之冠。天寶十三年杜甫作〈承沈八丈東美除膳部員外阻雨未遂馳賀奉寄此詩〉，其詩云「今日西京掾，多除內省郎。通家惟沈氏，謁帝似馮唐。詩律羣公問，儒門舊史長。……」〔註3〕杜甫因與友沈東美爲世交，故云通家，而因自己與友人晚得郎官故比馮唐。又〈寄岑嘉州〉詩云：

> 不見故人十年餘，不道故人無素書。願逢顏色關塞遠，豈
> 意出守江城居。外江三峽且相接，斗酒新詩終日疏。謝朓
> 每篇堪諷誦，馮唐已老聽吹噓。泊船秋夜經春草，伏枕青
> 楓限玉除。眼前所寄選何物，贈子雲安雙鯉魚。〔註4〕

　　在此的馮唐，杜甫乃引以爲自比，表達自己如馮唐般老去，只得聽吹噓，以感念思念友人。又〈垂白〉：

> 垂白馮唐老，清秋宋玉悲。江喧長少睡，樓迥獨移時。多
> 難身何補，無家病不辭。甘從千日醉，未許七哀詩。〔註5〕

此是詩人在夔州西閣所作，此詩含老去悲秋之意，其憂心國家，在身老之際而更顯深沈。《杜臆》「公年老爲郎，有似馮唐，當秋而悲，後如宋玉。少睡無聊，故起立移時多難身補，作憤語。」趙注「公妻孥在蜀，而云無家，蓋以故鄉爲家。」，在這馮唐又有詩人自比之意了。又如〈哭王彭州掄〉：

> 執友驚淪沒，斯人已寂寥。新文生沈謝，異骨降松喬。北
> 部初高選，東堂早見招。蛟龍纏倚劍，鸞鳳夾吹簫，歷職
> 漢庭久。中年胡馬驕，兵戈闇兩觀。寵辱事三朝，蜀路江
> 干窄。彭門地里遙，解龜生碧草。諫獵阻清霄，頃壯戎麾
> 出。叨陪幕府要，將軍臨氣候，猛士寒風飆。井漏泉誰汲，
> 烽疏火不燒。前籌自多暇，隱几接終朝。翠石俄雙表，寒
> 松竟後凋。贈詩焉敢墜，染翰欲無聊。再哭經過罷，離魂

〔註3〕　《全唐詩》卷二百二十四。
〔註4〕　《全唐詩》卷二百二十九。
〔註5〕　《全唐詩》卷二百三十。

> 去住銷。之官方玉折，寄葬與萍漂。曠望渥洼道，霏微河
> 漢橋。夫人先即世，令子各清標。巫峽長雲雨，秦城近斗
> 杓。馮唐毛髮白，歸興日蕭蕭。〔註6〕

此乃杜甫在悼友人，而亦自傷之作，其馮唐仍有自比之意，自傷留滯，
公棲夔峽，而王返秦中，故有歸興蕭然之感。在這裏杜甫多以馮唐來
自況，而多言「老」、「垂白」、「髮白」，甚有「悲」之傷感。

2、李廣

李廣漢時飛將，善騎射，然其命運多舛，雖因善戰多功，卻未能
封侯，文帝曾歎「惜乎，子不遇時！如令子當高帝時，萬戶侯豈足道
哉！」。李廣一生七十餘戰，在最後一場戰役，因與大將軍衛青不和，
戰敗而被定罪，李廣自認「廣年六十餘矣，終不能復對刀筆之吏。」
後引刀自剄而死。因其人格甚高，故當其死時「廣軍士大夫一軍皆哭。
百姓聞之，知與不知，無老壯皆為垂涕」，太史公在其最後的評論裏
云：

> 傳曰：「其身正，不令而行；其身不正，雖令不從」。其李
> 將軍之謂也？余睹李將軍悛悛如鄙人，口不能道辭・及死
> 之日，天下知與不知，皆為盡哀。彼其忠實心誠信於士大
> 夫也？諺曰「桃李不言，下自成蹊」・此言雖小，可以諭大
> 也。〔註7〕

李廣一生的悲歌，唐人也身感其哀悽，多作感歎之語。如鮑溶〈相和
歌辭：苦戰遠征人〉

> 征人歌古曲，攜手上河梁。李陵死別處，杳杳玄冥鄉。憶
> 昔從此路，連年征鬼方。久行迷漢曆，三洗氈衣裳。百戰
> 身且在，微功信難忘。遠承雲臺議，非勢孰敢當。落日弔
> 李廣，白身過河陽。聞弓失月影，勞劍無龍光。去日始束
> 髮，今來髮成霜。虛名乃閒事，生見父母鄉。掩抑大風歌，

〔註6〕《全唐詩》卷二百三十一。
〔註7〕見《史記・李將軍列傳》卷一百零九，瀧川龜太郎：《史記會注考證》，
　　　台北：洪氏出版社印行，民國75年9月。

裴回少年場。誠哉古人言，鳥盡良弓藏。

在這首詩作中，充滿了征人悲苦的形象，詩中「落日弔李廣，白身過河陽」、「閒弓失月影，勞劍無龍光」道盡了征人出生入死，勞碌一生，卻虛空無所得，只落得「鳥盡良弓藏」的悲哀。其中所提「李廣」，正是征人「百戰」、「髮霜」，卻「鳥盡良弓藏」的最佳典型人物。

李廣在唐詩中有著「親民愛將」形象，如「每逐嫖姚破骨都，李廣從來先將士。」〔註 8〕，然其更多的是「勇猛善戰」的形象，如「猿臂將軍去似飛，彎弓百步虜無遺」〔註 9〕。李廣的善戰常使唐人思慕不已：如「猶思百戰術，更逐李將軍。始從灞陵下，遙遙度朔野。」〔註 10〕、李白〈塞下曲〉「烽火動沙漠，連照甘泉雲。漢皇按劍起，還召李將軍。兵氣天上合，鼓聲隴底聞。橫行負勇氣，一戰淨妖氛。」、高適〈塞上〉「惟昔李將軍，按節出皇都。總戎掃大漠，一戰擒單于。」、王昌齡〈出塞〉「秦時明月漢時關，萬里長征人未還。但使龍城飛將在，不教胡馬度陰山。」這些詩作充分反映出唐人對李廣的推崇讚揚之意，希望唐亦有著一位如李廣般勇猛的大將，守護疆域，保護大唐江山，也減少邊塞上戰事的發生。如無名氏〈胡笳曲〉

　　月明星稀霜滿野，氈車夜宿陰山下。漢家自失李將軍，單于公然來牧馬。(《全唐詩》卷七百八十六)

高適〈相和歌辭：燕歌行〉

　　……殺氣三日作陣雲，寒聲一夜傳刁斗。相看白刃血紛紛，死節從來豈顧勳。君不見沙場征戰苦，至今猶憶李將軍。(《全唐詩》卷十九)

皎然〈武源行贈丘卿岑〉

　　……如何棄置功不錄，通籍無名滯江曲。灞亭不重李將軍，

〔註 8〕　高適〈送渾將軍出塞〉：《全唐詩》卷二百十三。
〔註 9〕　陳陶〈塞下曲〉：《全唐詩》卷七百四十五。
〔註 10〕　袁瓘〈鴻門行〉：《全唐詩》卷一百二十。

漢爵猶輕蘇屬國。荒營寂寂隱山椒，春意空驚故柳條。野
戰攻城盡如此，即今誰是霍嫖姚。（《全唐詩》卷八百二十一）

在戰事頻仍的唐朝，期待一位如李廣般的大將，是人們共同的心願，
然李廣的善戰卻無功勳，詩人爲此也只能歸咎於命運多舛了，如王維
〈老將行〉：

少年十五二十時，步行奪得胡馬射。射殺中山白額虎，肯
數鄴下黃鬚兒。一身轉戰三千里，一劍曾當百萬師。漢兵
奮迅如霹靂，虜騎崩騰畏蒺藜。衛青不敗由天幸，李廣無
功緣數奇。自從棄置便衰朽，世事蹉跎成白首。昔時飛箭
無全目，今日垂楊生左肘。路傍時賣故侯瓜，門前學種先
生柳。蒼茫古木連窮巷，寥落寒山對虛牖。誓令疏勒出飛
泉，不似潁川空使酒。賀蘭山下陣如雲，羽檄交馳日夕聞。
節使三河募年少，詔書五道出將軍。試拂鐵衣如雪色，聊
持寶劍動星文。願得燕弓射天將，恥令越甲鳴吳軍。莫嫌
舊日雲中守，猶堪一戰取功勳。

「衛青不敗由天幸，李廣無功緣數奇」，「天幸」〔註11〕與「數奇」
〔註12〕代表了命運上的不同，而李廣一生無功，也與其命運相關。
因而詩作筆下提李廣「未封侯」一事者多矣。如以下詩作李嘉祐〈送
馬將軍奏事畢歸滑州使幕〉：

吳門別後蹈滄州，帝里相逢俱白頭。自歎馬卿常帶病，還
嗟李廣未封侯。棠梨宮裏瞻龍袞，細柳營前著豹裘。想到
滑臺桑葉落，黃河東注荻花秋。（《全唐詩》卷二百七）

〔註11〕　《漢書·霍去病列傳》第二十五：霍去病所將常選，然亦敢深入，
　　　　常與壯騎先其大軍，亦有天幸，未嘗困絕也，按天幸乃去病事，今
　　　　指衛青，蓋誤用也。

〔註12〕　《史記·李將軍列傳》卷一百零九：「元朔六年，廣復爲後將軍，從
　　　　大將軍軍出定襄擊匈奴，諸將多中首虜率，以功爲侯者，而廣軍無
　　　　功。元狩四年，廣從大將軍擊匈奴，青陰受上誡，以爲李廣老，數
　　　　奇，毋令當單于。恐不得所欲。」如淳註：數爲匈奴所敗，奇爲不
　　　　偶也。……《齊東野語·李廣傳》：「廣數可，毋令當單于」，註：奇
　　　　不偶也，言廣命隻不偶也。

杜甫〈將赴荊南寄別李劍州〉：

> 使君高義驅今古，寥落三年坐劍州。但見文翁能化俗，焉
> 知李廣未封侯。路經灔澦雙蓬鬢，天入滄浪一釣舟。戎馬
> 相逢更何日，春風迴首仲宣樓。（《全唐詩》卷二百二十八）

溫庭筠〈傷溫德彝〉：

> 昔年戎虜犯榆關，一敗龍城匹馬還。侯印不聞封李廣，他
> 人丘壟似天山。（《全唐詩》卷五百七十九）

徐夤〈賜楊著〉：

> 藻麗熒煌冠士林，白華榮養有曾參。十年去里荊門改，八
> 歲能詩相座吟。李廣不侯身漸老，子山操賦恨何深。釣魚
> 臺上頻相訪，共說長安淚滿襟。（《全唐詩》卷七百九）

崔道融〈題李將軍傳〉：

> 猿臂將軍去似飛，彎弓百步虜無遺。漢文自與封侯得，何
> 必傷嗟不遇時。（《全唐詩》卷七百十四）

陳陶〈塞上〉：

> 邊頭能走馬，猿臂李將軍。射虎羣胡伏，開弓絕塞聞。海
> 山諳向背，攻守別風雲。只爲坑降罪，輕車未轉勳。（《全唐
> 詩》卷七百四十五）

李廣的百戰老將形象，在歷史上是有名的，然其百功卻不能封侯，這
樣的命運，究竟是何原因，在漢唐乃迄於今，都是令人未解且同感遺
憾的事，如同《史記‧李將軍列傳》李廣自問於王朔曰：

> 「自漢擊匈奴而廣未嘗不在其中，而諸部校尉以下，才能
> 不及中人，然以擊胡軍功取侯者數十人，而廣不爲後人，
> 然無尺寸之功以得封邑者，何也？豈吾相不當侯邪？且固
> 命也？」朔曰：「將軍自念，豈嘗有所恨乎？」廣曰：「吾
> 嘗爲隴西守，羌嘗反，吾誘而降，降者八百餘人，吾詐而
> 同日殺之。至今大恨獨此耳。」朔曰：「禍莫大於殺已降，
> 此乃將軍所以不得侯者也。」〔註13〕

〔註13〕 見《史記‧李將軍列傳》卷一百零九，瀧川龜太郎：《史記會注考證》，
　　　　台北：洪氏出版社印行，民國75年9月。

朔對李廣的回答，僅就天理而言未封侯一事，然，這究竟未能平李廣及唐人的遺憾，此李廣之憾，也是唐人所以爲其嗟歎不已也。

　　「李廣」三十七首詩作中，杜甫以四首詩作居冠。四首詩作中〈曲江三章章五句：三〉「故將移住南山邊，短衣匹馬隨李廣，看射猛虎終殘年。」此詩有著杜甫感慨之情與豪從之氣，而李廣則是杜甫感慨豪氣所寄託的對象，而〈寄岳州賈司馬六丈巴州嚴八使君兩閣老五十韻〉「討胡愁李廣」則有著隱射唐時事歌舒敗績之事蹟，〈將赴荊南寄別李劍州〉「爲知李廣未封侯」則暗喻時人李劍州，〈南極〉「亂離多醉尉，愁殺李將軍」亦暗喻時事指小人干政，而正直之士爲之所阻。大抵杜甫在寫李廣時非僅單純寫史，多引史事在喻唐時時事，表達詩人對國家的直接評論與關懷。

3、司馬相如

　　西漢司馬相如字長卿，其生平榮辱相半，而其中與卓文君的風流韻事，更是爲後人津津樂道，而唐詩中提及「司馬相如」者多達四十多首詩作，這些無不與其傑出的文才、特殊的機緣，有著很大的關係。這也是唐人對長卿特別注目之處了。

> 司馬相如者，蜀郡成都人也，字長卿。少時好讀書，學擊劍，故其親名之曰犬子。相如既學，慕藺相如之爲人，更名相如。以貲爲郎，事孝景帝，爲武騎常侍，非其好也。會景帝不好辭賦，是時梁孝王來朝，從游說之士齊人鄒陽、淮陰枚乘、吳莊忌夫子之徒，相如見而說之，因病免，客游梁。梁孝王令與諸生同舍，相如得與諸生游士居數歲，乃著子虛之賦……居久之，蜀人楊得意爲狗監，侍上。上讀〈子虛賦〉而善之，曰：「朕獨不得與此人同時哉！」得意曰：「臣邑人司馬相如自言爲此賦。」上驚，乃召問相如。相如曰：「有是。然此乃諸侯之事，未足觀也。請爲天子游獵賦，賦成奏之。」上許，令尚書給筆札。相如以「子虛」，虛言也，爲楚稱；「烏有先生」者，烏有此事也，爲齊難；「無是公」者，無是人也，明天子之義。故空藉此三

人爲辭，以推天子諸侯之苑囿・其卒章歸之於節儉，因以
風諫・奏之天子，天子大説・其辭曰：……賦奏，天子以
爲郎。〔註14〕

唐人在詠「司馬相如」詩作中，由於其才學、命運之特殊，使唐人在
詩中往往用以自比或比稱時人，而其內容上也有寓含「不遇」與「得
遇」之主題。又司馬相如「貧」、「病」之景況，使唐人在不遇之際，
在寫作技巧上也常有意無意的喻指自己目前之情境，使唐詩中提及
「司馬相如」者與唐人之情感連繫了起來。

（1）長卿「才」

由於司馬相如才華似錦，唐人多引以稱頌之，或用以借代而讚
揚他人。如下詩句：宗楚客〈安樂公主移入新宅侍宴應制〉「人同衛
叔美，客似長卿才」，借以顯客之才、錢起〈和萬年成少府寓直〉「明
朝紫書下，應問長卿才」，代指時人、劉禹錫〈酬湖州崔郎中見寄〉
〔註15〕「昔年與兄遊，文似馬長卿」，用司馬相如之文才作類比，以
贊頌崔玄亮、崔珏〈道林寺〉「長卿之門久寂寞，五言七字誇規模」，
此以司馬相如賦之規模指相如之才、徐夤〈義通里寓居即事〉「長卿
甚有凌雲作，誰與清吟遶帝宮」，「凌雲作」亦指長卿之才、徐鉉〈亞
元舍人不替深知猥貽佳作三篇，清絕不敢輕酬，因爲長歌，聊以爲
報。未竟，復得子喬校書示問，故兼寄陳君，庶資一笑耳〉〔註16〕
「長卿曾作美人賦，玄成今有責躬詩」，此比亞元之才、貫休〈送友

〔註14〕 見《史記・司馬相如列傳》卷一百一十七，瀧川龜太郎：《史記會注
考證》，台北：洪氏出版社印行，民國75年9月。

〔註15〕 《全唐文》卷六七九，白居易《崔玄亮墓志》：征拜刑部郎中，謝病
不就，俄改湖州刺史。……在湖三歲。《吳興志》卷十四，唐刺史，
崔玄亮，長慶三年十一月自刑部郎中拜遷祕書少監分司東都。

〔註16〕 亞元，喬匡舜字。《全唐文》卷八八六，徐鉉《唐故朝議大夫守尚書
刑部喬公墓志》「公諱匡舜，字亞元……升朝爲駕部外郎，未幾，守
本官知制誥，就遷祠部郎中、中書舍人。典掌樞機，周慎靜默，凡
十餘年。」子喬，陳喬字，見《馬書》本傳。詩云「海陵郡中陶太
守」，謂陶敬宣。

人之嶺外〉「明時好□進，莫滯長卿才」，以長卿才指友人之才。

（2）長卿「病」、「貧」

　　司馬相如有消渴之病〔註17〕，又加長卿曾在蜀地賣酒營生，雖後蒙武帝所用，但司馬相如的貧病形象，深入唐人心中，故而引以入詩。如下詩句：杜甫〈上韋左相二十韻〉〔註18〕「長卿多病久，子夏索居頻。」、杜甫〈送高司直尋封閬州〉〔註19〕「長卿消渴再，公幹沈綿屢。……我瘦書不成，成字讀亦誤。為我問故人，勞心練征戍。」、杜甫〈同元使君春陵行〉〔註20〕「……我多長卿病，日夕思朝廷。肺枯渴太甚，漂泊公孫城。……」、杜甫〈奉送魏六丈佑少府之交廣〉〔註21〕「……長卿久病渴，武帝元同時。季子黑貂敝，得無妻嫂欺……」、杜甫〈奉贈蕭二十使君〉〔註22〕「……不達長卿病，從來原憲貧。監河受貸粟，一起轍中鱗。」

　　唐人引相如貧病者約有十首，而杜甫卻占了五首之多，且杜詩在以「司馬相如」入詩僅六首，然提其病者卻有五首，這無不與杜甫之平生遭遇相關。〈上韋左相二十韻〉乃天寶十四年，公作於長安，時杜甫四十四歲，杜甫寫詩寄於韋相，此自敘困窮，而有望於韋相也。言杜甫此時多病索居寥落已甚，且驅逐生涯，資身無策。因此，希望韋相能為其有所引薦。〈送高司直尋封閬州〉、〈同元使君春陵行〉、〈奉

〔註17〕　見《史記·司馬相如列傳》卷一百一十七，瀧川龜太郎：《史記會注考證》，台北：洪氏出版社印行，民國75年9月，1238頁。

〔註18〕　見素初入相，在天寶十三載之秋，詩云「四十春」，蓋天寶十四載初春作。

〔註19〕　鶴注：此當大曆二年夔州作，頁1828。封閬州，封議。〈唐梁州城固縣令渤海封君（挨）志銘〉「皇考諱議，蓬、集、閬、明四州刺史。」唐杜甫著、清仇兆鰲注：《杜詩詳注》，北京：中華書局，1979年10月，頁293。

〔註20〕　同上註。鶴注：此當大曆二年在夔州作。

〔註21〕　同上註。鶴注：此當大曆四年冬。

〔註22〕　同上註。鶴注：當是在大曆五年春作，詩云「迴雁五湖春」，可見。玩詩意，蕭蓋先為郎官，後出為縣令，在嚴武幕中復為郎官，後在湖南又為刺史矣，頁2052。

送魏六丈佑少府之交廣〉、〈奉贈蕭二十使君〉都作於大曆二至五年之間，其中除〈奉送魏六丈佑少府之交廣〉「病渴黑貂」指魏佑傷其不遇落魄外，餘皆自比，其中〈奉贈蕭二十使君〉，杜甫貧病乃向蕭太守貸粟，可以見得杜甫晚年生活的悲慘情境。杜甫一生貧病流離失所，因之與相如消渴病及其困頓有所相似，而可以比擬了。況相如之才也是詩人所慕的，因之喜以比擬。

另唐人其他詩句如：高適〈酬裴秀才〉「……長卿無產業，季子慚妻嫂。此事難重陳，未於眾人道。」，詩人比之長卿、季子無產而窮的情景、皇甫冉〈送魏六侍御葬〉「誰知長卿疾，歌賦不還邛」，此以長卿疾來比魏六、武元衡〈長安敘懷寄崔十五〉「家甚長卿貧，身多公幹病」，以長卿貧公幹病，自比貧病之情況，喻懷才而不遇漸貧而病、溫庭筠〈秋日旅舍寄義山李侍御〉「子虛何處堪消渴，試向文園問長卿」，以長卿比李商隱，表稱讚其才、黃滔〈新野道中〉「莫道還家不惆悵，蘇秦羈旅長卿貧」，以蘇秦「羈旅」、長卿「貧」表困頓不如意，然此二人乃僅短暫困頓，後都蒙上在位者用，故有暗含希望之意。

司馬相如寫下藻麗華美的賦篇，後人無能出其右，其才華出眾，為人稱頌。然其消渴之病及困頓之貧，也讓唐時一些不如意的詩人有著感同受身的情感，用以稱頌自況都有其意義了。

（3）「司馬相如」之主題——「遇」與「不遇」

唐人寫作都有其意涵，詠歷史人物，更有其表達之主要意義。尤其司馬相如之人生際遇，更是使唐人有所感慨的。如以下詩作：杜甫〈贈陳二補闕〉〔註23〕：

> 世儒多汩沒，夫子獨聲名。獻納開東觀，君王問長卿。皁雕寒始急，天馬老能行。自到青冥裏，休看白髮生。（《全唐詩》卷二百二十四）

此指陳二遇上了知音的君王，懷才得知遇，就如同武帝問於司馬相

〔註23〕同上註。鶴注：此當天寶十三載，長安作，頁279。

如，而長卿得遇一般，此「君王問長卿」有得遇之意。錢起〈送萬兵曹赴廣陵〉：

> 秋日思還客，臨流語別難。楚城將坐嘯，郢曲有餘悲。山晚桂花老，江寒蘋葉衰。應須楊得意，更誦長卿辭。（《全唐詩》卷二百三十七）

此詩中有「嘯」、「悲」、「老」、「衰」可以感到詩人之悲情，末句「應須楊得意，更誦長卿辭。」則反映出希望能有如楊得意一般的人物，使其得遇知音而顯才華。

至於盧綸〈冬日登城樓有懷因贈程騰〉：

> 生涯何事多羈束，賴此登臨暢心目。郭南郭北無數山，萬井逶迤流水間。彈琴對酒不知暮，岸幘題詩身自閒。風聲肅肅雁飛絕，雲色茫茫欲成雪。遙思海客天外歸，坐想征人兩頭別。世情多以風塵隔，泣盡無因畫籌策。誰知白首窗下人，不接朱門坐中客。賤亦不足歎，貴亦不足陳。長卿未遇楊朱泣，蔡澤無媒原憲貧。如今萬乘方用武，國命天威借貔虎。窮達皆爲身外名，公侯可廢刀頭取。君不見漢家邊將在邊庭，白羽三千出井陘。當風看獵擁珠翠，豈在終年窮一經。（《全唐詩》卷二百三十七）

徐鉉〈廬陵別朱觀先輩〉：

> 桂籍知名有幾人，翻飛相續上青雲。解憐才子寧唯我，遠作卑官尚見君。嶺外獨持嚴助節，宮中誰薦長卿文。新詩試爲重高詠，朝漢臺前不可聞。（《全唐詩》卷七百五十五）

方干〈送姚舒下第遊蜀〉：

> 蜀路何迢遞，憐君獨去遊。風煙連北虜，山水似東甌。九折盤荒坂，重江遶漢州。臨邛一壺酒，能遣長卿愁。（《全唐詩》卷六百四十八）

此三首則表現「未遇」的心境與情感，詩人看司馬相如者則在其未遇之時，如盧綸〈冬日登城樓有懷因贈程騰〉詩人舉司馬相如未遇與楊朱困頓之泣，表「窮達皆爲身外名」且「君不見漢家邊將在邊庭，白羽三千出井陘。當風看獵擁珠翠，豈在終年窮一經。」來勸慰友人。

另徐絃〈廬陵別朱觀先輩〉「嶺外獨持嚴助節，宮中誰薦長卿文」、方干〈送姚舒下第遊蜀〉「臨邛一壺酒，能遣長卿愁」，詩人也都暗寓不遇之情。

在司馬相如平生之「遇」與「不遇」之中，唐詩人有所選擇，然皆出其情境而有所選擇也。

（4）韓信

韓信乃漢之開國功臣，信起於草莽，曾忍受胯下之辱，年少時貧困潦倒，曾投靠項羽然不得用，後得蕭何賞識薦於高祖，而得展其能。然建漢之後，以其功高震主〔註24〕，而爲高祖所不容，後爲呂后誘斬之，見《史記·淮陰列傳》：

> 漢十年，陳豨果反。上自將而往，信病不從。陰使人至豨所，曰：「弟舉兵，吾從此助公。」信乃謀與家臣夜詐詔赦諸官徒奴，欲發以襲呂后、太子。部署已定，待豨報。其舍人得罪於信，信囚，欲殺之。舍人弟上變，告信欲反狀於呂后。呂后欲召，恐其黨不就，乃與蕭相國謀，詐令人從上所來，言豨已得死，列侯臣皆賀。相國紿信曰：「雖疾，彊入賀。」信入，呂后使武士縛信，斬之長樂鍾室。信方斬，曰：「吾悔不用蒯通之計，乃爲兒女子所詐，豈非天哉！……高祖已從豨軍來，至，見信死，且喜且憐之。〔註25〕

（一）詩中表現的主題有：

A. 君臣關係之議

韓信與劉邦之間的關係，由未建國前的相濡以沫，到建國後猜忌

〔註24〕 見周先民：《司馬遷的史傳文學世界》，台北：文津出版社，民國84年 10 月，頁 217。「司馬遷用『且喜且憐』四個字描寫劉邦『見信死』時的心理狀態，非常傳神……其狀慘，其情冤，不能不使劉邦砰然心動，有所憐惜。但是，憐惜只是瞬間，大『喜』才是主要的心態，勞苦功高的心腹大患終於被除，從此可以高枕無憂，當然要心花怒放了……」

〔註25〕 見《史記·淮陰侯傳》卷九十二，瀧川龜太郎：《史記會注考證》，台北：洪氏出版社印行，民國 75 年 9 月。

不安難以相容，使得君臣之間的相處產生了弔詭，而韓信最後的悲劇，在唐人看來，更在進與退之間形成了一種莫名的無奈。提及此部份的詩作有初唐王珪《詠淮陰侯》：

> 秦王日凶慝，豪傑爭共亡。信亦胡爲者，劍歌從項梁。項羽
> 不能用，脫身歸漢王。道契君臣合，時來名位彰。北討燕承
> 命，東驅楚絕糧。斬龍堰濰水，擒豹燔夏陽。功成享天祿，
> 建旗還南昌。千金答漂母，百錢酬下鄉。吉凶成糾纏，倚伏
> 難預詳。弓藏狡兔盡，慷慨念心傷。（《全唐詩》卷三十）

王珪詩作共兩首，其一便是《詠淮陰侯》，在此詩中，王珪以詠史方式平述歷史亦以悼之，然詩末「吉凶成糾纏，倚伏難預詳」、「弓藏狡兔盡，慷慨念心傷」，表現了爲臣在禍福吉凶相倚之下的「心傷」。

中唐劉禹錫《韓信廟》：

> 將略兵機命世雄，蒼黃鍾室歎良弓。遂令後代登壇者，每
> 一尋思怕立功。（《全唐詩》卷三百六十五）

詩中作者闡述了立功者卻遭受災禍的悲哀，令人傷感。中唐李紳《卻過淮陰弔韓信廟》：

> 功高自棄漢元臣，遺廟陰森楚水濱。英主任賢增虎翼，假
> 王徼福犯龍鱗。賤能忍恥卑狂少，貴乏懷忠近佞人。徒用
> 千金酬一飯，不知明哲重防身。（《全唐詩》卷四百八十二）

詩句中「不知明哲重防身」，亦表達了爲臣的百般無奈。中唐殷堯藩《韓信廟》

> 長空鳥盡將軍死，無復中原入馬蹄。身向九泉還屬漢，功
> 超諸將合封齊。荒涼古廟惟松柏，咫尺長陵又麋鹿。此日
> 深憐蕭相國，竟無一語到金閨。（《全唐詩》卷四百九十二）

中唐的這三首詩，主要在嘆議君臣關係上含有譏諷之意味，「每一尋思怕立功」、「徒用千金酬一飯，不知明哲重防身」，詩人表現出臣子應「不立功」應「明哲保身」之諷，來言君臣關係，而殷堯藩《韓信廟》則表現了對韓信的悲憐之意，亦憐蕭何人在朝中身不由己之悲。又晚唐羅隱《韓信廟》：

翦項移秦勢自雄，布衣還是負深功。寡妻稚女俱堪恨，卻
把餘杯奠蒯通。(《全唐詩》卷六百六十四)

晚唐許渾《韓信廟》：

朝言雲夢暮南巡，已爲功名少退身。盡握兵權猶不得，更
將心計託何人。(《全唐詩》卷五百三十八)

晚唐胡曾《詠史詩：雲夢》：

漢祖聽讒不可防，偽遊韓信果罹殃。十年辛苦平天下，何
事生擒入帝鄉。(《全唐詩》卷六百四十七)

晚唐的這三首詩則表現出感歎、悲恨，對「君」是更加的表現出不滿
及深恨之意，「堪恨」、「更將」、「果罹殃」表現出唐人對韓信命運的
不平之意，也表現出晚唐忿亂的背景，讓詩人在進退之間有著不安的
情緒。

　　B. 「遇」與「不遇」

　　唐詩中舉歷史人物者多有此一主題，而寫韓信者亦不例外。如晚
唐李羣玉《獻王中丞》

登仙望絕李膺舟，從此青蠅點遂稠。半夜劍吹牛斗動，二
年門掩雀羅愁。張儀會展平生舌，韓信那慚胯下羞。他日
圖勳畫麟閣，定呈肝膽始應休。(《全唐詩》卷五百六十九)

溫庭筠《贈蜀府將》：

十年分散劍關秋，萬事皆隨錦水流。志氣已曾明漢節，功
名猶自滯吳鉤。鵰邊認箭寒雲重，馬上聽笳塞草愁。今日
逢君倍惆悵，灌嬰韓信盡封侯。(《全唐詩》卷五百七十八)

李羣玉的詩作表現了冀遇於君上之意，如「張儀會展平生舌，韓信那
慚胯下羞。他日圖勳畫麟閣，定呈肝膽始應休。」而溫庭筠則表現了
不遇而惆悵之意，「……志氣已曾明漢節，功名猶自滯吳鉤。……今
日逢君倍惆悵，灌嬰韓信盡封侯。」說明冀遇之心，而以韓信建功封
侯自詡。

　　C. 暗指唐代人事

　　詩人在寫作歷史人物，亦常暗喻唐人唐事。如盛唐邊塞詩人岑參

《過梁州奉贈張尚書大夫公》

> 漢中二良將，今昔各一時。韓信此登壇，尚書復來斯。手
> 把銅虎符，身總丈人師。……（《全唐詩》卷一百九十八）

此以今昔二良將韓信與張獻誠互相比擬，以稱頌張尚書〔註26〕，又中
唐王涯《從軍詞三首：一》

> 戈甲從軍久，風雲識陣難。今朝拜韓信，計日斬成安。（《全
> 唐詩》卷三百四十六）

此乃詩人借韓信在井陘之戰知己知彼，靈活的運用策略斬成安君，來
寄寓唐之戰事，希望能如韓信斬將般的早日凱旋歸國。晚唐韋莊《題
淮陰侯廟》

> 滿把椒漿奠楚祠，碧幢黃鉞舊英威。能扶漢代成王業，忍
> 見唐民陷戰機。雲夢去時高鳥盡，淮陰歸日故人稀。如何
> 不借平齊策，空看長星落賊圍。（《全唐詩》卷六百九十七）

此亦借頌淮陰侯韓信，然實指唐之戰事，希望能有如韓信般有平齊之
策，能讓唐之戰事有成功的一日，莫要「落賊圍」。

（二）李杜筆下的韓信

唐詩中提及「韓信」者，李白以四首居全唐人之冠，而杜詩雖僅
一首，卻有其代表意義，故此一併說明。李白的幾首詩中多有著自比
之作用，如《雜曲歌辭：行路難三首：二》〔註27〕：

> 大道如青天，我獨不得出。羞逐長安社中兒，赤雞白狗賭
> 梨栗。彈劍作歌奏苦聲，曳裾王門不稱情。淮陰市井笑韓
> 信，漢朝公卿忌賈生。君不見昔時燕家重郭隗，擁篲折腰
> 無嫌猜，劇辛樂毅感恩分。輸肝剖膽效英才，昭王白骨縈

〔註26〕張尚書，張獻誠。《舊唐書》本傳：三邊檢校工部尚書，兼梁州刺史，
　　　　充山南西道觀察使。……永泰二年正月，……兼充劍南東川節度觀
　　　　察使，封鄭國公。大曆元年，岑參入蜀，經梁州。見傅璇琮《全唐
　　　　詩人名考証》，陝西：陝西人民教育出版社，頁171。
〔註27〕見瞿蛻園等校注：《李白集校注》，台北：里仁出版社，民國70年，
　　　　頁240。「胡云：『行路難，歎世路艱難及貧賤離索之感。……』，《唐
　　　　宋詩醇》云：『畏其難而決去矣。此蓋被放之初述懷如此，真寫得難
　　　　字意出。』」。

蔓草。誰人更掃黃金臺，行路難，歸去來。(《全唐詩》卷二十五)

此李白初被放而述懷之作，詩中「淮陰市井笑韓信，漢朝公卿忌賈生」是寫自己之情狀，有歎世路艱難而貧賤離索之感。又《相和歌辭：猛虎行》：

> 朝作猛虎行，暮作猛虎吟。腸斷非關隴頭水，淚下不爲雍門琴。旌旗繽紛兩河道，戰鼓驚山欲傾倒。秦人半作燕地囚，胡馬翻銜洛陽草。一輸一失關下兵，朝降夕叛幽薊城。巨鼇未斬海水動，魚龍奔走安得寧。頗似楚漢時，翻覆無定止。朝過博浪沙，暮入淮陰市。張良未遇韓信貧，劉項存亡在兩臣。暫到下邳受兵略，來投漂母作主人。賢哲栖栖古如此，今時亦棄青雲士，有策不敢犯龍鱗。竄身南國避胡塵，寶書長劍挂高閣。金鞍駿馬散故人，昨日方爲宣城客。掣鈴交通二千石，有時六博快壯心。繞牀三匝呼一擲，楚人每道張旭奇。心藏風雲世莫知，三吳邦伯多顧盼。四海雄俠皆相推，蕭曹曾作沛中吏。攀龍附鳳當有時，溧陽酒樓三月春。楊花漠漠愁殺人，胡人綠眼吹玉笛。吳歌白紵飛梁塵，丈夫相見且爲樂。槌牛撾鼓會衆賓，我從此去釣東海，得魚笑寄情相親。(《全唐詩》卷十九)

此詩李白引張韓未遇之事，清人王琦注云：「以起已之懷長策而見棄。當時竄身南國，流寓宣城，書劍蕭條，僅寄壯心於六博，宜其有腸斷淚下之悲矣。」〔註28〕又《贈新平少年》：

> 韓信在淮陰，少年相欺凌。屈體若無骨，壯心有所憑。一遭龍顏君，嘯咤從此興。千金答漂母。萬古共嗟稱，而我竟何爲。寒苦坐相仍。長風入短袂，兩手如懷冰。故友不相恤。新交寧見矜，摧殘檻中虎。羈紲韝上鷹。何時騰風雲，搏擊中所能。〔註29〕(《全唐詩》卷一百六十八)

〔註28〕 見瞿蛻園等校注：《李白集校注》，台北：里仁出版社，民國70年，頁462。

〔註29〕 見瞿蛻園等校注：《李白集校注》，台北：里仁出版社，民國70年，頁651。「按：此詩題既隱約，詩意亦用韓信爲淮陰少年所事，豈遊

此詩李白適遊新平〔註30〕，詩中引韓信少被欺之事，得見其當時之情景，甚有抑鬱不開之感，上三詩李均以韓信年少困頓之時，自比當時情狀，藉以表達出在離京被棄之後的憂淒之情。而《答王十二寒夜獨酌有懷》：

> ……嚴陵高揖漢天子，何必長劍拄頤事玉階。達亦不足貴，窮亦不足悲。韓信羞將絳灌比，禰衡恥逐屠沽兒。君不見李北海，英風豪氣今何在。君不見裴尚書，土墳三尺蒿棘居。少年早欲五湖去，見此彌將鐘鼎疏。(《全唐詩》卷一百七十八)

此詩中仍引韓信事以自比，然此引的是韓信受高祖之疑，而「居常鞅鞅，羞與絳、灌等列。」之事，韓信「鞅鞅」於自己的忠而被疑，無端受辱，而不願與絳、灌等列，此李白雖自比，但已拋開困頓的韓信，而走向蕭灑飄逸的韓信，也表現其自我對窮達之間的開釋之情了。然總而言之，李白喜以韓信自我比擬，以顯其窮以表其曠，其四首詩均為自比之用。杜甫《宴王使君宅題二首：一》

> 漢主追韓信，蒼生起謝安。吾徒自漂泊，世事各艱難。逆旅招邀近，他鄉思緒寬。不材甘朽質，高臥豈泥蟠。(《全唐詩》卷二百三十二)

杜甫以韓信、謝安點出明主得遇之典，而表達自己漂泊艱難，自歎不遇。此當是大曆三年秋作〔註31〕，時杜甫流離在外，因而有感而作。此李、杜詩提韓信其目的均表達自我之情懷，無論自比或為對照，都藉以抒流離不遇之懷。此亦是「韓信」對於李、杜詩之特色也。

（5）揚雄

揚雄，西漢蜀郡成都人。年少時好學，博覽群書，但有口吃，不善言談。其不汲汲富貴，不戚戚於貧賤，家貧然晏如也，有大度非聖之書不好也。在文學上揚雄善於辭賦，作有《甘泉賦》、《羽獵賦》、《法

　　　新平時有見侮者乎？……其困頓動遭白眼可以概見。」
〔註30〕新平，郡名。即邠州也。
〔註31〕鶴注：。邵注：王必荊州人，閒居邑中者。

言》、《方言》等。其事跡見《漢書》:

> 揚雄字子雲,蜀郡成都人也。……雄少而好學,不爲章句,
> 訓詁通而已,博覽無所不見。爲人簡易佚蕩,口吃不能劇
> 談,默而好深湛之思,清靜亡爲,少耆欲,不汲汲於富貴,
> 不戚戚於貧賤,不修廉隅以徼名當世。家產不過十金,乏
> 無儋石之儲,晏如也。自有大度,非聖哲之書不好也;非
> 其意,雖富貴不事也。顧嘗好辭賦。

揚雄四十多歲時遊學京師,受大司馬王音舉薦官任侍郎、給事黃
門。他歷經成帝、哀帝、平帝三朝,始終未得昇遷。王莽新朝時,任
大夫,校書天祿閣。別人觸犯王莽,揚雄卻被株連。爲洗刷自己的冤
屈,他曾試圖投閣自殺,但未遂。後王莽得知他並不知情,又任他爲
大夫。

唐人寫揚雄,多寫其多才且善於辭賦之文學成就,然唐人亦惜其
老而未爲出仕。

(一)揚雄才(賦)——自比、喻人

揚雄博才,寫賦多積慮,用心極苦而成賦篇,故唐人多稱頌之。
如:初唐張說〈崔司業挽歌二首〉〔註32〕「風流滿天下,人物擅京師。
疾起揚雄賦,魂遊謝客詩。」張說在此以揚雄賦比喻崔融撰則天哀冊
文而病卒之事,稱頌崔融之苦心。如盛唐李白〈答杜秀才五松見贈〉
「昔獻長楊賦,天開雲雨歡。當時待詔承明裏,皆道揚雄才可觀。勅
賜飛龍二天馬,黃金絡頭白玉鞍……」這裏李白以「揚雄才」比喻自
己當年在宮時,因才而受到的賞賜。另〈東武吟〉「因學揚子雲,獻
賦甘泉宮」亦以揚雄獻賦,喻指自己。可以看出揚雄的才華爲唐人所
肯定,並用來自比或喻人。又如晚唐鄭谷〈贈楊夔二首〉「看取年年

〔註32〕 崔司業,崔融。《舊唐書》本傳:及(張)易之伏誅,融左授袁州刺
史。尋召拜國子司業,業修國史,……神龍二年,……撰(則天)
哀冊文,用思精苦,遂發病卒。武則天神龍元年十一月卒,二年五
月祔葬乾陵,見《舊紀》。見傅璇琮:《全唐詩人名考証》,陝西:人
民出版社,1996 年 8 月,頁 69。

金牓上，幾人才氣似揚雄」，可見揚雄的才華爲唐人所頌，而成爲有才者的比喻的對象之一了。

（二）揚雄獻賦──「求遇」

揚雄雖博學多才，然一生仕途多舛，歷成、哀、平三朝而未能昇遷，至王莽朝時又遭誣陷。這樣不幸的命運，看在唐人眼中，也不禁爲他感到悲憫了。如駱賓王《古體詩：雜詩》「馬卿辭蜀多文藻，揚雄仕漢乏良媒」，寫出了揚雄雖多才然無好的機緣能仕於漢朝，詩人亦表達了求遇之心。盛唐胡皓〈同蔡孚起居詠鸚鵡〉「賈誼才方達，揚雄老未遷」此詩作者雖詠鸚鵡，但後詩云：「能言既有地，何惜爲聞天」則以「賈誼才」與「揚雄老未遷」形容自己，亦有著求遇之心。其他尚有：如孟浩然〈田園作〉「鄉曲無知己，朝端乏親故。誰能爲揚雄，一薦甘泉賦。」、杜甫〈奉贈韋左丞二十二韻〉亦有「賦料揚雄敵，詩看子建親」、〈贈獻納使起居田舍人〉「揚雄更有河東賦，唯待吹噓送上天」這裏杜甫全以揚雄自比，有著求遇之心，另外錢起〈送嚴維尉河南〉「蕙葉青青花亂開，少年趨府下蓬萊。甘泉未獻揚雄賦，吏道何勞賈誼才」亦有此意。

（三）揚雄解嘲──「自嘆不遇」

晚年揚雄作《太玄》而爲時人所嘲笑，而揚雄乃作《解嘲》〔註33〕，唐人引用時多自嘆不遇。杜甫〈奉寄河南韋尹丈人〉「謬慚知薊子，眞怯笑揚雄」〔註34〕，這裏杜甫以揚雄自比，也把揚雄的命運與自己的遭遇相連了起來，以感嘆自己的不遇。另王維〈重酬苑郎中〉「仙郎有意憐同舍，丞相無私斷掃門。揚子解嘲徒自遣，馮唐已老復何論」亦寄寓老而不遇的含意，以此爲嘆〔註35〕。其他如中唐長孫佐輔〈山行

〔註33〕《漢書・揚雄傳》八十七卷下：「雄草《太玄》，嘲雄以玄尚白。雄作《解嘲》曰：『子徒笑我玄之尚白，我亦笑子之病甚，不遭史趼、扁鵲。』」

〔註34〕注云：「慚薊怯雄，對青囊言，不欲居郭璞，而以子雲自命也。知指丈，笑指他人」，頁 69。

〔註35〕小序云：「頃輒奉贈，忽枉見酬。敘末云，且久不遷，因而嘲及，詩

書事〉「憂歡世上并，歲月途中拋。誰知問津客，空作揚雄嘲」、晚唐徐鉉〈亞元舍人不替深知猥貽佳作三篇清絕不敢輕酬因爲長歌聊以爲報未竟復得子喬校書示問故兼寄陳君庶資一笑耳〉「游處當時靡不同，歡娛今日兩成空。天子尚應憐賈誼，時人未要嘲揚雄」亦有此意。晚唐薛能〈許州題觀察判官廳〉「冬暖井梧多未落，夜寒窗竹自相敲。纖腰弟子知千恨，笑與揚雄作解嘲」亦是爲自己感嘆，另一首〈春早選寓長安二首〉「道僻惟憂禍，詩深不敢論。揚雄若有薦，君聖合承恩」，也有冀遇的期待。

揚雄才而不遇，老而未遷，作嘲而自嘆身世。都成爲唐詩人比擬，感於平生的對象之一，而這也是唐人寫揚雄詩的特色了。

（6）禰衡

禰衡，漢末辭賦家。年少時孔融薦於曹操。然少有才辯，性格剛毅傲慢，好侮慢權貴。後爲曹操所不喜，罰作鼓史，後因禰衡當眾羞辱曹操，不殺反送於荊州牧劉表，然仍不合，又被劉表轉送與江夏太守黃祖。後因冒犯黃祖，終被殺。著〈鸚鵡賦〉等。其事跡見《漢書·禰衡傳》：

> 衡始弱冠，而融年四十，遂與爲交友。上疏薦之曰：「……
> 竊見處士平原禰衡，年二十四，字正平，淑質貞亮，英才
> 卓礫。……使衡立朝，必有可觀。……融既愛衡才，數稱
> 述於曹操。

唐人寫禰衡，亦多留意到這些事跡。如李白〈答王十二寒夜獨酌有懷〉「禰衡恥逐屠沽兒，君不見李北海」即有著其高傲處士的形象。又〈望鸚鵡洲懷禰衡〉

> 魏帝營八極，蟻觀一禰衡。黃祖斗筲人，殺之受惡名。吳
> 江賦鸚鵡，落筆超群英。鏘鏘振金玉，句句欲飛鳴。鷙鶚
> 啄孤鳳，千春傷我情。五嶽起方寸，隱然詎可平。才高竟
> 何施，寡識冒天刑。至今芳洲上，蘭蕙不忍生。（《全唐詩》

落句云。應同羅漢無名欲，故作馮唐老歲年，亦解嘲之類也。」

卷一百八十一）

李白此詩特別懷彌衡，詩中「才高竟何施，寡識冒天刑」而評彌衡，認為其才高然寡識，故而被當權者殺，為其感到悲傷。而宋人嚴儀卿評此詩則云：「才高識寡，與太白同。」〔註36〕，可見李白懷彌衡，也為自己感到傷感。另杜甫是寫彌衡最多者，有四首。亦有以彌衡比李白者如〈寄李十二白二十韻〉「處士彌衡俊，諸生原憲貧」時當李白因永王兵敗而下獄，流放夜郎之際，而杜甫悲其遭遇而寄李白，詩以才若彌衡，屈同原憲比之，憫其不遇的命運。又其他之作〈敬贈鄭諫議十韻〉「使者求顏闔，諸公厭彌衡」注云：「卜居無地，而旅食多年，則謀生不給矣。求賢有詔，而當事忌才，則抱志莫伸矣。」另鶴注云：「使者二句，指召試不遇言」〔註37〕，可以得見杜甫言「諸公厭彌衡」乃在指在朝被厭，而抒己才無法得伸之志。又〈奉送郭中丞兼太僕卿充隴右節度使三十韻〉「徑欲依劉表，還疑厭彌衡」劉表之比在於郭中丞，而仍以彌衡比自己，表不被用之意。另〈題鄭十八著作虔〉「彌衡實恐遭江夏，方朔虛傳是歲星」指害怕自己卒於貶所，而上不為所知，有著窮困之意。在這些詩作之中李白者以彌衡的處士之氣節作為自比，而杜甫比彌衡者，則有著窮困不遇之意。二者不同，卻也把彌衡的一生處事，生平遭遇與唐人作了具體的連結，有了情感上的感通了。

　　其他詩作中如「薦彌衡」者則有著才而求遇之意，如中唐權德輿〈送正字十九兄歸江東醉後絕句〉「離堂莫起臨岐歎，文舉終當薦彌衡」，晚唐徐夤〈龍蟄二首：二〉「時通有詔徵枚乘，世亂無人薦彌衡」、貫休〈送沈侍郎〉「儉府清無事　唯應薦彌衡」這些詩句詩人以彌衡比自己，而希望得遇於當世。另如白居易〈哭皇甫七郎中〉「志業過

〔註36〕見瞿蛻園等校注：《李白集校注》，台北：里仁出版社，民國70年，頁1308。

〔註37〕（唐）杜甫著、（清）仇兆鰲注《杜詩詳注》北京：中華書局，1979年10月，頁110。

玄晏，詞華似禰衡。多才非福祿，薄命是聰明」此詩乃白居易比於時人。當然也有詩人爲禰衡不容於當世而死，感到惋惜。如薛能〈題後集〉「難甘惡少欺韓信，枉被諸侯殺禰衡」、李羣玉〈漢陽春晚〉「遐思禰衡才，令人怨黃祖」、晚唐段成玉〈哭李羣玉〉「明時不作禰衡死，傲盡公卿歸九泉」、陸龜蒙〈讀陳拾遺集〉「尋聞騎士梟黃祖，自是無人祭禰衡」，其中胡曾〈詠史詩：江夏〉：

> 黃祖才非長者儔，禰衡珠碎此江頭。今來鸚鵡洲邊過，惟有無情碧水流。（《全唐詩》卷六百四十七）

更是公正的寫出有才華者，卻不爲當權者容，因此「碎此江頭」，讓後代世人只能望江而同慨了。其他如羅隱〈句〉「一箇禰衡容不得，思量黃祖謾英雄」等，都抒發同樣的情懷。唐人無論感歎或以爲比喻，在求遇不得的怨聲中則同樣有著與古人同悲之感。

第二節　理想欽慕人物——張良、商山四皓、文翁、李膺

一、張良、商山四皓——「出」、「處」代表

張良漢初四傑之一，爲帝王師，漢建之後即急流勇退，不居功，故得全身未遭逢不幸。而商山四皓則爲隱士，隱而不仕，在張良善計下出山，爲東宮羽翼，遂定漢嗣，然四人在功成之後，飄然回歸山野林間。二者的出處之道爲唐人頌揚，故合而論之。

張良年少時爲韓報國仇，曾重金得力士於博浪沙擊始皇，後於圯下得黃石老人之兵書。於楚漢相爭時爲高祖之謀士。張良善謀策高祖曾云：「夫運籌策帷帳之中，決勝千里外，吾不如子房。」後因功封留侯。然建漢之後，張良不留戀功名，決隨赤松子而遠離名位。曰：「家世相韓，及韓滅，不愛萬金之資，爲韓報讎彊秦，天下振動·今以三寸舌爲帝者師，封萬戶，位列侯，此布衣之極，於良足矣。願棄人間事，欲從赤松子游耳。」乃稱病而引神仙之辟穀術，但在上之欲

廢立太子之際，仍受呂后之託，出謀略請出商山四皓，使漢室安。四皓在安漢室後仍然歸隱，不留戀功名富貴。二者面對多疑的漢高祖都能功成身退毫髮未傷，均可謂同屬善處進退之道者。唐人出處與二人有著多方觀點評議，可以看出出處之道，為唐人所重視矣。張良與商山四皓的事蹟出於《史記‧留侯世家》：

> 於是高帝即日駕西都關中。留侯從入關。留侯性多病，道引不食穀。上欲廢太子，立戚夫人子趙王如意。大臣多諫爭，未能得堅決者也。呂后恐，不知所為。人或謂呂后曰：「留侯善畫計筴，上信用之。」呂后乃使建成侯呂澤劫留侯，曰：「君常為上謀臣，今上欲易太子，君安得高枕而臥乎？」留侯曰：「始上數在困急之中，幸用臣策。今天下安定。以愛欲易太子，骨肉之閒，雖臣等百餘人何益？」呂澤彊要曰：「為我畫計。」留侯曰：「此難以口舌爭也。顧上有不能致者，天下有四人。四人者年老矣，皆以為上慢侮人，故逃匿山中，義不為漢臣。然上高此四人。今公誠能無愛金玉璧帛，令太子為書，卑辭安車，因使辯士固請，宜來。來，以為客，時時從入朝，令上見之，則必異而問之。問之，上知此四人賢，則一助也。」於是呂后令呂澤使人奉太子書，卑辭厚禮，迎此四人。四人至，客建成侯所……及燕，置酒，太子侍。四人從太子，年皆八十有餘，鬚眉皓白，衣冠甚偉。上怪之，問曰：「彼何為者？」四人前對，各言名姓，曰東園公，角里先生，綺里季，夏黃公。上乃大驚，曰：「吾求公數歲，公辟逃我，今公何自從吾兒游乎？」四人皆曰：「陛下輕士善罵，臣等義不受辱，故恐而亡匿。竊聞太子為人仁孝，恭敬愛士，天下莫不延頸欲為太子死者，故臣等來耳。」上曰：「煩公幸卒調護太子。」四人為壽已畢，起去。上目送之，召戚夫人指示四人者曰：「我欲易之，彼四人輔之，羽翼已成，難動矣，呂后真而主矣？」〔註38〕

〔註38〕事見《史記‧留侯世家》，頁 808～809。瀧川龜太郎：《史記會注考

中國文人重視出處問題，這常令他們感到困惑、不安。該仕出還
是隱處，但出仕該如何爲之，隱處之道又在那裏？張良善處二者之間
爲歷史所肯定，如就漢初三傑的結局來看，蕭何被入獄，韓信被殺，
僅張良得以全身而退，唐人如何看待這樣的歷史與人物呢？又如何看
待張良呢？再者四皓高節離世而隱，然在漢宮室氣象已萌之際，出而
定漢室，功成而退隱，唐人又如何看待呢？

（一）張良——「智者、賢臣」代表

張良、四皓事跡在《史記》《漢書》中記載得十分詳盡，寫張良
如在年少時請得力士於博浪沙擊秦王，於圯上爲黃石老人拾履，在楚
漢相爭之際，爲劉邦出智謀而得天下，此乃張良之功也。然漢初禍起
宮牆，四皓翩然而出，定漢嗣也穩定了漢室江山。張良、商山四皓形
象活躍於史冊，也存在於後代人們心中。在唐代，詩人將「張良」、「四
皓」寫入詩中，表達了他們對這一些人物的主要看法，或喻隱而比時
人，表現出唐人對歷史人物的欽慕肯定之意。

張良在唐詩漢人物中占了很大的數量，僅次於賈誼和漢武帝，占
了五十六首之多，而唐詩中張良形象如何，意義如何呢？初唐徐堅〈奉
和聖製送張說巡邊〉：

> 至德撫遐荒，神兵赴朔方。帝思元帥重，爰擇股肱良。累
> 相承安世，深籌協子房。寄崇專斧鉞，禮備設壇場。鼙鼓
> 喧雷電，戈劍凜風霜。四騑將戒道，十乘啓先行。聖錫加
> 恆數，天文耀寵光。出郊開帳飲，寅餞盛離章。雨濯梅林
> 潤，風清麥野涼。燕山應勒頌，麟閣佇名揚。（《全唐詩》卷
> 一百七）

徐堅以「帝思元帥重，爰擇股肱良。累相承安世，深籌協子房」以子
房比張說，在此乃稱頌張說，子房爲漢祖股肱之臣，運籌帷幄之中，
而張說將巡邊，徐堅以此比之。唐玄宗〈左丞相說、右丞相璟、太子
少傅乾曜同日上官命宴東堂，賜詩〉：

證》，台北：洪氏出版社印行，民國 75 年 9 月。

> 赤帝收三傑，黃軒舉二臣。由來丞相重，分掌國之鈞。我
> 有握中璧，雙飛席上珍。子房推道要，仲子訏風神。復報
> 台衡老，將為調護人。鸊鷺同拜日，車騎擁行塵。樂聚南
> 宮宴，觴連北斗醇。俾予成百揆，垂拱問彝倫。（《全唐詩》
> 卷三）

玄宗亦用子房比其左右之臣，讚美其臣之賢能也。李嶠〈奉和聖製送
張說上集賢學士賜宴〉：

> 偃武堯風接，崇文漢道恢。集賢更內殿，清選自中台。佐
> 命留侯業，詞華博物才。天廚千品降，御酒百壺催。鸊鷺
> 方成列，神仙喜暫陪。復欣同拜首，叨此頌良哉。（《全唐詩》
> 卷一百八）

此乃以留侯功業頌時人，一方面肯定留侯功業，另一方面也頌張說。
顏真卿〈詠陶淵明〉「張良思報韓，龔勝恥事新。狙擊不肯就，舍生
悲縉紳。」乃言張良、龔勝皆在改朝之際，忠而不就，表現張良的忠
貞一面。盛唐李白詩作中，則多表現對留侯的仰慕之意。如〈經下邳
圯橋懷張子房〉：

> 子房未虎嘯，破產不為家。滄海得壯士，椎秦博浪沙。報
> 韓雖不成，天地皆振動。潛匿遊下邳，豈曰非智勇。我來
> 圯橋上，懷古欽英風。惟見碧流水，曾無黃石公。歎息此
> 人去，蕭條徐泗空。（《全唐詩》卷一百八一）

另歐陽詹〈許州送張中丞出臨潁鎮〉：「心誦陰符口不言，風驅千騎出
轅門。孫吳去後無長策，誰敵留侯直下孫。」以留侯比張中丞，表現
留侯善策的智者形象。又如錢起〈奉送戶部李郎中充晉國副節度出塞〉
「德佐調梅用，忠輸擊虜年。子房推廟略，漢主託兵權。」即以漢主
與子房之關係，比李郎中與唐皇之關係，藉古顯今，顯現肯定及重託
之意。杜甫〈入衡州〉「我師嵇叔夜，世賢張子房。」乃以此美時人
〔註39〕，仍是肯定張良之賢。

〔註39〕　大曆四年春，公自岳陽至潭州，如衡州，以畏熱復歸潭。五年夏，
　　　　臧玠兵亂，故再入衡州。盧注：「公避亂入衡，且欲由衡過郴，以舅

白居易寫了張良五首，然主題不一。有用典如〈裴侍中晉公以集賢林亭即事詩三十六韻見贈猥蒙徵和才拙詞繁輒廣爲五百言以伸酬獻〉「乘舟范蠡懼，辟穀留侯飢」，表達臣子與君王之間的憂懼；有感興如〈和裴侍中南園靜興見示〉「池館清且幽，高懷亦如此。有時簾動風，盡日橋照水。靜將鶴爲伴，閒與雲相似。何必學留侯，崎嶇覓松子。」表現悠閒之致，多能藉歷史人物表達其旨義。其他如張碧〈鴻溝〉「玉光墮地驚崑崙，留侯氣魄吞太華。舌頭一寸生陽春，神農女媧愁不言。」、費冠卿〈閒居即事〉「子房仙去孔明死，更有何人解指蹤。」由這些詩作中，除能見証張良的歷史功勳外，亦能見到他在唐人心目中的智謀及忠貞形象。

晚唐詩人多著重於張良「拋卻帝王師」選擇隱居生活的事跡，如徐夤〈招隱〉：

> 齒髮那能敵歲華，早知休去避塵沙。鬼神只闞高明里，倚伏不干棲隱家。陶景豈全輕組綬，留侯非獨愛煙霞。贈君吉語堪銘座，看取朝開暮落花。(《全唐詩》卷七百八)

又如〈憶舊山〉：

> 澗竹巖雲有舊期，二年頻長鬢邊絲。遊魚不愛金杯水，棲鳥敢求瓊樹枝。陶景戀深松檜影，留侯拋卻帝王師。龍爭虎攫皆閒事，數疊山光在夢思。(《全唐詩》卷七百八)

又如陳陶〈閒居寄太學盧景博士〉：

> 無路青冥奪錦袍，恥隨黃雀住蓬蒿。碧雲夢後山風起，珠樹詩成海月高。久滯鼎書求羽翼，未忘龍闕致波濤。閒來長得留侯癖，羅列櫃梨校六韜。(《全唐詩》卷七百八)

許渾〈賀少師相公致政〉：

> 六十懸車自古稀，我公年少獨忘機。門臨二室留侯隱，櫂倚三川越相歸。不擬優遊同陸賈，已回清白遺胡威。龍城

氏崔偉攝郴州也。《舊唐書》大曆四年七月，以澧州刺史崔瓘爲潭州刺史湖南都團練觀察使。五月四月，瓘爲兵馬使玠所殺，據潭爲亂，湖南將王國良因之而反。」

　　鳳沼棠陰在，只恐歸鴻更北飛。(《全唐詩》卷五百三十五)

這除了反應晚唐詩人心境及實際背景外，也看到詩人們在選擇史事材料上的不同。另外詠史為主的如胡曾〈詠史詩：圯橋〉、〈詠史詩：博浪沙〉李商隱〈四皓廟〉、唐彥謙〈漢嗣〉、崔塗〈讀留侯傳〉、劉知己〈詠張良〉等，都是以張良為主的詠史詩作，對於歷史則有著評論的意義性。

（二）商山四皓──「隱者、逸者」的代表

　　商山四皓在唐代被重視的程度，由唐人詩作約四十九首之多，居漢代人物排行榜中第五名的位置，可以看出。然深入研究詩的本身及唐代背景，或能解其一二。初唐駱賓王〈秋日山行簡梁大官〉：

　　乘馬陟層阜，回首睇山川。攢峯銜宿霧，疊巘架寒煙。百重含翠色，一道落飛泉。香吹分巖桂，鮮雲抱石蓮。地偏心易遠，致默體逾玄。得性虛遊刃，忘言已棄筌。彈冠勞巧拙，結綬倦牽纏。不如從四皓，丘中鳴一弦。(《全唐詩》卷七十九)

張說〈奉和同皇太子過慈恩寺應制二首〉：

　　朗朗神居峻，軒軒瑞象威。聖君成願果，太子拂天衣。至樂三靈會，深仁四皓歸。還聞渦水曲，更繞白雲飛。(《全唐詩》卷八十七)

在駱賓王與張說詩中，「四皓」均有隱者之表徵。盛唐李白〈贈潘侍御論錢少陽〉〔註40〕「眉如松雪齊四皓，調笑可以安儲皇。」詩中「四皓」者，則比時人錢少陽〔註41〕，眉如松雪表錢少陽年事已高，寄其能安定王室，對時人及古人有著頌揚肯定之意。又有〈商山四

〔註40〕《全唐詩》卷八十七。

〔註41〕 今人詹鍈云：「安儲皇事疑指輔佐永王而言。又云：『九州拭目瞻清光』蓋謂可以收復兩京，掃平胡虜。此詩疑為在永王軍中作，太白集中有在水軍宴贈幕府諸侍御詩，侍御或亦諸侍御之一也。此詩當與卷十二之贈錢微君少陽合看。少陽年事蓋已高矣，故此詩云『眉如松雪』，彼詩云『如逢渭川獵，猶可帝王師』」(唐)李白著、瞿蛻園等校注：《李白集校注》，台北：里仁書局，民國70年3月，頁752。

皓〉﹝註42﹞及〈過四皓墓〉﹝註43﹞則雖懷古之作，然實是李白欲寄喻時事的作品。中唐權德輿〈奉送韋起居老舅百日假滿歸嵩陽舊居〉﹝註44﹞「……輕策逗蘿逕，幅巾淩翠煙。機閑魚鳥狎，體和芝朮鮮。四皓本違難，二疏猶待年。況今寰海清，復此鬢髮玄。顧慚纓上塵，未絕區中緣。齊竽終自退，心寄嵩峯巔。」亦是藉商山四皓來比韋況隱居于嵩山，守志樂道，不屑爲榮利的高節情操。

　　另唐人送人罷仕歸隱亦多以四皓比之。如劉禹錫〈刑部白侍郎謝病長告改賓客分司以詩贈別〉﹝註45﹞：

　　　鼎食華軒到眼前，拂衣高謝豈徒然。九霄路上辭朝客，四
　　　皓叢中作少年。他日臥龍終得雨，今朝放鶴且沖天。洛陽
　　　舊有衡茆在，亦擬抽身伴地仙。（《全唐詩》卷三百六十）

此詩乃劉禹錫送白居易稱病東歸之作，而「四皓叢中作少年」意味著

﹝註42﹞　按：過四皓墓已有詩，若僅爲懷古，不應如此重疊，似仍爲天寶五
　　　　　載李林甫構陷韋堅，危及肅宗，有感而作，（唐）李白著、瞿蛻園等
　　　　　校注：《李白集校注》，台北：里仁書局，民國70年3月，頁1293。
﹝註43﹞　按：舊唐書玄宗紀：「天寶五載，……韋堅爲李林甫所構，配流臨封
　　　　　郡，賜死。堅妹皇太子妃聽離，堅外甥嗣薛王員貶夷陵陵郡別駕，
　　　　　女壻巴陵太守盧幼臨長合浦郡，太子少保李適之貶宜春太守，到任
　　　　　仰藥死。此詩末句云：『今日併如此，哀哉信可憐！』其爲悼李適之
　　　　　殆無疑義。東宮三少可以四皓爲比，前人不乏此例。題云過四皓墓
　　　　　者，隱其詞以避時忌也。諸家皆執此以爲眞是行蹤所至懷古之作，
　　　　　蓋未諦審詩意。」，（唐）李白著、瞿蛻園等校注：《李白集校注》，
　　　　　台北：里仁書局，民國70年3月，頁1296。
﹝註44﹞　韋起居，韋況。《冊府元龜》卷八十五：「韋況代宗大歷中隱居于嵩
　　　　　山，守志樂道，不屑爲榮利，孔述睿深器之。及述睿征拜諫議大夫，
　　　　　荐況爲左拾遺，不起，未幾，又以居郎追赴闕廷。半歲，棄官東歸，
　　　　　徙家于龍門別墅。」《全唐文》卷四九一權德輿《送韋起居老舅假滿
　　　　　歸嵩陽舊居序》：「九年正月，右（左）史韋公移疾，旣踰服，如東
　　　　　周舊山中。……外孫權德輿序而言曰……」詩及序貞元九年作。傅
　　　　　璇琮《全唐詩人名考証》，陝西：陝西人民教育出版社，1996年，8
　　　　　月，頁478。
﹝註45﹞　白侍郎，白居易。《舊唐書》本傳：「大和二年正月，轉刑部侍郎，……
　　　　　稱病東歸，求爲分司官，尋除太子賓客。」白居易有《長樂亭留別》
　　　　　詩，張籍有同送詩。

白居易未老而歸隱，代表著其淡泊於仕的高節。白居易有關商山四皓之詩數量最多，而在作用上有用以自比或比友人如〈仙娥峯下作〉、〈贈皇甫六、張十五、李二十三賓客〉、〈池上閒吟二首〉、〈胡吉鄭劉盧張等六賢皆多年壽，予亦次焉，偶於弊居合成尚齒之會，七老相顧，既醉且歡，靜而思之，此會稀有，因成七言六韻以紀之，傳好事者〉等詩。又如吉皎〈七老會詩〉以四皓比之七老，或李涉〈寄河陽從事楊潛〉以四皓暗喻時之高人楊潛，喻時局之不安，都表達出唐人對商山四皓在主觀上的看法及判斷價值。又詩作中有藉四皓表達出處主題，如白居易〈和答詩十首：答四皓廟〉、元稹〈四皓廟〉、孟郊〈百憂〉、司空圖〈有感二首：一〉等，這均是由於四皓的人物特質所帶出的主題及價值觀。

　　晚唐詩作中以「四皓」比時人者少，多自比或藉以表其退隱之心為主。如杜牧〈池州送孟遲先輩〉「商山四皓祠，心與樗蒲說……景物非不佳，獨坐如轉絏。丹鵠東飛來，喃喃送君札，呼兒旋供衫。走門空踏襪，手把一枝物。桂花香帶雪，喜極至無言。笑餘翻不悅，人生直作百歲翁。……」表現出詩人欲退隱之心。又〈題青雲館〉「……四皓有芝輕漢祖，張儀無地與懷王。雲連帳影蘿陰合，枕遠泉聲客夢涼。深處會容高尚者，水苗三頃百株桑。」亦有如此之意。而晚唐詩另有以史論為主的詠史之作，如杜牧〈題商山四皓廟一絕〉、胡曾〈詠史詩：四皓廟〉、許渾〈題四皓廟〉、羅隱〈四皓廟〉、李商隱〈四皓廟〉、溫庭筠〈四皓〉、劉滄〈題四皓廟〉、李頻〈過四皓廟〉等，這些詩作不論詠史或懷古，均在詩作中對於歷史或人物有著主觀評斷，對於四皓表達出個人的看法及意見。

（三）懷古、詠史詩中的張良與商山四皓

　　唐詩在中晚唐出現了大量的詠史詩，其中詠留侯、詠四皓者在詩作裏為數不少。詠史詩中詩人多對史實人物，有所評議。有的頌詠緬懷、有的提出非議，帶著與正史不同的異議，又或為有其目的。然這

一方面除了表現各代文人的不同見解，一方面也由此不同看出時代性的不同。

1、肯定頌揚

在懷古及詠史的詩作中，詩人肯定著古人，其實也表達出自己的看法及觀念。如白居易〈和答詩十首：答四皓廟〉：

> 天下有道見，無道卷懷之。此乃聖人語，吾聞諸仲尼。矯矯四先生，同稟希世資。隨時有顯晦，秉道無磷緇。秦皇肆暴虐，二世遭亂離。先生相隨去，商嶺采紫芝。君看秦獄中，戮辱者李斯。劉項爭天下，謀臣竟悅隨。先生如鸞鶴，去入冥冥飛。君看齊鼎中，焦爛者酈其。子房得沛公，自謂相遇遲。八難掉舌樞，三略役心機。辛苦十數年，晝夜形神疲。竟雜霸者道，徒稱帝者師。子房爾則能，此非吾所宜。漢高之季年，嬖寵鍾所私。冢嫡欲廢奪，骨肉相憂疑。豈無子房口，口舌無所施。亦有陳平心，心計將何為。皤皤四先生，高冠危映眉。從容下南山，顧盼入東闈。前瞻惠太子，左右生羽儀。卻顧戚夫人，楚舞無光輝。心不畫一計，口不吐一詞。闇定天下本，遂安劉氏危。子房吾則能，此非爾所知。先生道既光，太子禮甚卑。安車留不住，功成棄如遺。如彼旱天雲，一雨百穀滋。澤則在天下，雲復歸稀夷。勿高巢與由，勿尚呂與伊。巢由往不返，伊呂去不歸。豈如四先生，出處兩逶迤。何必長隱逸，何必長濟時。由來聖人道，無朕不可窺。卷之不盈握，舒之互八陸。先生道甚明，夫子猶或非。願子辨其惑，為予吟此詩。（《全唐詩》卷六百四十七）

在這兩首以〈商山四皓〉為頌的詩歌之中，對其高風亮節的出處態度，由衷的感到景仰，其「處」是因為「秦皇肆暴虐，二世遭亂離。先生相隨去，商嶺采紫芝。」其「出」〔註46〕為了「闇定天下本」，然成功之後「功成身不居，舒卷在胸臆。窅冥合元化，茫昧信難

〔註46〕 「出者，仕進也；處者，隱退也。」見王立著：《中國古代文學十大主題》，台北：文史哲出版社，民國83年7月，頁85。

測。」、「安車留不住，功成棄如遺」，其人格「隨時有顯晦，秉道無磷緇」，其視功名「棄如遺」，在古今士人都視爲兩難的出處之道上，詩人們特別仰慕其操行。李頻〈過四皓廟〉：

> 東西南北人，高跡自相親。天下已歸漢，山中猶避秦。龍樓曾作客，鶴氅不爲臣。獨有千年後，青青廟木春。（《全唐詩》卷五百八十八）

肯定四皓的行爲處世。歌詠也有不專一人者，如唐彥謙〈漢嗣〉：

> 漢嗣安危繫數君，高皇決意勢難分。張良口辯周昌吃，同建儲宮第一勛。（《全唐詩》卷六百七十二）

乃在詠史而稱頌漢代君臣，其目的在於肯定臣子勤力建功之心，勉勵爲臣者應努力盡忠，建立功業。劉滄〈題四皓廟〉：

> 石壁蒼苔翠靄濃，驅車商洛想遺蹤。天高猿叫向山月，露下鶴聲來廟松。葉墮陰巖疏薜荔，池經秋雨老芙蓉。雪鬢仙侶何深隱，千古寂寥雲水重。（《全唐詩》卷五百八十八）

則是一首懷古之作，作者欽羨著四皓的人格高潔，想見古人風采，而詠史緬懷四皓。

2、否定翻案

詩歌中雖有肯定盛讚之聲，卻也有詩人持否定的翻案態度。在評張良中如晚唐崔塗〈讀留侯傳〉

> 覆楚讐韓勢有餘，男兒遭遇更難如。偶成漢室千年業，只讀圯橋一卷書。翻把壯心輕尺組，卻煩商皓正皇儲。若能終始匡天子，何必□□□□□。（《全唐詩》卷六百七十九）

即是對張良的治國能力提出質問，認爲其成王業只是「偶成」且只讀「一卷書」，更提出若能正王室，則豈要煩商山四皓來正皇儲。對一直以張良爲是的歷史評價提出了有力的評論。胡曾〈詠史詩：博浪沙〉：

> 嬴政鯨吞六合秋，削平天下虜諸侯。山東不是無公子，何事張良獨報讐。（《全唐詩》卷六百四十七）

評史也評張良，對於秦獨霸而天下之紛亂，何以「山東不是無公子，

何事張良獨報讎」，既諷刺六國之士，也批評張良不同意而魯莽之行為。

　　而另外之於「商山四皓」歷史上的高度評價，採不予認同而所批評者，如中唐蔡京〈責商山四皓〉：

　　　秦末家家思逐鹿，商山四皓獨忘機。如何鬢髮霜相似，更出深山定是非。(《全唐詩》卷四百七十二)

乃在批評四皓的不應隱而隱，不應出而出。詩人對於歷史上肯定的評價並不認同。而杜牧〈題商山四皓廟一絕〉：

　　　呂氏強梁嗣子柔，我於天性豈恩讎。南軍不袒左邊袖，四老安劉是滅劉。(《全唐詩》卷五百二十三)

杜牧由歷史的客觀角度觀之，認為王室本身自有問題，如呂氏的強悍而惠帝的柔弱，故四老雖定王嗣，而不適任的君王與外戚為禍，都成了滅劉的關鍵。胡曾〈詠史詩：四皓廟〉「四皓忘機飲碧松，石巖雲殿隱高蹤。不知俱出龍樓後，多在商山第幾重。」〔註47〕，胡曾對四皓歸隱，在俱出龍樓後，「多在商山第幾重」有著模糊的疑問，是不知為是也不知為否的存疑。

3、其他

　　其他詠史詩內容上的咏歎則有多方面，可能隱藏了作者內含的其他目的。如許渾〈題四皓廟〉：

　　　桂香松暖廟門開，獨瀉椒漿奠一杯。秦法欲興鴻已去，漢儲將廢鳳還來。紫芝翳翳多青草，白石蒼蒼半綠苔。山下驛塵南竄路，不知冠蓋幾人回。(《全唐詩》卷五百三十四)

此詩表面上在言四皓，然實在感歎仕途之難。「紫芝翳翳多青草，白石蒼蒼半綠苔」指著紫芝被青草所翳，而白石為綠苔所覆。另「山下驛塵南竄路，不知冠蓋幾人回」，意指為官之路的不由己，能否回歸山林的困難。另羅隱〈四皓廟〉：

　　　漢惠秦皇事已聞，廟前高木眼前雲。楚王謾費閒心力，六

─────────────────────

〔註47〕《全唐詩》卷六百四十七。

里青山盡屬君。(《全唐詩》卷六百五十五)

此詩含有隱而未明的含意，在「楚王謾費閒心力，六里青山盡屬君」中有著生命有限的感歎。李商隱〈四皓廟〉

羽翼殊勳棄若遺，皇天有運我無時。廟前便接山門路，不長青松長紫芝。(《全唐詩》卷五百四十)

然李商隱此詩，則隱含了作者自己對命運的怨懟無奈之感，「廟前便接山門路，不長青松長紫芝。」隱喻自己有才，然君卻視而不見，反而如四皓一類隱者，卻視如貴客珍物，是藉著詠史表達出不滿。而溫庭筠〈簡同志〉

開濟由來變盛衰，五車纔得號鎡基。留侯功業何容易，一卷兵書作帝師。(《全唐詩》卷五百八十三)

溫庭筠〈四皓〉：

商於角里便成功，一寸沈機萬古同。但得戚姬甘定分，不應真有紫芝翁。(《全唐詩》卷五百七十九)

這二首詠史詩作中，作者溫庭筠含有評論史事的意味。如〈簡同志〉「留侯功業何容易，一卷兵書作帝師」，藉提出疑問，表達諷刺之意。而在〈四皓〉中，一方面雖肯定四皓之成，然一方面卻也對於歷史上的戚夫人有著不應求不得而之事，作出評論。

（四）大詩人筆下的張良與商山四皓

1、張良

盛唐李白十分仰慕子房，唐人有關子房的詩作中，李白詩共六首，〈經下邳圮橋懷張子房〉、〈送張秀才謁高中丞〉、〈贈饒陽張司戶燧〉、〈贈韋祕書子春二首：二〉、〈相和歌辭：猛虎行〉、〈扶風豪士歌〉等。居唐人之冠，而詩中多表現歌詠、欽慕之意，其欽慕留侯者如〈送張秀才謁高中丞〉：

秦帝淪玉鏡，留侯降氛氳。感激黃石老，經過滄海君。壯士揮金槌，報讎六國聞。智勇冠終古，蕭陳難與羣。兩龍爭鬪時，天地動風雲。酒酣舞長劍，倉卒解漢紛。宇宙初

倒懸，鴻溝勢將分。英謀信奇絕，夫子揚清芬。胡月入紫
微，三光亂天文。高公鎮淮海，談笑卻妖氛。採爾幕中畫，
戡難光殊勳。我無燕霜感，玉石俱燒焚。但灑一行淚，臨
歧竟何云。(《全唐詩》卷一百七十七)

詩作中李白嘉子房之風〔註48〕，將子房的智勇形象，謀略撼地之勢生
動描繪表露無遺。而李白亦藉子房之功，期許時人張孟熊能如子房，
安定唐室而立下功勳，亦感歎自己繫於獄中，無被識及展才之機會。
又如〈經下邳圯橋懷張子房〉：

子房未虎嘯，破產不爲家。滄海得壯士，椎秦博浪沙。報
韓雖不成，天地皆振動。潛匿遊下邳，豈曰非智勇。我來
圯橋上，懷古欽英風。惟見碧流水，曾無黃石公。歎息此
人去，蕭條徐泗空。(《全唐詩》卷一百八十一)

此詩沈德潛評箋云：「爲子房生色，智勇二字可補世家贊語。」〔註49〕
二詩表現了李白對留侯的欽仰，另本詩與上首詩作中，李白寫子房所
用之詞率皆誇大，如「秦帝淪玉鏡，留侯降氛氳」、「兩龍爭鬭時，天
地動風雲」、「宇宙初倒懸，鴻溝勢將分」、「報韓雖不成，天地皆振動」
這也顯出李白慕古人古風的眞摯之情。另李白也多以張良比時人或自
身。表達出時代的問題，及自己的觀念情懷。如〈贈饒陽張司戶燧〉：

朝飲蒼梧泉，夕棲碧海煙。寧知鸞鳳意，遠託椅桐前。慕
藺豈纍古，攀嵇是當年。愧非黃石老，安識子房賢。功業
嗟落日，容華棄徂川。一語已道意，三山期著鞭。蹉跎人
間世，寥落壺中天。獨見遊物祖，探元窮化先。何當共攜
手，相與排冥筌。(《全唐詩》卷一百六十八)

詩中「愧非黃石老，安識子房賢」，李白一方面用典指子房爲黃石老
人所識，一方面則暗指時人張燧與自己未遇黃石老人的無奈，詩末不

〔註48〕《全唐詩》：詩序云：「余時系潯陽獄中。正讀留侯傳。秀才張孟熊
蘊滅胡之策。將之廣陵。謁高中丞。余嘉子房之風。感激於斯人。
因作是詩送之。」。

〔註49〕語出《唐詩別裁》。見（唐）李白著、瞿蛻園等校注：《李白集校注》，
台北：里仁書局，民國70年3月，頁1299。

免帶著隱居離世的感歎。另外如詩〈贈韋祕書子春二首：二〉〔註50〕：

　　徒爲風塵苦，一官已白鬚。氣同萬里合，訪我來瓊都。披
　　雲觀青天，捫蝨話良圖。留侯將綺里，出處未云殊。終與
　　安社稷，功成去五湖。（《全唐詩》卷一百六十八）

詩中「留侯將綺里，出處未云殊。終與安社稷，功成去五湖。」之句，
則暗示了李白之「出處觀」，表達出願與留侯、四皓般安社稷而功成
去五湖的希望。

　　而杜甫詩則多以子房比時人，如〈寄韓諫議〉「似聞昨者赤松子，
恐是漢代韓張良」乃以張良比時人〔註51〕，希望其致君太平，不要終
老於江湖徒託神仙以自全。又如〈洗兵馬〉「關中既留蕭丞相，幕下
復用張子房」乃以蕭何、張良二人比時人張鎬。〈入衡州〉「我師嵇叔
夜，世賢張子房。」乃以此美時人〔註52〕。

〔註50〕　按：「韋子春見《新唐書・永王璘傳》，與卷二十之韋司馬疑是一人。
　　　　玩此詩之意，韋亦懷才未中者，與白素相契合，白之入永幕，或即
　　　　由韋汲引也。……又李白與杜甫謂『瓊都』指盧山，韋子春乃永王
　　　　璘謀士之一，此詩即白天寶十五年盧山贈韋所作。」（唐）李白著、
　　　　瞿蛻園等校注：《李白集校注》，台北：里仁書局，民國70年3月，
　　　　頁615。

〔註51〕　指時人韓諫議，盧元昌曰：韓官居諫議，必直言忤時，退老衡岳，
　　　　公傷諫臣不用，勸其出而致君，不欲終老於江湖，徒託神仙以自全
　　　　也。中間羽人及赤松子韓張良南極老人，總一諫議影子。韓諫議，
　　　　舊本名注。余考韓休之子法，上元中爲諫議大夫，有學尚，風韻高
　　　　雅，當即其，「注」字蓋傳寫誤。《姓纂》卷四昌黎韓氏：休，黃門
　　　　侍郎、平章事、少師、生浩、洽、洪、法、滉、渾、洄。……法，
　　　　諫議大夫、知制誥。《舊唐書・韓休傳》「法，上元中爲諫議大夫。」
　　　　（唐）杜甫著、（清）仇兆鰲注《杜詩詳注》北京：中華書局，1979
　　　　年10月。

〔註52〕　大曆四年春公自岳陽至潭州，如衡州，以畏熱復歸潭。五年夏，臧
　　　　玠兵亂，故再入衡州。盧注：「公避亂入衡，且欲由衡過郴，以舅氏
　　　　崔偉攝郴州也。《舊唐書》大曆四年七月，以澧州刺史崔瓘爲潭州刺
　　　　史湖南都團鍊觀察使。五月四月，瓘爲兵馬使玠所殺，據潭爲亂，
　　　　湖南將王國良因之而反。」（唐）杜甫著、（清）仇兆鰲注《杜詩詳
　　　　注》北京：中華書局，1979年10月。

2、商山四皓

　　中唐詩人白居易寫「商山四皓」以八首居冠，而與之交遊之人如劉禹錫，亦有將白居易以四皓比之。此與白居易在當時遭遇有關。《舊唐書》本傳：「大和二年正月，轉刑部侍郎，……稱病東歸，求為分司官，尋除太子賓客。」而白居易有《長樂亭留別》詩，張籍亦有送詩。而七首詩作中，白居易用典喻境或自比或比之友人的有〈仙娥峯下作〉：

> 我為東南行，始登商山道。商山無數峯，最愛仙娥好。參差樹若插，匝匝雲如抱。渴望寒玉泉，香聞紫芝草。青崖屏削碧，白石牀鋪縞。向無如此物，安足留四皓。感彼私自問，歸山何不早。可能塵土中，還隨眾人老。（《全唐詩》卷四百三十三）

此詩表現喜愛山林之情，有著致仕隱居之感。〈贈皇甫六張十五李二十三賓客〉

> 昨日三川新罷守，今年四皓盡分司。幸陪散秩閒居日，好是登山臨水時。家未苦貧常醞酒，身雖衰病尚吟詩。龍門泉石香山月，早晚同遊報一期。（《全唐詩》卷四百五十四）

本詩中「四皓」乃詩人自比並兼比分司的友人，同樣表達了致仕和欲隱居之情致。另〈池上閒吟二首〉「四皓再除猶且健，三州罷守未全貧。莫愁客到無供給，家醞香濃野菜春。」、〈胡吉鄭劉盧張等六賢皆多年壽，予亦次焉，偶於弊居合成尚齒之會，七老相顧既醉且歡，靜而思之，此會稀有，因成七言六韻以紀之，傳好事者〉「嵬峩狂歌教婢拍，婆娑醉舞遣孫扶。天年高過二疏傅，人數多於四皓圖。除卻三山五天竺，人間此會更應無。」這些詩句，白居易均有著欲學四皓，回歸田園山林之意。

　　然在其他詩作中，白居易則透過四皓顯現出個人的「出處」觀感。如〈長樂亭留別〉：

> 灞滻風煙函谷路，曾經幾度別長安。昔時齷促為遷客，今日從容自去官。優詔幸分四皓秩，祖筵慚繼二疏歡。塵纓

世網重重縛，迴顧方知出得難。（《全唐詩》卷四百五十四）

詩中末二句，詩人有著入世如被網重重束縛，而欲出卻難的感慨。

〈再授賓客分司〉：

> 優穩四皓官，清崇三品列。伊予再塵忝，內愧非才哲。俸
> 錢七八萬，給受無虛月。分命在東司，又不勞朝謁。既資
> 閒養疾，亦賴慵藏拙。賓友得從容，琴觴恣怡悅。乘籃城
> 外去，繫馬花前歇。六遊金谷春，五看龍門雪。吾若默無
> 語，安知吾快活。吾欲更盡言，復恐人豪奪。應爲時所笑，
> 苦惜分司闕。但問適意無，豈論官冷熱。（《全唐詩》卷四百五
> 十四）

此詩作於白居易授太子賓客分司之際，時因二李當事興，而白居易恥
緣黨人升，乃移病分司東都，以太子少傅進馮翊侯，故此「優穩四皓
官」乃用四皓爲太子羽翼之典故，「吾若默無語，安知吾快活。吾欲
更盡言，復恐人豪奪」，表達出自己的快樂，而「但問適意無，豈論
官冷熱」更看出自身對於出仕爲官的看法。而在〈和答詩十首：答四
皓廟〉：

> ……勿高巢與由，勿尚呂與伊。巢由往不返，伊呂去不歸。
> 豈如四先生，出處兩逶迤。何必長隱逸，何必長濟時。由
> 來聖人道，無朕不可窺。卷之不盈握，舒之互八陲。先生
> 道甚明，夫子猶或非。願子辨其惑，爲予吟此詩。（《全唐詩》
> 卷四百二十五）

在此白居易頌四皓者，乃在於四皓「出處兩逶迤」之出處態度。不必
長隱逸，也不必長濟時，而在於「卷之不盈握，舒之互八陲」，悠遊
於出處之間。

（五）唐人在張良與商山四皓詩作中的「出處」主題

　　出處主題在唐人言「張良」與「四皓」詩裏非常凸顯。而李唐一
代裏，初、盛、中、晚又各有不同的觀點。然由這些詩作的呈現，實
可以看出唐人對於「仕」與「隱」之間的態度及看法。初唐張說〈贈
崔公〉

我聞西漢日，四老南山幽。長歌紫芝秀，高臥白雲浮。朝
野光塵絕，榛蕪年貌秋。一朝驅駟馬，連轡入龍樓。昔避
高皇去，今從太子遊。行藏惟聖節，福禍在人謀。卒能匡
惠帝，豈不賴留侯。事隨年代遠，名與圖籍留。平生欽淳
德，慷慨景前修。蚌蛤伺陰兔，蛟龍望斗牛。無嗟異飛伏，
同氣幸相求。（《全唐詩》卷八十六）

詩作中張說提四老與張良重視其出仕之功，四老「昔避高皇去，今從
太子遊。行藏惟聖節，福禍在人謀。」而張良「卒能匡惠帝，豈不賴
留侯」，詩中表達詩人出仕在朝的希望，而這也是初唐時人的願望。

盛唐李白〈贈韋祕書子春二首：二〉「留侯將綺里，出處未云殊。
終與安社稷，功成去五湖。」則是對於四皓與張良的「功成去五湖」
頗為肯定，而這也表現出詩人的理想與對出處的想法。但在此時亦有
其他詩人，如張志和〈漁父〉

八月九月蘆花飛，南谿老人垂釣歸。秋山入簾翠滴滴，野
艇倚檻雲依依。卻把漁竿尋小徑，閑梳鶴髮對斜暉。翻嫌
四皓曾多事，出為儲皇定是非。（《全唐詩》卷三百八十）

卻以隱為善，「翻嫌四皓曾多事，出為儲皇定是非」，不以四皓之出為
是。盛唐之下李白仍有出仕之思，然這時受佛道影響，已有部分人事
有入士世的思想。

中唐時局紛亂，詩人們對於出處各顯出不同看法。如白居易〈答
四皓廟〉「豈如四先生，出處兩逶迤。何必長隱逸，何必長濟時。」
此乃詩人讚揚四皓的出處之道。雖如此，但在元稹〈四皓廟〉

巢由昔避世，堯舜不得臣。伊呂雖急病，湯武乃可君。四
賢胡為者，千載名氛氳。顯晦有遺迹，前後疑不倫。秦政
虐天下，黷武窮生民。諸侯戰必死，壯士眉亦顰。張良韓
孺子，椎碎屬車輪。遂令英雄意，日夜思報秦。先生相將
去，不復嬰世塵。雲卷在孤岫，龍潛為小鱗。秦王轉無道，
諫者鼎鑊親。茅焦脫衣諫，先生無一言。趙高殺二世，先
生如不聞。劉項取天下，先生游白雲。海內八年戰，先生
全一身。漢業日已定，先生名亦振。不得為濟世，宜哉為

隱淪。如何一朝起，屈作儲貳賓。安存孝惠帝，摧頓戚夫
人。舍大以謀細，虯盤而蠖伸。惠帝竟不嗣，呂氏禍有因。
雖懷安劉志，未若周與陳。皆落子房術，先生道何屯。出
處貴明白，故吾今有云。（《全唐詩》卷三百九十六）

則反對四皓之作為，如詩中「秦王轉無道，諫者鼎鑊親。茅焦脫衣諫，
先生無一言。」、「趙高殺二世，先生如不聞。劉項取天下，先生游白
雲。」、「海內八年戰，先生全一身。」、「漢業日已定，先生名亦振。」
以層層逼近的方式，表出四皓，然在漢業已定之下，卻出來過問易儲
之事。「如何一朝起，屈作儲貳賓。」批評他們「舍大以謀細，虯盤
而蠖伸。」言其「未若周與陳」，且「皆落子房術」批評四皓的出處
行逕，言其「四賢胡為者」，批其「顯晦有遺迹，前後疑不倫。」此
詩可視為對四皓的翻案之作。此外，孟郊〈百憂〉：

萱草女兒花，不解壯士憂。壯士心是劍，為君射斗牛。朝
思除國讎，暮思除國讎。計盡山河盡，意窮草木籌。智士
日千慮，愚夫唯四愁。何必在波濤，然後驚沈浮。伯倫心
不醉，四皓迹難留。出處各有時，衆議徒啾啾。（《全唐詩》
卷三百七十三）

詩作中詩人表現出強烈的憂國憂民之心，既反應出中唐的政治社會
局勢，也反應出作者不得意的人生，在面對時事及個人出處時，「伯
倫心不醉，四皓迹難留」，表現出放達的思想，和「出處各有時」的
無奈，充分顯出個人的感歎。

晚唐詩人由於時代背景及佛道思想盛行，而多有隱逸之思。如
司空圖〈有感二首：一〉：

自古經綸足是非，陰謀最忌奪天機。留侯卻粒商翁去，甲
第何人意氣歸。（《全唐詩》卷六百三十三）

詩作中「留侯卻粒商翁去，甲第何人意氣歸」，由留侯、商翁之例，
提問甲第何人意氣歸，表達古今仕者多遺憾的意思，表現隱逸之思。
李商隱〈驕兒詩〉「……穰苴司馬法，張良黃石術。便為帝王師，不
假更纖悉。況今西與北，羌戎正狂悖。誅赦兩未成，將養如痼疾。兒

當速成大，探雛入虎穴。當爲萬戶侯，勿守一經帙。」〔註53〕此言時局已壞，而詩人李商隱對於窮首於經書的讀書人，有著無力救國的無奈，因此在詩中表達出應經國仕進，如張良、穰苴般讀兵書救國，而不要空守經帙，在唐初讀聖賢書出仕爲官者，己有明顯不同了。另外晚唐劉知己〈詠張良〉與吳筠〈高士詠：商山四皓〉則分別歌頌二者功成身退，回歸田野的出處態度。而貫休〈四皓圖〉「何人圖四皓，如語話嗸嗸。……相得忘秦日，伊余亦合逃。」〔註54〕亦寫出歌頌隱逸之思。杜光庭〈懷古今〉「古，今，感事，傷心，驚得喪，歎浮沈。……君不見四皓避秦峨峨戀商嶺，君不見二疏辭漢飄飄歸故林。胡爲乎冒進貪名踐危途與傾轍，胡爲乎怙權恃寵顧華飾與彫簪。吾所以思抗跡忘機用虛無爲師範，吾所以思去奢滅慾保道德爲規箴。不能勞神傚蘇子張生兮於時而縱辯，不能勞神傚楊朱墨翟兮揮涕以沾襟。」亦懷古而歎名利，乃抒在野閒適之懷。綜觀晚唐詩歌，大都流露出避世與消極隱世之思想，雖少數仍有進取懷憂之思，但感慨而無奈之感。

二、文翁──教化、治蜀郡

　　文翁教化蜀民，改變了蜀地的習俗，在中國教育史上，實有他的功勞。《漢書·循吏傳》〔註55〕云：

> 文翁，盧江舒人也。少好學，通春秋，以郡縣吏察舉。景帝末，爲蜀郡守，仁愛好教化。見蜀地辟陋有蠻夷風，文翁欲誘進之，乃選郡縣小吏開敏有材者張叔等十餘人親自飭厲，遣詣京師，受業博士，或學律令。減省少府用度，買刀布蜀物，齎計吏以遺博士。數歲，蜀生皆成就還歸，文翁以爲右職，用次察舉，官有至郡守刺史者。又修起學官於成都市中，招下縣子弟以爲學官弟子，爲除更繇，高者以補郡縣吏，次爲孝弟力田。常選學官僮子，使在便坐

〔註53〕《全唐詩》卷五百四十一。
〔註54〕《全唐詩》卷八百二十九。
〔註55〕《漢書·循吏傳》卷五十九。

受事。每出行縣，益從學官諸生明經飭行者與俱，使傳教令，出入閨閤。縣邑吏民見而榮之，數年，爭欲爲學官弟子，富人至出錢以求之。繇是大化，蜀地學於京師者比齊魯焉。至武帝時，乃令天下郡國皆立學校官，自文翁爲之始云。

（一）唐詩中的「文翁」

「蜀」在中國屬於邊陲蠻荒地帶，文翁在蜀地興辦教育，教化了原本屬於蠻夷的蜀人。而蜀地自此文風盛，後世英才輩出，實不能不歸功於文翁的教化。唐詩在提及文翁其人時，亦無不特別推崇其興學教化之功。提文翁之詩作共三十一首，詩作數量仍以中晚唐爲多，而全部詩作中以杜甫四首爲最多，茲論述之。

初唐並無提及「文翁」之詩作。而盛唐則有王維〈送梓州李使君〉：

> 萬壑樹參天，千山響杜鵑。山中一夜雨，樹杪百重泉。漢女輸橦布，巴人訟芋田。文翁翻教授，不敢倚先賢。（《全唐詩》卷一百二十六）

在本詩注〔註56〕中提及：《三國志》「蜀本無學士，文翁遣相如東受七經，還教吏民，於是蜀學比於齊魯」，又《地理志》曰：「文翁倡其教，相如爲之師，漢家得士，盛於其世。」王維此詩送李使君，期友人在梓州〔註57〕能如文翁一般，有所教化，有所作爲。然注亦提崔顥詩：「寄語西河使，知余報國心」，《文苑英華》云：「余知報國心，如俗本，則顥此句爲求知矣。」，知王維在詩中亦包含了求知遇之心矣。

盛唐杜甫提及「文翁」共有四首詩作，多將「文翁」比之時人，或指其教化之功，或指其治蜀郡之功。教化之功者：如〈題衡山縣文宣王廟新學堂呈陸宰〉

> 旃頭彗紫微，無復俎豆事。金甲相排蕩，青衿一顦顇。嗚

〔註56〕　（唐）王維著、（清）趙殿成箋注《王右丞集箋注》，上海：上海古籍出版社，1961年。

〔註57〕　梓州：《新唐書・地理志》，劍南道有梓州梓潼郡。

呼已十年，儒服弊於地。征夫不遑息，學者淪素志。我行
洞庭野，欸得文翁肆。侁侁胄子行，若舞風雩至。周室宜
中興，孔門未應棄。是以資雅才，渙然立新意。衡山雖小
邑，首唱恢大義。因見縣尹心，根源舊宮闥。講堂非襄搆，
大屋加塗墍。下可容百人，牆隅亦深邃。何必三千徒，始
壓戎馬氣。林木在庭戶，密幹疊蒼翠。有井朱夏時，轆轤
凍階陁。耳聞讀書聲，殺伐災髣髴。故國延歸望，衰顏減
愁思。南紀改波瀾，西河共風味。采詩倦跋涉，載筆尚可
記。高歌激宇宙，凡百慎失墜。（《全唐詩》卷一百二十六）

此詩杜甫乃將文翁指陸宰，而周室比唐代。當時之風人皆棄文就武
〔註58〕，而至衡山縣知文宣王廟〔註59〕興學，杜甫乃悅而寫詩，將
此功歸於陸宰。此詩作於大曆五年，公年五十九歲，在國家戰亂多
年的情況之下，杜甫見衡州孔廟興學，不覺興起喜悅之情。

　　治蜀郡有功者：如〈將赴荊南寄別李劍州〉：

使君高義驅今古，寥落三年坐劍州。但見文翁能化俗，焉
知李廣未封侯。路經灩澦雙蓬鬢，天入滄浪一釣舟。戎馬
相逢更何日，春風迴首仲宣樓。（《全唐詩》卷一百二十六）

此詩杜甫乃於大歷三年作，杜甫時將赴荊南而寄詩別李昌夔，在此文
翁則比李劍州〔註60〕，用以稱頌李昌夔在蜀中的作為。此外有兩首用
此：其一〈將赴成都草堂途中有作先寄嚴鄭公五首：〉

〔註58〕　《杜臆》：「自安史亂後，人皆棄文就武，公詩嘗云『壯士恥為儒』，
　　　　　又云『儒衣山鳥怪』，此云，『儒服敝於地』，儒之賤已極矣。」
〔註59〕　《新唐書・禮樂志》「貞觀四年詔州縣學皆作孔子廟，開元二十七年
　　　　　謚文宣王。」
〔註60〕　李劍州，李昌夔。《資治通鑑》「永泰元年閏十月，（崔旰）入成都屠
　　　　　（郭）英義家。……邛州牙將柏茂林、瀘州牙將楊子琳、劍州牙將
　　　　　李昌夔各舉兵討旰，蜀中大亂。……（大歷元年八月）以柏茂林、
　　　　　楊子琳、李昌夔各為本州刺史。」柏茂林為邛州刺史，見《資治通
　　　　　鑑》大歷元年二月，李昌夔為劍州刺史亦在此年。詩云「寥落三年
　　　　　坐劍州」，又云「戎馬相逢更何日，春風迴首仲宣樓」，詩大歷三年
　　　　　作，與〈大歷三年春白帝城放船……將適江陵漂泊〉詩同時。傅璇
　　　　　琮《全唐詩人名考證》，陝西：陝西人民教育出版社，頁287。

得歸茅屋赴成都，直爲文翁再剖符。但使閭閻還揖讓，敢論松竹久荒蕪。魚知丙穴由來美，酒憶郫筒不用酤。五馬舊曾諳小徑，幾回書札待潛夫。（《全唐詩》卷一百二十六）

其二：〈八哀詩：贈左僕射鄭國公嚴公武〉：

鄭公瑚璉器，華岳金天晶。昔在童子日，已聞老成名。嶷然大賢後，復見秀骨清。開口取將相，小心事友生。閱書百紙盡，落筆四座驚。歷識匪父任，嫉邪常力爭。漢議尚整肅，胡騎忽縱橫。飛傳自河隴，逢人問公卿。不知萬乘出，雪涕風悲鳴。受詞劍閣道，謁帝蕭關城。寂寞雲臺仗，飄颻沙塞旌。江山少使者，笳鼓凝皇情。壯士血相視，忠臣氣不平。密論貞觀體，揮發岐陽征。感激動四極，聯翩收二京。西郊牛酒再，原廟丹青明。匡汲俄寵辱，衛霍竟哀榮。四登會府地，三掌華陽兵。京兆空柳色，尚書無履聲。羣烏自朝夕，白馬休橫行。諸葛蜀人愛，文翁儒化成。公來雪山重，公去雪山輕。記室得何遜，韜鈐延子荊。四郊失壁壘，虛館開逢迎。堂上指圖畫，軍中吹玉笙。豈無成都酒，憂國只細傾。時觀錦水釣，問俗終相并。意待犬戎滅，人藏紅粟盈。以茲報主願，庶或裨世程，炯炯一心在。沈沈二豎嬰，顏回竟短折。賈誼徒忠貞，飛斾出江漢。孤舟輕荊衡，虛無馬融笛。悵望龍驤塋，空餘老賓客，身上愧簪纓。（《全唐詩》卷二百二十二）

嚴鄭公者，乃嚴武。〔註61〕廣德二年，由於嚴武再鎮蜀，故杜甫由閬州重歸成都草堂。杜甫以感恩之心寄寫嚴武，以文翁比之。而嚴武之死，杜甫亦哀憫至極，詩人感其在蜀治理之功，仍以文翁比之嚴武。可見，在杜甫心中，治蜀郡之極有貢獻者乃屬文翁；而由於蜀乃杜甫晚年流落之所，故杜甫對治蜀有功者著墨特多。

中、晚唐寫「文翁」的詩作，也多提及教化、治郡之功，然因詩人之情或寫作目的不同有時難免有所轉變。如引伸轉變爲指當時的文

〔註61〕　《新唐書‧嚴武傳》「寶應元年自成都召還，拜京兆尹，明年爲二聖山陵橋道使，封鄭國公，遷黃門侍郎。廣德二年，復節度劍南。」

壇領袖者，如元稹〈獻滎陽公詩五十韻〉「鄭驛騎翩翩，丘門子弟賢。
文翁開學日，正禮騁途年。駿骨黃金買，英髦絳帳延。趨風皆躡足，
侍坐各差肩。解榻招徐穉，登樓引仲宣。鳳攪題字扇，魚落講經
筵。……」滎陽公〔註62〕乃鄭餘慶。元稹小序云：「今月十七日，公
會儒於便廡，稹亦謬容末席。公出棠樹之首章，且識其目曰：……且
盛公之所爲，因而次用所聯翩賢等五十一字，合爲一詩，止詠公之詞
業力翰，泊生徒學校之事而已也。其於勳位崇懿在國籍，族地清甲編
世家，政事德美播謳謠，儉仁慈愛被親戚，……」而時元和十四年鄭
餘慶封滎陽郡公，兼判國子祭酒事。故元稹以文翁稱頌滎陽公。如劉
魯風〈江西投謁所知爲典客所阻因賦〉：

> 萬卷書生劉魯風，煙波萬里謁文翁。無錢豈與韓知客，名
> 紙毛生不肯通。（《全唐詩》卷五百五）

「謁文翁」詩人表達了求見文壇名人，有求取文名之意圖。而文翁者
則文壇領袖之代表。

另章孝標〈上西川王尚書〉〔註63〕：

> 人人入蜀謁文翁，妍醜終須露鏡中。詩景荒涼難道合，客
> 情疏密分當同。城南歌吹琴臺月，江上旌旗錦水風。下客
> 低頭來又去，暗堆冰炭在深衷。（《全唐詩》卷五百六）

此文翁則指時人禮部尚書王播。詩人寫此詩，亦有求取名望之意。亦
有指一郡之守或一州之長者，如晚唐王貞白〈雨後從陶郎中登庾樓〉：

> 庾樓逢霽色，夏日欲西曛。虹截半江雨，風驅大澤雲。島
> 邊漁艇聚，天畔鳥行分。此景堪誰畫，文翁請綴文。（《全唐

〔註62〕 滎陽公，鄭餘慶。《舊唐書》本傳：「滎陽人。……（元和）十四年，
　　　　兼太子少師，檢校司空，封滎陽郡公，兼判國子祭酒事。」前此，
　　　　當有開國伯、男之類封爵。注云：「張秀才正謨，滎陽公首荐登第也。」
　　　　正謨，元和十年進士。時餘慶鎮興元，稹爲通州司馬。《全唐詩人名
　　　　考証》，頁614。

〔註63〕 傅璇琮《全唐詩人名考証》，陝西：陝西人民教育出版社，頁746。
　　　　王尚書，王播。《舊唐書·憲宗紀》下：元和十三年正月「辛亥，以
　　　　禮部尚書王播爲成尹、劍南西川節度使。」《穆宗紀》：長慶元年二
　　　　月壬申，「以劍南西川節度使王播爲刑部尚書，充鹽鐵轉運使。」

詩》卷七百一）

此詩陶郎乃指陶詳，《全唐詩人名考証》「白居易在江州作《庾樓曉望》詩，知陶為江州刺史。陶郎中，陶詳。」〔註64〕，而詩中「文翁」則指江州刺史陶詳，指一州之長。另蜀地偏遠，在此為郡守，人多有遠離廟堂之歎。故詩人提文翁亦有寬慰或勉人之意。如晚唐薛能〈送崔學士赴東川〉〔註65〕：

> 羽人仙籍冠浮丘，欲作鄧侯且蜀侯。導騎已多行劍閣，親
> 軍全到近綿州。文翁勸學人應戀，魏絳和戎戍自休。唯有
> 夜轔懽莫厭，廟堂他日少閒遊。（《全唐詩》卷五百六十）

薛能以此「文翁勸學人應戀，魏絳和戎戍自休。」勉勵並寬慰崔學士，感歎之情溢於詩上。另有晚唐楊知至〈和李尚書命妓歌餞崔侍御〉〔註66〕：

> 燕趙能歌有幾人，為花回雪似含顰。聲隨御史西歸去，誰
> 伴文翁怨九春。（《全唐詩》卷五百六十三）

李尚書，李訥。《會稽掇英》刺史題名：「李訥，大中六年八月自華州防御使授，九年九月貶朗州刺史。」作者楊知至以文翁比李訥。此則稍減勉勵或寬慰之意，而多有臣子為君所貶之怨。詩人將李訥與文翁相比，乃在於與文翁相關的蜀郡郡守之位與其人格。

（二）「文翁」詩與唐詩地域關係

　　唐人在寫文翁時，有巧合的大多與文翁有地緣關係。如多在遊至

〔註64〕　傅璇琮《全唐詩人名考証》，陝西：陝西人民教育出版社，頁939。
〔註65〕　傅璇琮《全唐詩人名考証》，陝西：陝西人民教育出版社。頁845，崔學士，崔充《學士壁記》：「崔充，成通九年●月十七日自考功員外郎入守本官充；……十年五月二十五日，加庫部郎中知制誥，依前充；其年十一月十一日遷中書舍人，依前充；十二年正月二十六日，還戶部侍郎知制誥，依前充；十三年六月十日，宣充承旨；九月二十八日，加檢校工部尚書、東川節度使。」
〔註66〕　《雲溪友議》卷二：「李尚書訥夜登越城樓，聞歌，……其聲激切。召至，曰在籍之妓盛小從也。……時察院崔侍御元范自府幕而拜，即赴關庭。李君連夕餞崔君于鏡湖光候亭，屢命小從歌餞，在座各為一絕句贈之。」

蜀地，或提送蜀人，或貶爲蜀地爲官，而這樣的巧合，造成唐人寫這類詩作的特色。文翁景帝末爲蜀郡守，而「蜀」指今四川成都平原一帶，春秋時爲蜀國地。漢置蜀郡，到唐則屬劍南道，分置益州、綿州、陵州、遂州等十七州。如《舊唐書‧志二十一》記載：

> 劍南道東西道九：成都府隋蜀郡。武德四年，改爲益州，置總管府，管益、綿、陵、遂、資、雅、嘉、瀘、戎、會、松、翼、巂、南寧、昆、恭十七州。〔註67〕

唐人詩作提文翁多與蜀有地緣關係，如盛唐王維〈送梓州李使君〉，梓州〔註68〕乃劍南東川節度使所管轄，如杜甫〈將赴成都草堂途中有作先寄嚴鄭公五首〉、〈八哀詩：贈左僕射鄭國公嚴公武〉則寄或哀對蜀有功的嚴武。〈將赴荊南寄別李劍州〉，劍州治普安，漢之梓潼縣也。《新唐書‧地理志》：劍州普安郡，屬劍南。邵注：劍州在閬州北，即今保府〔註69〕，亦與蜀地相關。

　　而這種情形到中、晚唐亦同。如中唐李端〈送何兆下第還蜀〉，何兆乃蜀人，此詩以「文翁有草堂」，寬慰友人下第。李夷簡〔註70〕〈西亭暇日書懷十二韻獻上相公〉，本詩相公乃指武元衡，而西亭爲武元衡鎮蜀時構。詩人以相公在蜀地爲郡守，提文翁典籍以慰己及友人，「提攜當有路　勿使滯刀州〔註71〕」希望不要永留蜀地。又如樊宗師〈蜀綿州越王樓詩〉，綿州爲劍南道之一州，而樊宗師又「元和中……綿、絳二州刺史。」，詩「千萬慚文翁」實有原由。另外章

〔註67〕《舊唐書‧志二十一》，卷四十五。
〔註68〕梓州：隋新城郡。武德元年，改爲梓州，領郪、射洪、鹽亭、飛烏四縣。三年，又以益州玄武來屬。四年，又置永泰縣。調露元年，置銅山縣。天寶元年，改爲梓潼郡。乾元元年，復爲梓州。乾元後，分蜀爲東、西川，梓州恆爲東川節度使治所。
〔註69〕（唐）杜甫著、（清）仇兆鰲注《杜詩詳注》北京：中華書局，1979年10月，頁1097。
〔註70〕《舊唐書‧憲宗紀》「元和八年正月『癸未，以山南東道度使李夷簡檢校戶部尚書、成都尹』充劍南西川節度使。」
〔註71〕刀州，本晉益州，治蜀郡，今四川成都市的別稱，唐時又泛指蜀地爲刀州。

孝標〈上西川王尙書〉、薛能〈送崔學士赴東川〉、楊知至〈和李尙書命妓歌餞崔侍御〉、羅隱〈重送朗州張員外〉、貫休〈聞知聞赴成都辟請〉、〈蜀王登福感寺塔三首：三〉這裏的「西川」、「東川」、「朗州」、「成都」、「蜀王」都是詩人、詩題與蜀地相關的詩作。而唐人因地域關係而聯想起歷史特定之人物，實也是唐詩寫作歷史人物的一大特色。

三、李膺

　　李膺東漢人，爲當時名重一時有德之士。其事蹟見《後漢書‧黨錮列傳》：

> 李膺字元禮，潁川襄城人也。祖父脩，安帝時爲太尉。父益，趙國相。膺性簡亢，無所交接，唯以同郡荀淑、陳寔爲師友。初舉孝廉，爲司徒胡廣所辟，舉高第，再遷青州刺史。守令畏威明，多望風官。復徵，再遷漁陽太守。尋轉蜀郡太守，以母老乞不之官。轉護烏桓校尉。鮮卑數犯塞，膺常蒙矢石，每破走之，虜甚憚懾。以公事免官，還居綸氏，教授常千人。

李膺以性簡亢、德行高潔，而名聞於當時。後因黨錮之禍而下獄，死於獄中。唐人寫李膺，卻多著重於史上的另一段事蹟：《後漢書‧郭太傳》卷六十八

> 郭太字林宗，太原界休人也。家世貧賤。早孤，母欲使給事縣廷。林宗曰：『大丈夫焉能處斗筲之役乎？』遂辭。就成皋屈伯彥學，三年業畢，博通墳籍。善談論，美音制。乃游於洛陽。始見河南尹李膺，膺大奇之，遂相友善，於是名震京師。後歸鄉里，衣冠諸儒送至河上，車數千兩。林宗唯與李膺同舟而濟，眾賓望之，以爲神仙焉。

李膺在歷史上，爲人剛正不阿，進退合宜，然遇毀譽遭禍，亦以義死，不求苟生。由於其人格上的高潔，使得當時時人，都競相親近於他。而唐人寫李膺，亦多慕其人格，而有著冀遇之心，可以如神仙般共同

逍遙歡樂，然亦有著希望得到知己的求遇之意。如盛唐孟浩然〈荆門上張丞相〉「坐登徐孺榻，頻接李膺杯。始慰蟬鳴柳，俄看雪間梅」、李白〈魯城北郭曲腰桑下送張子還嵩陽〉「何時一杯酒，更與李膺同」、中唐王季友〈酬李十六岐〉「于何車馬日憧憧，李膺門館爭登龍」晚唐杜牧〈行次白沙館先寄上河南王侍郎〉〔註72〕「歌慚漁浦客，詩學雁門僧。此意無人識，明朝見李膺」、許渾〈將爲南行陪尚書崔公宴海榴堂〉〔註73〕「賓館盡開徐穉榻，客帆空戀李膺舟。謾誇書劍無知己，水遠山長步步愁」等，都有希望得遇知己之意。然也有以李膺比附時人者，如杜甫〈贈特進汝陽王二十韻〉「已忝歸曹植，何知對李膺。招要恩屢至，崇重力難勝」，據注〔註74〕杜甫作此詩應於天寶四、五載，乃杜詩早年之作，而此受薦於汝陽王，故以杜密自比，見汝陽來比李膺，雖比時人，亦有著求進之意。

綜合唐人寫李膺者，唐各期詩人詩作量表現相同，都不特突出。而內容上則多重視其高潔的形象，作爲知己的擬想，表現著而有著求遇求知己的冀望，這也是唐詩人心中眞正的期待。

〔註72〕 王侍郎，王璠。《舊唐書》本傳：璠（寶曆）二年七月出爲河南尹。大和二年……十月，轉尚書右丞。《敬宗紀》寶曆二年八月，「以工部侍郎王播爲河南尹。」『播』乃『璠』之誤。禹錫大和元年以主客郎中分司。與璠同在東都，二年春入朝，秋寄詩王璠，故云「去年爲狎客，永日奉高情」

〔註73〕 傅璇琮《全唐詩人名考証》，陝西：陝西人民教育出版社，頁791。崔公，崔鄲。海榴堂在潤州公廨，見《全唐文》卷七五六杜牧《浙江西道都團練觀察處置等使……崔公行狀》「遷浙江（集作西）觀察使，加禮部尚書。……開成元年十月二十日薨於治所」《舊唐書·文宗紀》下：大和九年七月「辛酉，以鄂岳觀察使崔鄲充浙西觀察。」重作李群玉詩「崔公」訛爲「崔八」，「堂」訛爲「亭」。按《文苑英華》卷三一六收許渾。群玉開成元年出游吳越，其秋尚在岳州，而鄲即卒於同年十月，詩當許渾作。

〔註74〕 注云：「公於開元二十四年下考功第，去遊齊趙八九年，其歸長安當在天寶四五載間。」，（唐）杜甫著、（清）仇兆鰲注《杜詩詳注》北京：中華書局，1979年10月。

第五章　漢人物、地域與唐詩人

　　漢人、漢文化與唐人、唐文化，二者之間就如同兩個相似的雙胞胎一樣，即血源相連，情感相繫，又有著無解的巧合似的命運，在中國歷史上形成了特殊性。考察唐代詩作我們發現了二者間的特性，（一）漢唐人物：由漢人物來看：唐代詩人寫漢代人物，出現了集中性，即在以賈誼、漢武帝為主的十四個漢人物中，唐人以此為主的詩作，較其他為數數百的漢代人物而言，此十四人占了詩作量一半以上，形成詩作的集中性。而由唐詩人來看：杜甫、李白、白居易、羅隱等人在寫作漢代人物，則為集中突出者。其他個別突出者如劉長卿獨寫賈誼；李商隱多寫賈誼、漢武帝；胡曾喜寫漢高祖等，其意義與原由都成為值得探討的對象。（二）漢唐文化：由這些詩作表現中，我們特別地發現到幾點特殊現象即地域的關連性。此中有兩個地域，成為寫作的集中點。一為湘江流域的湘水文化，此以寫作漢代人物「賈誼」為主，而主題上以「貶謫」為主，多流露出哀怨愁苦的情懷。另一為四川流域的蜀文化，此以司馬相如、揚雄、文翁為主，主題上以「不遇」或慰以「立功邊域」為主，多流露出羈縻漂泊之感。唐人由此對漢代人物產生移情作用，多為自比或自憐之作。

第一節　漢代人物對唐代詩人的意義

一、杜甫——自況身世，抒己情懷

　　杜甫在唐人寫漢代人物詩中，拔得頭籌以四十七首居冠，且比居次位的李白詩作在量上足足多了一倍。杜甫的特別性，除在漢人詩作賈誼、文翁、李廣、馮唐、揚雄、司馬相如、禰衡七人中居唐人之冠之外，另杜甫詩在唐代詩歌中，及其對後世的影響，亦是占有極其重要地位，為唐詩之代表者。歷來研究杜甫詩者為數眾多，一般多將其作品分為四期，以年少、離亂、入蜀、湘鄂飄零為主要分期。研究者各有所宗。在杜甫一生離亂飄零的生涯中，其人生體驗豐富，其思想亦日趨成熟，反應於詩作者更能見其人格成長省悟的軌跡。以此觀其寫漢代人物之作品，察其與漢人物之關連，可感受到其在一生中飄泊不安的感受，與其領悟的哲理。

　　杜甫寫漢代賈誼、文翁、李廣、馮唐、揚雄、司馬相如、禰衡等人物時，在自身上都投射了自我的價值傾向，而這些人物的某些生平遭遇或人格特質亦與杜甫在生命過程中有了時空上的交集。探討這些詩作，我們發現其中與杜甫相關連的一些特點：

　　（1）皆才華洋溢之士：在這些人物中，多少俊而有美才者，如賈誼「年十八，以能誦詩屬書聞於郡中。」、司馬相如「少時好讀書」、揚雄「少而好學，不為章句，訓詁通而已，博覽無所不見。」，另外李廣有武將之才，文翁有治郡之才，禰衡則為三國時有之名士，恃才傲物，放蕩不羈，最後被江夏太守所殺。這些人皆懷抱美才，而為杜甫所注意。

　　（2）多未得知音而遭逢飄泊之人：這些人的遭遇，亦與杜甫有著些許的相似之處，即未能遇到知己的君王，飄零流落，空擁一身美才，卻不為帝王重視，放諸四方，如賈誼流落長沙，司馬相如在蜀販酒，李廣一生戰功未能封侯，馮唐垂老才得重視，禰衡不被曹操所重而轉送劉表，文翁僅得治邊陲之郡，他們不遇而四方飄泊的命運，使杜甫

在情感上與古人有彼此相憐、互相慰解的情懷。元人趙汸在注杜甫〈入喬口〉云：「公至湖南，每懷賈誼，蓋羈旅窮愁之感，神交冥漠之情，非泛拾故事成詩也。」〔註1〕在思古人之際，亦生其濡沫之情。

（3）多著墨於「垂老」、「貧病」之況：觀杜甫詠漢人詩作，我們發現多寫於晚年，約唐代廣德、大曆年間的作品，而這段期間杜甫顛沛流離於蜀地、夔州、岳州、潭州等地，這也是杜甫一生中最困頓的一段時間，然卻也是杜甫創作最旺盛，成就最高的一個時間。其間杜甫不再「致君堯舜上」、「狂歌託聖朝」或「自比稷與契」而「麻鞋見天子」了，在為理想而仕的儒家精神已沒之下，杜甫身心俱疲，不僅「垂老」，又加上「貧病」，遇與自己相同命運的馮唐、司馬相如，便以為自比，自抒其懷了。如杜甫〈同元使君舂陵行〉〔註2〕「……我多長卿病，日夕思朝廷。肺枯渴太甚，漂泊公孫城。……」其黃生注云：「此詩前後皆自敘，自敘多言病，其筋節在『歎時藥力薄』句，知作者全是借酒杯澆塊磊也。」〔註3〕，由此觀杜甫詩作，可想見杜甫寫漢代人物之情懷了。

而至於其他寫高祖、張良、漢武人物者，如〈述古三首：三〉中借高祖、漢光事以諷唐，〈寄韓諫議〉借張良典範美功成身退的典型，都有杜甫「詩史」之深意。而特別者，即在杜甫寫漢武帝詩四首〈承聞河北諸道節度入朝歡喜口號絕句十二首：二〉、〈城上〉、〈江陵望幸〉、〈兵車行〉裏，概全以「漢武」比擬「唐皇」這是杜甫寫武帝之特別處。

除高祖、張良、漢武三人外，綜觀杜甫所寫的漢代人物，皆有其共通特性，如皆懷抱才華、熱愛生命，卻遭受離棄。然綜觀這些漢代人物，實非一生困頓或終身未遇，如司馬相如離蜀後為漢武帝所重

〔註1〕　唐杜甫著、清仇兆鰲注：《杜詩詳注》，北京：中華書局，1979年10月，頁1974。
〔註2〕　鶴注：此當大曆二年在夔州作。
〔註3〕　同上注，頁1694。

用，而杜甫在詩作中，卻全選其在蜀地貧病治酒之一段生命歷程作入詩，由此可見杜甫的選擇標準。故由此見之，杜甫思漢人物，多作爲自況身世，抒已情懷之用。

（一）李白──欽慕理想，表達抱負

李白寫張良者有六首，寫韓信者有四首。在唐人寫作此二人的詩作中獨占鰲頭。除此外，李白在其他人物上亦表現特殊，如李白寫賈誼者共八首，居其寫漢代人物之冠。此三人可視李白所寫漢代人物中的特別人物。李白一方面透過這些人物自況其情，表達抱負，另一方面也表現出自己的理想功業與其出處之道。

李白之欽慕者爲張良。張良可以說是李白心中之「出」、「處」理想。李白寫張良「處」者，多慕其創漢功業，如〈經下邳圯橋懷張子房〉、〈贈饒陽張司戶燧〉等。而在這些詩作中，李白透過漢代張良，表現出冀遇良君，且願爲唐立下功業的希望。而另外在「出」方面，則羨其功成退隱五湖之事跡。如〈贈韋祕書子春二首：二〉「終與安社稷，功成去五湖」，表現不喜名利，只願在功業已成後，如張良般的歸隱，表現其瀟灑自若之飄逸。

另李白在寫「賈誼」時，雖仍不免用賈誼憂國憂民之形象表達自己擔憂國事之情，如〈答高山人兼呈權顧二侯〉，與喻己不遇之感，如〈行路難〉。然李白特別者在於仍保有一份溫柔敦厚，如〈巴陵贈賈舍人〉，不全歸不遇於君王「賈生西望憶京華，湘浦南遷莫怨嗟。聖主恩深漢文帝，憐君不遣到長沙。」，也保有一份曠達豪放，如〈田園言懷〉，不以遠謫全爲苦「賈誼三年謫，班超萬里侯。何如牽白犢，飲水對清流」。這在唐人寫賈誼之詩作中頗有特別之處。另有「韓信」者，則爲李白以之自比最多的漢人物。而其選擇韓信者，多以其未功成之際爲自比《雜曲歌辭：行路難三首：二》、《相和歌辭：猛虎行》、《贈新平少年》、《答王十二寒夜獨酌有懷》，蓋全以韓信少年被欺困頓之事，自比情況，表現悲淒之情。雖如此，但李白實際上也暗自期

許自己，能如韓信雖早年忍受欺凌，然在後來卻一舉功成名就，即對自己的功業有所期待。這也是李白全舉韓信自比之意。

這些詩作，一方面可以看出李白的平生遭遇，猶如韓信般地多逢困頓。然一方面他仍本著理想願秉持和張良相同的「出處」之道，來自處於廟堂與江湖之間，而李白也借此顯出自己冀成功業的偉大抱負。然不幸的是在其一生之中沒有遇到能重用他的良君，但李白仍擔憂朝政，關心人民，仍豪放飄逸地自處於盛唐的這個時代裏。

（二）白居易──出處理想，寫出時事

白居易的詩作表現，以「四皓」八首與「文帝」五首居唐人寫此二人之冠。此實值得深探。此外「賈誼」九首卻是白居易所寫漢人物中最多的一人，另「張良」五首寫作量亦多，即以此四人見白居易寫作之特色。其特色：

1、「四皓」、「張良」──歸隱之思

白居易由於平生遭遇的轉移，其詩風亦隨之由諷刺、感傷，到晚年的閒適之作，而「四皓」的不慕名利，功成身退雲遊四方之行跡，遂成為白居易所欽慕的對象。在詩作上常作為自比心境〈仙娥峯下作〉「……向無如此物，安足留四皓。感彼私自問，歸山何不早。可能塵土中，還隨眾人老。」而此也代表了白居易理想的出處觀點。〈長樂亭留別〉：

> 灞滻風煙函谷路，曾經幾度別長安。昔時蹙促為遷客，今
> 日從容自去官。優詔幸分四皓秩，祖筵慚繼二疏歡。塵纓
> 世網重重縛，迴顧方知出得難。（《全唐詩》卷五百四十）

此詩乃白居易在長慶二年，出為杭州刺史時所作，在詩中表現出詩人在「出處」之間的體悟。另〈奉和晉公侍中蒙除留守行及洛師感悅發中斐然成詠之作〉、〈和答詩十首：答四皓廟〉都是稱揚四皓之出處，而也表達白居易之「出處」理想。又〈再授賓客分司〉：

> 優穩四皓官，清崇三品列。伊予再塵忝，內愧非才哲。俸
> 錢七八萬，給受無虛月。分命在東司，又不勞朝謁。既資

閒養疾，亦賴慵藏拙。賓友得從容，琴觴恣怡悅。乘籃城
外去，繫馬花前歇。六遊金谷春，五看龍門雪。吾若默無
語，安知吾快活。吾欲更盡言，復恐人豪奪。應爲時所笑，
苦惜分司闕。但問適意無，豈論官冷熱。(《全唐詩》卷五百四
十二)

作此詩時白居易被分爲「賓客分司」一職，詩作之中以「四皓官」比
這一司職，而由於「分命在東司，又不勞朝謁」，故可以「既資閒養
疾，亦賴慵藏拙。」更快樂的「賓友得從容，琴觴恣怡悅。乘籃城外
去，繫馬花前歇。六遊金谷春，五看龍門雪」，雖然如此，但詩人心
中眞正的心情是「應爲時所笑，苦惜分司闕」，而皇命如此，詩人只
好自我調適以「但問適意無，豈論官冷熱」，來勸慰自己位於這個無
足輕重的職位了。而由此四皓官亦可比爲閒散之官，以四皓作爲閒散
之意了。又〈贈皇甫六張十五李二十三賓客〉〔註4〕「昨日三川新罷
守，今年四皓盡分司。幸陪散秩閒居日，好是登山臨水時。……」亦
同以四皓比自己與同伴們之職司。〈池上閒吟二首〉

高臥閒行自在身，池邊六見柳條新。幸逢堯舜無爲日，得
作羲皇向上人。四皓再除猶且健，三州罷守未全貧。莫愁
客到無供給，家醞香濃野菜春。(《全唐詩》卷四百五十四)

又〈胡吉鄭劉盧張等六賢皆多年壽，予亦次焉，偶於弊居合成尚齒之
會，七老相顧既醉且歡，靜而思之，此會稀有，因成七言六韻以紀之，
傳好事者〉〔註5〕：

〔註4〕 傅璇琮《全唐詩人名考証》，陝西：陝西人民教育出版社，頁670。
皇甫賓客，皇甫鏞，《全唐文》卷六七九白居易《皇甫鏞墓志》「改
太子賓客，轉秘書監分司。」張十五，張仲方，《新唐書》「大和初，
出爲福建觀察使，召還，進至左散騎常侍。李德裕秉政，以太子賓
客分司東都。德裕罷，復拜常侍。」李二十，李紳。《舊唐書》「改
授戶部侍郎。中尉王守澄用事。(李)逢吉令門生故吏結託王守澄爲
授以紳。……乃貶紳端州司馬。……移爲江州長史，再遷太子賓客
分司東都。」
〔註5〕 《全唐詩》三仙山、五天竺國多老壽者，前懷州司馬安定胡杲，年
八十九。衛尉卿致仕馮翊吉皎，年八十六。前右龍武軍長史滎陽鄭

七人五百七十歲，拖紫紆朱垂白鬚。手裏無金莫嗟歎，尊
中有酒且歡娛。詩吟兩句神還王，酒飲三杯氣尚粗。巋峨
狂歌教婢拍，婆娑醉舞遣孫扶。天年高過二疏傅，人數多
於四皓圖。除卻三山五天竺，人間此會更應無。（《全唐詩》
卷四百六十）

以四皓與二疏比於與會之七老。在此，可見白居易在晚年優仕的生活
中，心境上已無早年充滿了積極仕途，而勇於進言的年輕精神，在流
貶回朝後，其人生觀充滿了歸隱之心，而四皓的出處之道，正符合了
白居易的理想，故或自比，或頌揚，都看出其推崇之意。

　　另「張良」也是白居易寫得多的一位漢代人物。然其寫張良不重
其功勳，不重其智謀，卻多重視其晚年放棄名利，遠走江湖之事跡。
「商山老皓雖休去，終是留侯門下人」、「乘舟范蠡懼，辟穀留侯飢」、
「何必學留侯，崎嶇覓松子」，在晚年的白居易心中，已受佛道思想
所影響，故對於名利，亦看得輕了，故，白居易不同於李白寫「張良」
多寫其功業，反而多寫其棄利而晚年求道的歸隱態度。此亦反映出白
居易暮年的想法。

2、「文帝」──勸儉與戒鑒

　　白居易寫文帝多正面肯定，而肯定面則在其「勤儉治國」之態
度，而此亦在諷刺唐帝王的奢靡無度。〈新樂府：八駿圖　戒奇物懲
佚遊也〉「……文帝卻之不肯乘，千里馬去漢道興。穆王得之不爲戒，
八駿駒來周室壞……」又〈新樂府：草茫茫　懲厚葬也〉「……奢者
狼藉儉者安，一凶一吉在眼前。憑君回首向南望，漢文葬在霸陵原。」
而亦藉「文帝」、「賈誼」之關係，哀己之不遇〈偶然二首：一〉「楚
懷邪亂靈均直，放棄合宜何惻惻。漢文明聖賈生賢，謫向長沙堪歎

據，年八十四。前磁州刺史廣平劉眞，年八十二。前侍御史內供奉
官范陽盧眞，年七十二。前永州刺史清河張渾，年七十四。刑部尚
書致仕太原白居易，年七十四。已上七人。合五百七十歲，會昌五
年三月二十一日。於白家履道宅同宴，宴罷賦詩。時秘書監狄兼謨、
河南尹盧貞，以年未七十，雖與會而不及列。」

息。」又〈讀史五首：一〉「漢文疑賈生，謫置湘之陰……乃知汨羅恨，未抵長沙深」，文帝對於白居易而言是個聖明之君，然賈誼卻在文帝之時被貶，對此，相較於白居易所處的大唐之世，可以作比擬。以此對照自我的身世倍感淒涼了。

3、「賈誼」——藉以悲怨

白居易寫賈誼有九首之多，多在貶謫之時，而詩作中往往有幽怨之語。「多於賈誼長沙苦，小校潘安白髮生」、「賈生俟罪心相似，張翰思歸事不如」、「爭敢三年作歸計，心知不及賈生才」、「漢文明聖賈生賢，謫向長沙堪歎息」、「漢文疑賈生，謫置湘之陰」、「賈生離魏闕，王粲向荊夷」可見白居易對被貶之時的深沈之痛。白居易在元和十年間因藩鎮李師道派人刺殺宰相武元衡。白居易上疏請急捕賊，以雪國恥，為執政者所惡，後貶江州司馬。元和十三年續貶到忠州作刺史。雖由司馬到刺史，在仕途已現轉機，然在江南僻遠地方，以一位懷有偉大抱負而言的士人而言，實為一次重大的打擊，故下筆多作怨語。而賈誼的身世與白居易又不謀而合，正如他自己所寫的「同是天涯淪落人，相逢何必曾相識」，古今人物則有相同之感。

4、「漢武帝」——以為諷諭

白居易寫「漢武帝」，多著重在君王作為上的評批，而語多諷諭。如諷君王應明辨是非「但使武皇心似燭，江充不敢作江充」，或諷君王不應迷信方士之語「秦皇漢武信此語，方士年年采藥去」，白居易所處的中唐雖仍屬大唐未衰之時代，然此時國勢已漸傾頹，況君王們多好不死藥，多不明是非的庸碌之輩。朝中亦多有小人當道，如元和中宰相被刺之事。讓白居易忍不住的以漢武帝以為戒、以為諷，欲為唐代帶來警惕之效。然效果不彰，反為自己帶來危險。故只好與友朋多寫盛唐玄宗與楊妃之故事。一方面以為警惕，一方面思慕當代的豐盛之世。

白居易寫漢人，一方面在自已遭遇上作為同悲，如用賈誼事，以

抒自己之怨。一方面作爲諷諭，以文帝和武帝之作爲戒。然再則也表現自己晚年出處之道，希望同四皓般的悠遊曠達，不慕名利，故在比擬漢人之中，表達出自己的理想與願望。

（三）劉長卿——貶謫之痛

　　劉長卿爲中唐詩作大將，在《中國詩史》中稱其「詩馳聲上元寶應間」〔註6〕，在唐之時，人以『錢郎劉李』並稱，然劉長卿卻羞以爲伍。權德輿曾贊其詩爲「五言長城」，可見其在中唐詩歌中的地位。然在漢代人物的寫作上，不見其他漢人物，僅見「賈誼」詩作八首。此可以見「賈誼」在劉長卿心中有著重要地位。據《劉長卿集編年校注》〔註7〕記載，劉長卿之生平，可分七個時期：一、生長及讀書求仕期。二、尉長洲及貶南巴期。三、佐幕淮南時。四、官長安及再幕淮南期。五、出使湖南及仕職鄂岳期。六、謫宦睦州期。七、刺隨州及閑居江東期。以劉長卿生平來看，困頓不安，爲其一生的寫照。在安史亂起後解褐授官，卻又兩遭誣陷，長年貶謫；晚年始遷隋州刺史，而又因亂失官，可見其坎坷的一生。因此見其寫「賈誼」之詩作，〈送李使君貶連州〉：

> 獨過長沙去，誰堪此路愁。秋風散千騎，寒雨泊孤舟。賈誼辭明主，蕭何識故侯。漢廷當自召，湘水但空流。(《全唐詩》卷一百四十七)

〈奉寄婺州李使君舍人〉：

> 建隼罷鳴珂，初傳來暮歌。漁樵識太古，草樹得陽和。東道諸生從，南依遠客過。天清婺女出，土厚絳人多。永日空相望，流年復幾何。崖開當夕照，葉去逐寒波。眼暗經難受，身閒劍懶磨。似鴞佔賈誼，上馬試廉頗。窮分安藜藋，衰容勝薜蘿。只應隨越鳥，南翥託高柯。(《全唐詩》卷一百四十九)

〔註6〕《中國詩史》，頁510。
〔註7〕楊世明校注：《劉長卿集編年校注》，北京：人民文學出版社，1999年9月，頁1～5。

〈自江西歸至舊任官舍贈袁贊府〉：

> 欲見同官喜復悲，此生何幸有歸期。空庭客至逢搖落，舊邑人稀經亂離。湘路來過迴雁處，江城臥聽擣衣時。南方風土勞君問，賈誼長沙豈不知。（《全唐詩》卷一百五十一）

〈自夏口至鸚鵡洲夕望岳陽寄源中丞〉：

> 汀洲無浪復無煙，楚客相思益渺然。漢口夕陽斜渡鳥，洞庭秋水遠連天。孤城背嶺寒吹角，獨戍臨江夜泊船。賈誼上書憂漢室，長沙謫去古今憐。（《全唐詩》卷一百五十一）

〈長沙過賈誼宅〉：

> 三年謫宦此棲遲，萬古惟留楚客悲。秋草獨尋人去後，寒林空見日斜時。漢文有道恩猶薄，湘水無情弔豈知。寂寂江山搖落處，憐君何事到天涯。（《全唐詩》卷一百五十一）

〈淮上送梁二恩命追赴上都〉：

> 賈生年最少，儒行漢庭聞。拜手卷黃紙，迴身謝白雲。故關無去客，春草獨隨君。淼淼長淮水，東西自此分。（《全唐詩》卷一百四十七）

〈歲日見新曆因寄都官裴郎中〉：

> 青陽振蟄初頒曆，白首銜冤欲問天。絳老更能經幾歲，賈生何事又三年。愁占著草終難決，病對椒花倍自憐。若道平分四時氣，南枝爲底發春偏。（《全唐詩》卷一百五十一）

〈送賈三北遊〉：

> 賈生未達猶窘迫，身馳匹馬邯鄲陌。片雲郊外遙送人，斗酒城邊暮留客。顧予他日仰時髦，不堪此別相思勞。雨色新添漳水綠，夕陽遠照蘇門高。把袂相看衣共緇，窮愁只是惜良時。亦知到處逢下榻，莫滯秋風西上期。（《全唐詩》卷一百五十一）

詩中「悲」、「憐」、「愁」、「窮」、「衰」、「病」、「冤」、「老」、「憂」「寒」之詞甚多，亦有水意象如：「湘水」、「淮水」、「秋水」，和草意象如「春草」、「秋草」、「草樹」、「南枝」等表出愁怨之無窮與悲憐之深沈。而詩作中作者的懷才不遇，貶謫而悲怨之情，充滿在其詩作中。清趙殿

成箋注中提到：「送人遷謫，用賈事者多矣，然代爲悲忿之詞……」
〔註8〕從劉長卿的詩作中即可得到印証。劉長卿在漢代人物中，獨寫
「賈誼」，而詩作本身多悲怨之詞，可知，貶謫對詩人的深刻影響了。

（四）李商隱——比時人時事，具時代意義

　　李商隱生於晚唐衰危的國勢之中，雖以其才華而登進士第，然一
生仕途蹭蹬，僅做過校書郎、縣尉一類的小官，長期落魄江湖，沈淪
幕府，過著窮苦飄蕩的生活。雖然如此，詩中寫作古人物，卻不全同
於唐人息氣。李商隱在漢人物詩作表現上，獨集中在「賈誼」、「漢武
帝」兩個人物。義山詩作多有用典隱澀晦的特色，所用漢代人物典故，
有（1）多喻唐代當時人事。如〈哭劉司戶蕡〉「路有論冤謫，言皆在
中興。空聞遷賈誼，不待相孫弘……」即以「賈誼」、「孫弘」代指時
人劉蕡。〈海上謠〉以『劉郎舊香炷，立見茂陵樹』二句，比喻武宗
昔日倚信，然崩後李衞公、鄭亞遽遭遠貶排斥。又以「武帝」借喻唐
皇好仙。如〈過景陵〉〔註9〕「俱是蒼生留不得，鼎湖何異魏西陵」，
箋注「此篇意最隱曲，假景陵（憲宗）以詠端陵（武宗），而又追慨
章陵（文宗）也。鼎湖，喻新成陵寢。西陵，喻章陵。」〔註10〕即寫
出詩人隱喻追悼前皇之意。這些比喻當朝時事的詩作中，可以看出李
商隱的憂國憂時的心情。

　　（2）或爲自比。如〈安定城樓〉「迢遞高城百尺樓，綠楊枝外盡
汀洲。賈生年少虛垂淚，王粲春來更遠遊……」〔註11〕此乃作者年少
時應鴻博不中選而至涇原時作，而「賈生」、「王粲」的典故，都含有
自己悲傷遠遊的心情。又或爲自比，如〈賈生〉「宣室求賢訪逐臣，

〔註8〕　（唐）王維著、（清）趙殿成箋注《王右丞集箋注》，上海：上海古
　　　　籍出版社，1961年，頁192。
〔註9〕　李商隱著、清馮浩箋注：《玉谿生詩集箋注》，上海：上海古籍出版
　　　　社，1979年，頁269。
〔註10〕　同上註，頁576。
〔註11〕　同上註，「應鴻博不中選而至涇原時作也。玩三四顯然矣。其應鴻博
　　　　不中，已因往依茂元之故。」，頁115。

賈生才調更無倫」〔註12〕乃在李商隱退居後復爲起辟，故以賈誼比自己乃一逐客逐臣。再如〈城上〉：「賈生游刃極，作賦又論兵」〔註13〕，此乃詩人於桂州時所作，而桂州近長沙，故以賈生自比之況。又〈無題四首：一〉「劉郎已恨蓬山遠，更隔蓬山一萬重」〔註14〕其「蓬山」是比翰林仙署，而作者在此無法到達，故其怨更上一層，猶如蓬山之一萬重。而「劉郎」則隱爲自己了。

綜觀李商隱寫「賈誼」、「武帝」雖仍有唐人習性，以「賈誼」自比不遇身世，以「武帝」借喻唐皇好仙。然卻不一定走唐人寫「賈誼」、「漢武帝」之詩作特色；即寫「賈誼」則作怨語，寫「漢武帝」則多諷語。李商隱以古人比時人的寫法，不泥於諷悲之詞，使詩作更具當代的意義。

（六）羅隱——晚唐大量寫漢人物者

晚唐羅隱寫作漢代人物詩以總數二十三首爲最高，占漢代人物寫作數量之第四，次於杜甫、李白、白居易三人，而占晚唐詩人的第一位，得見羅隱在唐詩寫漢代人物詩作的重要地位。然在詩作數量的顯示，並無集中在那一位人物之上。其表現平均分配在漢文帝、張良、李廣、馮唐、李膺的其他九位漢人物身上。詩作數以「漢高祖」四首爲最多，以「賈誼」、「漢武帝」、「文翁」三首爲其次，以「四皓」、「韓信」、「揚雄」、「司馬相如」、「禰衡」二首爲最少。

據《全唐詩·詩人小傳》「羅隱，字昭諫，餘杭人，本名橫，十上不中第，遂更名。從事湖南淮潤，無所合，久之，歸投錢鏐。累官錢塘令、鎮海軍掌書記、節度判官、鹽鐵發運副使、著作佐郎，奏授司勳郎。朱全忠以諫議大夫召，不行。魏博羅紹威推爲叔父，

〔註12〕 同上註，「浩曰：義山退居數年，起而應辟，故每以逐客逐臣自喻，唐人習氣也。上章亦以賈生自比。此蓋至昭州修祀事，故以借慨，不解者乃以爲議論」，頁314。

〔註13〕 同上註，「桂州近長沙，故屢以賈生自比」，頁290。

〔註14〕 同上註浩曰：用漢武求仙事，屢見。蓬山，唐人每以比翰林仙署，怨恨之至，故言更隔萬重也。頁388。

表薦給事中。年七十七卒。」由詩人生平以觀其寫漢人物詩作，可以看出其理念與詩作之特殊處。（1）漢高祖：羅隱言「漢高祖」多不顯其盛功。表現出漢高祖雖是一世之雄，能創萬世之業，然歷史之上長久之下，誰能留下幾許業功？表出不求功、不求名之曠達之志。如〈黃河〉「……高祖誓功衣帶小，仙人占斗客槎輕。三千年後知誰在，何必勞君報太平。」、〈望思臺〉「可憐高祖清平業，留與閒人作是非」、〈西京道中〉「……禰生詞賦拋江夏，漢祖精神憶沛中。未必他時能富貴，只應從此見窮通。……」羅隱一生在求取功名的路上一直很不順遂，而從這些詩作中，亦可以看到羅隱看淡古今名利的曠達之思。（2）賈誼：多表現曠達。如〈湘南春日懷古〉「洛陽賈誼自無命，少陵杜甫兼有文……松醪酒好昭潭靜，閒過中流一弔君。」、〈秋日懷賈隨進士〉「長纓慚賈誼，孤憤憶韓非。……知君安未得，聊且示忘機。」、〈寄侯博士〉「規諫揚雄賦，遭迴賈誼官……侏儒亦何有，飽食向長安」不同於唐代其他詩人言賈誼多自比不遇悲怨，在此也表現出其特別之處。

羅隱的漢代人物寫作，一方面表現淡泊，一方面表達不遇。（1）除上述羅隱寫到兩位漢代人物都表達了其淡泊名利的思想。而其他如「漢武帝」〈自貽〉「漢武巡遊虛軋軋，秦皇吞併謾驅驅。如何只見丁家鶴，依舊遼東歎綠蕪……」，寫「文翁」〈所思〉「梁王兔苑荊榛裏，煬帝雞臺夢想中。只覺惘然悲謝傅，未知何以報文翁。生靈不幸台星拆，造化無情世界空。劃盡寒灰始堪歎，滿庭霜葉一窗風。」寫「四皓」〈四皓廟〉「漢惠秦皇事已聞，廟前高木眼前雲。楚王謾費閒心力，六里青山盡屬君。」都顯出看破功名之思。（2）另外在羅隱對自己的遭遇亦表現才而不遇之思。如寫「揚雄」〈寄酬鄴王羅令公五首〉「每憐權亂書猶達，所恨雲泥路不通。珍重珠璣兼繡段，草玄堂下寄揚雄。」，如寫「司馬相如」〈舊遊〉「良時不復再，漸老更難言。遠水猶經眼，高樓似斷魂。依依宋玉宅，歷歷長卿村。今日空江畔，相於只酒樽。」由於詩人的生平，多逢困頓，不遇知音，而表現在漢代人

物的詩作上，亦顯出其紅塵看破的無奈與內中眞實的赤誠期盼。

（七）杜牧——表出知己與理想

　　杜牧寫漢人物詩以「賈誼」、「四皓」各有四首爲最多。杜牧生於唐德宗貞元十九年，宰相杜佑之孫，大和年間進士，然其一生仕途並不得意，進士及第後，在江西、宣歙、淮南諸使府爲幕僚多年，後又作過黃州、池州、睦州、湖州的刺史，中雖曾入朝任監察史、左補闕以及膳部、比部、司勳、吏部諸員外郎等官職，但時間都不長，後官至中書舍人。晚唐的朝政在內政、外交都顯出危難。而杜牧在此之中，不能施己之抱負，其心中有著莫大的幽怨遺憾。而「賈誼」與「四皓」也成他的知己與理想了。

　　關於「賈誼」詩作，如〈感懷詩一首〉，則對於當朝之世及自我遭遇生出憂慮感懷，而這番心思，當今之下無人能了解，只好「聊書感懷韻，焚之遺賈生」，與漢人賈誼作一訴說了。表現有與賈生同樣的情懷，另〈朱坡絕句三首：一〉「賈生辭賦恨流落，祗向長沙住歲餘」，則有以賈誼之遭遇爲自己寬懷之意。而在〈聞開江相國宋下世二首：一〉「晁氏有恩忠作禍，賈生無罪直爲災」中，以賈誼的無罪仍受到災禍寫江相國的下世。亦以賈誼遠貶長沙而憐惜友人薛種之入湖南〈送薛種遊湖南〉「賈傅松醪酒，秋來美更香。憐君片雲思，一去繞瀟湘。」綜合杜牧賈誼詩作來說，杜牧仍有幽怨牢愁之語，然對於不得志的詩人而言，杜牧「不穿鑿以側附，不濛汞以詭隨，情貌無遺，詮貫有敘。起古人而亦感，俾後學之不迷。」〔註15〕，表現出杜牧的藝術特色。

　　關於杜牧商山四皓詩作有〈題青雲館〉、〈題商山四皓廟一絕〉、〈鶴〉、〈池州送孟遲先輩〉，提及商山四皓之事跡者有〈題青雲館〉「四皓有芝輕漢祖，張儀無地與懷王」、〈題商山四皓廟一絕〉二首，

〔註15〕　見〈杜樊川集注序〉。唐杜牧著、清馮集梧注《樊川詩集注》，上海：中華書局，1962 年 9 月，頁 2。

這二首都作於州南商洛鎮。而詩人至此想「四皓」之事跡，有感而發為議論，如〈題商山四皓廟一絕〉「呂氏強梁嗣子柔，我於天性豈恩讐。南軍不袒左邊袖，四老安劉是滅劉」，表現出不同意「四皓」在歷史中幫助呂氏之族，而立柔弱的呂后之子為嗣，使得漢代政治走向不安的局面。而〈題青雲館〉「輕」與「無」二字代表了士人視青雲為輕為無，顯出士人高潔的歸隱之心。另〈池州送孟遲先輩〉「商山四皓祠，心與樗蒲說」亦有此意，而〈鶴〉「霜毛四皓鬢」，雖以形容鶴，然四皓與鶴作一連結，詩末「終日無羣伴，溪邊弔影孤」則寫出自己如閒雲野鶴般，白鬢孤影，而無羣伴己。也表現出雖盼能隱居，但卻孤獨無知己的一面。

（八）胡曾——喻警世之意於詠史詩中

胡曾在詠史詩組中，提及有關漢高祖及其事跡者，共佔了六首，也是唐人寫作高祖之冠者。胡曾據《全唐詩・詩人小傳》記載「胡曾，邵陽人。咸通中舉進士，不第，嘗為漢南從事。《安定集》十卷，《詠史詩》三卷，今合編詩一卷。」其《詠史詩》為當時的兒童啟蒙讀物，故多記載影響歷史的相關重要事件。其中寫到「漢高祖」事跡者有六首。共有〈軹道〉、〈大澤〉、〈滎陽〉、〈雲夢〉、〈阿房〉、〈沛宮〉，這些詩作中，胡曾「言理」為主，評述出秦朝之敗與漢高祖的功過，寫出歷史亦反映出世間義理，為一公允的史論。如言秦之過：〈軹道〉「漢祖西來秉白旄，子嬰宗廟委波濤。誰憐君有翻身術，解向秦宮殺趙高。」〈阿房宮〉「新建阿房壁未乾，沛公兵已入長安。帝王苦竭生靈力，大業沙崩固不難。」，〈大澤〉「白蛇初斷路人通，漢祖龍泉血刃紅。不是咸陽將瓦解，素靈那哭月明中。」可以看出詩人以為其敗有因，如用小人「趙高」、造奢華的「阿房宮」而「咸陽將瓦解」只是秦滅亡的一個果罷了。在論漢高祖之過上有〈雲夢〉「漢祖聽讒不可防，偽遊韓信果罹殃。十年辛苦平天下，何事生擒入帝鄉。」，〈沛公〉「漢高辛苦事干戈，帝業興隆俊傑多。猶

恨四方無壯士，還鄉悲唱大風歌。」這裏寫出漢高祖人格上的缺點，一是「聽讒」，一是「不滿足」，而詩人含諷亦爲古人歎，在晚唐的背景之下，詩人有意識的點出「朝代將亡」與「帝王之憾」，而寫下一百五十多首詠史詩，首首淺而易讀，並爲兒童啓蒙之歷史詩，皆有用意存在。而對漢高祖之評寫，亦不用委婉之語，直接陳言其缺點。也對當代起著警世的作用。

　　由漢代人物詩作對照唐人之生平與其寫作之背景，我們發現每人都有其寄喻之情，與表達之意。透過對漢代人物與唐詩人、背景的探討，我們亦能藉此看出唐代的相關問題，而能進一步了解詩人們藉古思今之眞實一面了。

第二節　「巴蜀」、「湘水」表現的唐人悲情

　　綜觀唐人寫作人物詩中，可明顯地發現「詩」與「人物」與「地域」的結合關係。如劉長卿〈長沙過賈誼宅〉「漢文有道恩猶薄，湘水無情弔豈知」、〈自江西歸至舊任官舍贈袁贊府〉「南方風土勞君問，賈誼長沙豈不知」、杜甫〈八哀詩：贈左僕射鄭國公嚴公武〉「諸葛蜀人愛，文翁儒化成」、方干〈送姚舒下第遊蜀〉「臨邛一壺酒，能遣長卿愁」、清晝〈春日會韓武康章後亭聯句〉「楚僧招惠遠，蜀客挹揚雄」等詩句，句中漢人物與地域都作了相關性的結合。綜觀詩作夾雜了兩個重要的地域，一個是以「賈誼」爲中心的湘水流域。一個是以「文翁」、「司馬相如」、「揚雄」爲中心的巴蜀地域。然何以到這些地點，詩人便作了相關的某位漢人物聯想？而這些地域，又對唐詩人具有何種意義？唐人何以至此？這些地方在長遠的歷史中，造就了怎麼樣的文化意涵？詩人又賦予此地如何的文學意義？

一、巴蜀地域

　　所謂的「巴蜀」一地，即指以四川盆地爲主的地域。這一地域包括了川西平原、川中丘陵及川東縱谷三部分。川西平原即成都平原，

面積遼闊，地勢平坦，土質較好。而盆中丘陵土層深厚，溪流縱橫。盆東平行嶺谷水源豐富，谷地廣布丘陵，而此三地以成都平原土壤肥沃，氣候溫和，自然環境良好，較其他區域適合農業發展，因此自古在文明發展上，此地即較其他二地來得早。蜀地的地勢由四周邊緣山地向地底部逐漸下降，河流呈現出一個不對稱的向心結構，此正是地理上的向心結構〔註16〕，這正適合於一個文明的發展。且巴蜀四周多山〔註17〕，形成了一個獨立的地理區域，故此地的文化發展，自古即有別於以黃河流域為主的中華文化，而單獨發展形成獨樹一格的巴蜀文明。

（一）巴蜀文明

1、秦以前的蜀國

上古時代的蜀地，乃是一個獨立的文化區域。在理想的地理環境及向心結構的地勢之下，自然形成一個統一的邦國。而成都平原則是這一個邦國的發祥基礎，《蜀王本紀》和《華陽國志》即建構出「三代一線」的大一統蜀王國模式〔註18〕，三代蜀王即指蠶叢氏〔註19〕、柏濩氏、魚鳧氏，此三王在上古時代統治了蜀國〔註20〕。

〔註16〕 段渝：《政治結構與文化模式——巴蜀文明研究》，上海：學林出版社，1999月12月，頁3～5。

〔註17〕 北有米倉山、大巴山是秦巴山地的南翼；西南有龍門山、邛峽山、峨眉山，地貌類似於青藏高原東緣橫斷山區；西南緣有大涼山，南緣有大婁山，是雲貴高原的一部分；東緣有巫山、七曜山，與湘鄂西山地一脈相承，同上註，頁4。

〔註18〕 同上註，頁13。

〔註19〕 《史記‧三代世表》第一：「索隱案：系本蜀無姓，相承雲黃帝後。且黃帝二十五子，分封賜姓，或於蠻夷，蓋當然也。《蜀王本紀》雲珠提有男子杜宇從天而下，自稱望帝，亦蜀王也。則杜姓出唐杜氏，蓋陸終氏之胤，亦黃帝之後也。正義譜記譜雲蜀之先肇於人皇之際。黃帝與子昌意娶蜀山氏女，生帝幹，立，封其支庶於蜀，曆虞夏商。周衰，先稱王者蠶叢，國破，子孫居姚、嶲等處。」

〔註20〕 《華陽國志‧蜀志》云：「蜀之為國，肇於人皇，與巴同囿。至黃帝，為其子昌意娶蜀山氏之女，生子高陽，是為帝嚳。封其支庶於蜀，世為侯伯。……有周之世，限以秦巴，雖奉王職，不得與春秋盟會，

　　蠶叢氏原活動於岷江上游地區，屬於高山峽谷，其地山勢陡峭、河谷狹小，氣候乾寒，只適合粗放農業。而在向南出山區之外有肥沃的成都平原，因此，蠶叢氏即向此一地區移民，長居於此而成為蜀王。〔註21〕在三王之後又有杜宇教民務農，後因其相開明氏治水有功，而禪讓於開明氏。觀巴蜀一地之發展，在上古乃自成一體，與中華文化，有著不同的發展方向。周朝時，蜀與周時有聯姻，「周顯王二十二年，蜀侯使朝秦。秦惠王數以美女進，蜀王感之，故朝焉。」兩地於是時有往來，〔註22〕至秦攻下巴蜀，於是巴蜀歸於秦。至此，巴蜀文明終於與中原文明有了交融，而滙入了中華文化的範圍內了。

2、秦漢時期的蜀地

　　巴蜀滅亡後，秦在巴蜀置二郡。秦統治巴蜀約百年之久，而巴蜀資源豐饒，秦漢皆依以為靠，而統一了全國。《華陽國志・序志》云：

> 巴蜀，厥初開國，載在書籍。台因文緯，或見史記。久遠隱沒，實多疏略。及周之世，侯伯擅威，雖與牧野之師，希同盟要之會。而秦資其富，用兼天之；漢祖階之，奄有四海。

君長莫同書軌。周失紀綱，蜀先稱王。有蜀侯蠶叢，其目縱，始稱王。死，作石棺、石槨。國人從之。故俗以石棺槨為縱目人塚也。次王曰柏灌。次王曰魚鳧。魚鳧王田於湔山，忽得仙道。蜀人思之，為立祠於湔。」

〔註21〕《華陽國志・蜀志》云：「後有王曰杜宇，教民務農。一號杜主。時朱提有梁氏女利，游江源。宇悅之，納以為妃。移治郫邑。或治瞿上。國稱王，杜宇稱帝。號曰望帝，更名蒲卑。自以功德高諸王。以褒斜為前門，熊耳、靈關為後戶，玉壘、峨眉為城郭，江、潛、綿、洛為池澤；汶山為畜牧，南中為園苑。會有水災，其相開明，決玉壘山以除水害。帝遂委以政事，法堯舜禪授之義，禪位於開明。帝升西山隱焉。時適二月，子鵑鳥鳴。故蜀人悲子鵑鳥鳴也。巴亦化其教而力農務。迄今巴蜀民農，時先祀杜主君。」

〔註22〕《華陽國志・蜀志》云「周慎王五年秋，秦大夫張儀，司馬錯、都尉墨等從石牛道伐蜀。蜀王自於葭萌拒之，敗績。王遯走至武陽，為秦軍所害。其相傅及太子退至逢鄉，死于白鹿山。開明氏遂亡。凡王蜀十二世。冬十月，蜀平。司馬錯等因取苴與巴。」

巴蜀一地資源豐富，無論鐵、釩、鉛、鋅、硫、磷、岩鹽、鈣芒銷、石棉等礦產都非常豐富，農作物亦多豐饒，因此常成為關內地區的供給區，蕭何即以此濟高祖而得天下。漢立，高祖分巴蜀部分新置廣漢郡，漢武帝又辟西南九郡，用兵南中，先後新建諸郡，其中隸屬巴蜀有犍為郡、沈黎郡、越巂郡，又分蜀置汶山郡。巴蜀一地始為漢文化所統轄。然其人民仍保有其蠻族的習性，西漢景帝時「文翁化蜀」，在蜀推行教育，培育人才，一時蜀中大化。而蜀中人才亦大量蘊育而生，如司馬相如、揚雄、王褒等人。

3、魏晉南北朝、隋的蜀郡

　　三國蜀國統治巴蜀共四十三年，蜀相諸葛亮治蜀，在農業、文教上皆進一步的教化蜀民，此地得進一步有了發展。蜀為晉滅後，晉隨後而亂，關中連年飢荒，略陽、天水等六郡賨、漢、氐、叟等族流民在李特率下進入梁、益就食。當地太守逐之，激起眾民反抗，而李特等人先後戰死，後由子李雄在成都稱帝，國號大成，改元晏平，後特弟李驤之子李壽奪位改國號為漢，史稱成漢，後蜀為成漢統治約四十餘年。東晉教武寧康元年，前秦苻堅派兵攻取梁、益二州，巴蜀為前秦所統治。南北朝時巴蜀先後又被宋、齊、梁、周所統治，最後統一於隋。此時雖看似戰亂頻仍，然較於中原地區，則屬平和之地。然此時對於蜀地的建設，則十分有限。

4、唐人入蜀

　　巴蜀一地的文學，秦以前由於文教不發達，故多荒蕪。而由漢人統治之後，吸收了中華的文化，逐漸地有了文學的根基。至文翁教化，有了如司馬相如、揚雄、王褒的文士出現，巴蜀文學於是有了發展，而漸與中原文學有了相互交流的統一步調。這樣的發展直至唐人入蜀，卻有了不同的面貌。唐人入蜀多與詩人漂流與唐人貶謫有關，初唐有四傑入蜀，盛唐有李白、杜甫，中唐有白居易、元稹，晚唐有吳融等人。他們到達蜀地，受到巴蜀一地的地域、文化影響，加上詩人

多感複雜的心理，寫下的詩篇即多彩而豐富了。而受到「蜀地地域」與「蜀地文明」的影響，詩人們往往表現了不同的情感在詩作中。

（二）唐之「蜀地」

　　文學受到時、空的影響，《文心雕龍・物色》云：「江山之助」。文人在遊山玩水之時，受到地域影響而得到靈感，同時若又有其特殊的懷抱情感，其下筆寫出的文章詩歌，就會顯露出相當的情懷，得到很高的藝術成就。蜀地對唐詩人即有這樣的影響。唐人入蜀的因素，如居蜀地者：李白、薛濤；入蜀爲官者：武元衡、李商隱、李頻；避難至蜀者：杜甫；更有流浪或貶謫至蜀者，如白居易、元稹、劉禹錫、賈島、薛逢等人，而晚唐亦有詩人李洞、貫休、羅隱、韋莊等人，亦曾有浪跡於此。雖至蜀地的原因不同，然仍多以流浪、貶謫爲多。而也因如此蜀地留給唐人的印象，仍有著蠻荒悲悽的感覺。

1、南蠻、偏遠、遺棄

　　對蜀地的經營，在唐雖已較有發展，然相對於中原其他地方，仍屬荒涼偏僻之地，況此地位處邊境，而人口上又多爲少數民族居住，故民風與中原地區大不相同，而在盆地之中由於長江支流貫穿全區，地較潮溼而溫熱，這樣的環境對於處慣於乾燥溫帶的長安文人來說，無疑是身心上的一大考驗。詩人若落難於此則對這樣的環境，更有所悲感了。

　　初唐張說曾兩次出使入蜀，作有〈過蜀道山〉、〈蜀路二首〉等，其中〈下江南向鄮州〉

> 天明江霧歇，洲浦棹歌來。綠水逶迤去，青山相向開。城臨蜀帝祀，雲接楚王臺。舊知巫山上，遊子共徘徊。（《全唐詩》卷八十七）

〈被使在蜀〉

> 即今三伏盡，尚自在臨邛。歸途千里外，秋月定相逢。（《全唐詩》卷八十九）

「遊子」、「歸途」都表現出詩人入蜀之懷鄉之情。另初唐陳子昂爲蜀

人，蜀之山川，對他則是希望的象徵。如〈初入峽苦風寄故鄉親友〉

　　故鄉今日友，歡會坐應同。寧知巴峽路，辛苦石尤風。（《全
　　唐詩》卷八十四）

〈白帝城懷古〉

　　日落滄江晚，停橈問土風。城臨巴子國，臺沒漢王宮。荒
　　服仍周甸，深山尚禹功。嚴懸青壁斷，地險碧流通。古木
　　生雲際，孤帆出霧中。川途去無限，客思坐何窮。（《全唐詩》
　　卷八十四）

身為蜀中人的陳子昂，面對熟悉的四川山水，其思則與其他唐人不
同，「古木生雲際，孤帆出霧中。川途去無限，客思坐何窮。」表達
出欲與古人同功之心，而「蜀風」、「蜀山」、「蜀川」對他而言，都如
親切的親人般，而對自己也有鼓舞的作用了。

　　盛唐杜甫入蜀長達九年之久，在蜀期間是杜甫生活較安逸的一段
日子，如〈江村〉

　　清江一曲抱村流，長夏江村事事幽。自去自來堂上燕，相
　　親相近水中鷗。老妻畫紙為棋局，稚子敲針作釣鉤。多病
　　所須唯藥物，微軀此外更何求。（《全唐詩》卷二百二十六）

寫出不同於中原戰亂的情景，而在此則能見到蜀地純樸的農村景象。
又如〈成都府〉

　　翳翳桑榆日，照我征衣裳。我行山川異，忽在天一方。但
　　逢新人民，未卜見故鄉。大江東流去，游子去日長。曾城
　　塡華屋，季冬樹木蒼。喧然名都會，吹簫間笙簧。信美無
　　與適，側身望川梁。鳥雀夜各歸，中原杳茫茫。初月出不
　　高，眾星尚爭光。自古有羈旅，我何苦哀傷。（《全唐詩》卷
　　二百十八）

雖在蜀地生活穩定，然詩人仍為中原戰亂而擔憂著，遠離了故鄉而流
浪至於此地，其內心仍有著深深的哀傷。

　　至於因貶謫而至蜀地者，如中唐元稹對蜀地則懷有悲痛之情，其
〈酬樂天得微之詩知通州事因成四首〉

茅簷屋舍竹籬州，虎怕偏蹄蛇兩頭。暗蠱有時迷酒影，浮
塵向日似波流。沙含水弩多傷骨，田仰畬刀少用牛。知得
共君相見否，近來魂夢轉悠悠。

平地才應一頃餘，閤欄都大似巢居。入衙官吏聲疑鳥，下
峽舟船腹似魚。市井無錢論尺丈，田疇付火罷耘鋤。此中
愁殺須甘分，惟惜平生舊著書。

哭鳥晝飛人少見，悵魂夜嘯虎行多。滿身沙虱無防處，獨
腳山魈不奈何。甘受鬼神侵骨髓，常憂岐路處風波。南歌
未有東西分，敢唱滄浪一字歌。

荒蕪滿院不能鋤，甑有塵埃圃乏蔬。定覺身將囚一種，未
知生共死何如。飢搖困尾喪家狗，熱暴枯鱗失水魚。苦境
萬般君莫問，自憐方寸本來虛。(《全唐詩》卷四百十六)

在元稹詩中可以看到，當地有著可怕昆蟲猛獸如蛇、蜂、蚊、虻之類，
足以傷人。而此地又是「市井無錢論尺丈，田疇付火罷耘鋤」、「荒蕪
滿院不能鋤，甑有塵埃圃乏蔬」、「荒蕪滿院不能鋤，甑有塵埃圃乏
蔬」，把此地的環境寫得十分恐怖與荒涼，對此表達的也是詩人在此
地的傷感。另外其友白居易入蜀，亦有寂寥落沒之感。白居易被貶忠
州，在於被貶江州之後，而忠州在江北萬山之中，比之江州更偏僻，
白居易因此寫下〈南賓郡齊即事，寄楊萬州〉、〈自身〉，表達其極度
困頓之感，如「我身何所似，似彼孤生蓬。秋霜剪根斷，浩浩隨長風。
昔游秦雍間，今落巴蠻中。昔為意氣郎，今作寂寥翁……」。都可以
看出白居易身處四川蠻荒之地，心中感到的傷感與無助。在〈江州赴
忠州至江陵已來舟中示舍弟五十韻〉「斂手辭雙闕，回眸望兩京。長
沙拋賈誼，漳浦臥劉楨。」表現的更是入蜀感到被遺棄的真正悲哀。
又如〈竹枝詞四首〉：

瞿唐峽口水煙低，白帝城頭月向西。唱到竹枝聲咽處，寒
猿闇鳥一時啼。

竹枝苦怨怨何人，夜靜山空歇又聞。蠻兒巴女齊聲唱，愁
殺江樓病使君。

> 巴東船舫上巴西，波面風生雨腳齊。水蓼冷花紅簇簇，江
> 蘺溼葉碧淒淒。
>
> 江畔誰人唱竹枝，前聲斷咽後聲遲。怪來調苦緣詞苦，多
> 是通州司馬詩。(《全唐詩》卷四百四十一)

以仿民間歌謠爲主的〈竹枝詞〉，白居易以蜀地的作物如木蓮樹、白
槿花等入詩，亦寫出了許多離人謫客的憂傷情懷。另與元白友好的詩
人劉禹錫在政治上受到打擊亦貶播州、連州等地，而在穆宗長慶元年
冬，任夔州刺史，在蜀地居住三年。其間寫下與民俗同調的〈竹枝詞〉。
《全唐詩・詩人小傳》云：「叔文敗，坐貶連州刺史，在道貶朗州司
馬，落魄不自聊。吐詞多諷託幽遠，蠻俗好巫，嘗依騷人之旨，倚其
聲作竹枝詞十餘篇，武陵谿洞間悉歌之。」

> 楊柳青青江水平，聞郎江上唱歌聲。東邊日出西邊雨，道
> 是無晴卻有晴。
>
> 楚水巴山江雨多，巴人能唱本鄉歌。今朝北客思歸去，回
> 入紇那披綠羅。(《全唐詩》卷三百六十五)

劉禹錫利用四川的風土民情，而寫下的詩歌，詩中有著清新活潑之
感，卻亦有著民間男女之情雙關語表達了思鄉、思君之情感，表現出
蜀地純樸親切之鄉情。然苦吟詩人賈島所表現的情感卻不同，其在開
成二年入蜀，並卒於任內，而蜀中作的詩歌，則有苦意。〈題長江廳〉

> 玄心俱好靜，廨署落暉空。歸吏封宵鑰，行蛇入古桐。長
> 江頻雨後，明月眾星中。若任遷人去，西浮與剡通。(《全唐
> 詩》卷五百七十二)

則寫出長江的荒涼偏僻之感。另〈巴興作〉

> 三年未省聞鴻叫，九月何曾見草枯。寒暑氣均思白社，星
> 辰位正憶皇都。蘇卿持節終還漢，葛相行師自渡瀘。鄉味
> 朔山林果別，北歸期挂海帆孤。(《全唐詩》卷五百七十四)

則表達出在邊荒之地，而心念北方欲能北歸之情懷。而蜀地在他心中
只是的「朔山」、「林果」，與蘇武在荒涼的北海，而諸葛亮渡不毛的
瀘地，三地同時並論。可見蜀地在賈島的心中地位了。

　　晚唐詩人李商隱亦在蜀地爲官約五年之久，作詩甚多。而其中〈夜雨寄北〉

> 君問歸期未有期，巴山夜雨漲秋池。何當共剪西窗燭，卻話巴山夜雨時。（《全唐詩》卷五百三十九）

則表達詩人思友與思歸之情，另〈杜工部蜀中離席〉

> 人生何處不離群，世路干戈惜暫分。雪嶺未歸天外使，松州猶駐殿前軍。座中醉客延醒客，江上晴雲雜雨雲。美酒成都堪送老，當壚仍是卓文君。（《全唐詩》卷五百三十九）

詩中感到的是一股「離群」的無奈之感，而詩人只好利用成都美酒，爲這份無奈澆息一點愁思。其他〈籌筆驛〉「猿鳥猶疑畏簡書，風雲常爲護儲胥。……管樂有才終不忝，關張無命欲何如。他年錦里經祠廟，梁父吟成恨有餘。」，「猿鳥」「風雲」有著蜀地之景，而「關張」則是三國或時蜀國人物，在此詩人雖寫諸葛亮有著管樂之才，卻遇庸主，爲其感到無奈，而詩人亦藉古人而暗指自身之遭遇。又如晚唐謫宦之薛逢〈題白馬驛〉

> 晚麥芒乾風似秋，旅人方作蜀門遊。家林漸隔梁山遠，客路長依漢水流。滿壁存亡俱是夢，百年榮辱盡堪愁。胸中憤氣文難遣，強指豐碑哭武侯。（《全唐詩》卷五百四十八）

〈題黃花驛〉

> 孤戍迢迢蜀路長，鳥鳴山館客思鄉。更看絕頂煙霞外，數樹岩花照夕陽。（《全唐詩》卷五百四十八）

詩中詩人愁苦之思緒表露無遺，而「蜀門」、「蜀路」都已成了詩人「愁」、「哭」、「思」的罪魁禍首。

2、「山」的阻隔

　　荊湘一帶是唐貶謫地的高峰，這兩個地方是中國山水極盛之地。然詩人至此地，寫下之詩歌卻愁雲慘霧，令人不忍卒睹。蜀地多山，入蜀之路又危險而難行。對此盧照鄰寫出「金碧禺山遠，關

梁蜀道難」〔註23〕，李白寫出「蜀道之難難於上青天」〔註24〕，中唐武元衡寫出「路半嘉陵頭已白，蜀門西更上青天」〔註25〕之詩句，因此在入蜀一路「多山」遂成了詩人對四川的第一印象。在中國古代詩歌中，「山」往往有著「阻隔意象」。如〈古代詩歌中的山意象〉在談「阻隔之山」云：「登高遠眺是古代詩人表達相思情愫時的一種方式，遠眺的視線往往會被山峰遮住，望而不見，愁苦就會比原先更重、更濃。」〔註26〕，「蜀」為一盆地地形，詩人離京千里，到達這個周圍為群山所繞的地域，其懷鄉之情與遭棄之心也就更形增加了，如上詩人們提到「巴山」、「巫山」、「青山」、「雪嶺」、「梁山」、「深山」都有阻隔之意，而使詩的意境上出現了殘缺的美感，而山之中「山魈」、「山空」之恐怖淒冷就更人感到難受了。

3、「峽」、「劍門」與「江」的出入的矛盾

巴蜀之地特殊者還有出川的峽谷地形，自古出入四川多走長江水陸，由此北上關中或東下荊楚為出川的兩條道路。而詩人多由錦江入岷江再入長江，而長江出入蜀地則有三峽為出入口，這在民國時期成渝公路建成前，為入蜀之通道。而「峽」在詩人心中，亦成為代表蜀地的一個地點。如詩句「瞿唐峽口水煙低，白帝城頭月向西」、「寧知巴峽路，辛苦石尤風」、「入衙官吏聲疑鳥，下峽舟船腹似魚」、「一條雪浪吼巫峽，千里火雲燒益州」，「峽」是入蜀，是困境的象徵；然「峽」卻也是出巴的希望所在，如杜甫〈聞官軍收河南河北〉「即從巴峽穿巫峽，便下襄陽向洛陽」，因此「峽」代表了入蜀的困境，也代表了出蜀的希望。另一為詩人所常提起的即是「劍門」〔註27〕。劍門蜀道為千年來出入蜀地之關隘，詩人寫此關之雄

〔註23〕 見〈大劍送別劉右史〉，《全唐詩》卷四十一。
〔註24〕 見〈蜀道難〉，《全唐詩》卷一百六十二。
〔註25〕 見〈題嘉陵驛〉《全唐詩》卷三百一十七。
〔註26〕 見梁德林：〈古代詩歌中的山意象〉，廣西師院學報哲學社會科學版 23卷第3期，2002年7月。
〔註27〕 劍門在位於川北，南起梓潼石牛鋪，北至廣元七盤關，縱橫綿陽、

偉，多有佳作。但對於進入困頓之境，詩人有感於心的情懷下，「劍門」亦成了絕隔理想的殘酷之「象徵」了。李端〈送鄭宥入蜀迎覲〉

> 寧親西陟險，君去異王陽。在世誰非客，還家即是鄉。劍門千轉盡，巴水一支長。請語愁猿道，無煩促淚行。（《全唐詩》卷二百八十五）

陳羽〈西蜀送許中庸歸秦赴舉〉

> 春色華陽國，秦人此別離。驛樓橫水影，鄉路入花枝。日暖鶯飛好，山晴馬去遲。劍門當石隘，棧閣入雲危。獨鶴心千里，貧交酒一卮。桂條攀偃蹇，蘭葉藉參差。旅夢驚蝴蝶，殘芳怨子規。碧霄今夜月，惆悵上峨嵋。（《全唐詩》卷三百四十八）

白居易〈大湖居〉

> 遠望老嵯峨，近觀怪嶔崟。緣高八九尺，勢若千萬尋。嵌空華陽洞，重疊匡山岑。邈矣仙掌迥，呀然劍門深。形質冠今古，氣色通晴陰。未秋已瑟瑟，欲雨先沈沈。天姿信爲異，時用非所在。磨刀不如礪，擣帛不如砧。何乃主人意，重之如萬金。豈伊造物者，獨能知我心。（《全唐詩》卷四百四十五）

蔡京〈詠子規〉

> 千年冤魄化爲禽，永逐悲風叫遠林。愁血滴花春豔死，月明飄浪冷光沈。凝成紫塞風前淚，驚破紅樓夢裏心。腸斷楚詞歸不得，劍門迢遞蜀江深。（《全唐詩》卷四百七十二）

在上列之詩作中，劍門「千轉盡」、「當石隘」、「呀然劍門深」、「劍門迢遞蜀江深」在文句中都可見得「劍門」已成爲唐人蜀時表達心情之象徵。

此外蜀地的「江」如嘉陵江、岷江、錦江，對詩人而言亦是愁緒的所在，「江水」代表的意象是水不盡流，而愈流愈多的水意象，而

廣元市境內，爲蜀道的主幹。其中「劍門關」是蜀道上最重要的關隘。這裏山脈東西橫亙百餘公里，七十二峰綿延起伏，形若利劍，直插宵漢。連山絕險，獨路如門，素有「劍門天下雄」之說。

蜀中之江水是流向中原的江水，是出蜀地的江水。然望之卻不能行，而這樣的江水，便成了無窮盡的愁了。如元稹〈嘉陵驛二首：一〉「嘉陵驛上空床靠，一夜嘉陵江水聲。仍對牆南滿山樹，野花撩亂月朧明。」，劉禹錫〈竹枝詞〉「白帝城頭春草生，白鹽山下蜀江清。南人上來歌一曲，北人莫上動鄉情」羅隱〈魏城逢故人〉「一年兩度錦江游，前值東風後值秋。芳草有情皆礙馬，好雲無處不遮樓。山將別恨和心斷，水帶離聲入夢流。今日因君試回前，淡煙喬木隔綿州。」，故蜀中山水反映了詩人心情，而山水無情卻也因詩人抒情而有了淡淡哀愁了。

綜觀唐人入蜀之作，詩人雖寫到蜀山、蜀水、蜀地民風、蜀地作物等一切景物，然因詩人入作的背景不同，而蜀中山水亦成了詩人表現情思，抒發情感的一個出口。唐人入蜀地最大因素仍在於流浪與流貶，故詩作雖有部分描寫農村純樸清新，表現農家之美的作品。但絕大多數仍寫出「蜀地」的蠻荒、僻遠、多蛇虫蟲獸、鬼哭神號、強風多霧的邊荒之景。蜀地在古即有「天府之國」之美稱，然在唐人心中卻因詩人的不幸遭遇而成了荒涼蟲蟻出沒的不毛之地了，另壯美的長江三峽，因詩人的困頓之情，其「峽」、「劍門」、「江水」也成了阻隔詩人們現實與理想的山、水，而這些都反映了入蜀詩人的憂怨心情。

（三）唐之「漢代蜀人」

在唐人入蜀而心中所有淒楚時，於地而「懷古」，於史則「詠史」，於人則詠人物，皆以此化解或轉移心中的憂怨情懷，而蜀地人物則為唐人所歌詠了。在漢人物中首提「文翁」，此乃積極面。如詩句杜甫〈八哀詩：贈左僕射鄭國公嚴公武〉「諸葛蜀人愛，文翁儒化成」、〈將赴荊南寄別李劍州〉「但見文翁能化俗，焉知李廣未封侯」、李夷簡〈西亭暇日書懷十二韻獻上相公〉「守成獲優游，文翁舊學校」、「薦賢比文舉，理郡邁文翁」，這裏所提皆文翁治蜀之事，唐人對此表達了崇仰之意。提文翁治蜀，一方面為自己也為友人找出貶謫之道，期望自

能如文翁般有治蜀之功，雖不在京城，在地方上亦如文翁一般有一番作為。又如提「司馬相如」、「揚雄」，此則消極面。此二人均漢代蜀人，均有文才，然一成一敗，令人感傷。雖然如此，但詩人多寫「長卿疾」、「長卿牢落」、「長卿愁」、「長卿貧」、「長卿未遇」，及揚雄如胡皓〈同蔡孚起居詠鸚鵡〉「賈誼才方達，揚雄老未遷」、「揚雄若有薦，君聖合承恩」、駱賓王〈帝京篇〉「馬卿辭蜀多文藻，揚雄仕漢乏良媒」、孟浩然〈田園作〉「誰能為揚雄，一薦甘泉賦」，這裏所用的，均是二人不遇之典，而在圍困於蜀中山水之際，心中之悲情，只好托喻古人，寫漢代蜀中人物則反映出冀遇還朝與不遇之心情。

二、湘水流域

「湘水流域」指的是以長江洞庭湖為中心，向四方發展出來的一片水域。今大約在湖南一帶，在古則為楚文化的發祥地。湖南在上古時，洞庭湖一帶是三苗的居住之所，而南面則是楊越的分布區域。相傳祝融氏、赫胥氏、神農氏等原始部落，都曾在湖南居住過。而這些部落與中原部落均有密切的來往，如在此地出土的文物中即有中原物品，可以為証。戰國時楚人大量移居湖南，楚設立黔中郡，統轄湖南全境，此時出現偉大詩人屈原，而其作品《楚辭》是先秦時代，南方文學的代表。公元前二七七年，秦將白起攻下巫、黔中郡，秦始皇將黔中郡東南部分出，建立了長沙郡。漢高祖時，又徙封功臣吳芮為長沙王，都臨湘，後無嗣而國除。景帝時封劉發為長沙王，而賈誼曾任長沙王太傅，寫過〈吊屈原賦〉、〈鵩鳥賦〉，成為此地之文學代表作。三國時期，吳蜀兩國爭奪湖南，後以湘江為界分隔吳、蜀。東晉懷帝，分出荊州南，設湘州，首府在長沙，東晉陶侃曾封長沙郡公，都督湘州諸軍事，其孫陶淵明其〈桃花源記〉所記載之處，即指湖南之地也。唐太宗時，湖南屬江南路，後又分屬江南西路。而唐以後遷客騷人多貶謫、流浪到湘地〔註28〕，為此地帶來璀璨的湘江文學寶藏。

〔註28〕 張翅翔、歸秀文《湖南風物志》，湖南：湖南人民出版社，1985 年 8

（一）湘文學與唐人入湘

　　談及湘文學，則不能不論「信而見疑」、「忠而被謗」的屈原及「才高遭妒」、「謫貶長沙」的賈誼。九死猶未悔的屈原，和為國事痛哭，流涕太息的賈誼，其憂怨情思使得「長沙」一地與貶謫悲怨連上了等號。而「長沙」與「謫地」相連，「湘文學」與「貶謫文學」相關，自此也有了定型，而成為學者尚永亮認為的「早期逐臣作品及謫地為代表的貶謫代碼和符號的凝定」〔註29〕了。

　　唐人入湘多為流貶而來，在文化歷史上有屈賈之悲怨事跡，故詩人多有去國懷鄉之感。然何以詩人多入湘地？實則唐人入湘有其地理的必然性。自漢唐以來長江流域一帶多尚未開發，較中原地區則顯蠻荒落後，故成為朝廷貶官的首選之地。而自古漢唐多建都於長安，由長安赴嶺南、西南貶所的逐臣，大多經湘地作為轉站之處，故此唐代詩人多曾至此，而此處的佳篇優句亦屢見不鮮了。雖湘地風景秀麗，但湖光水色對於詩人有何影響及意義呢？

1、湘地「舟」、「江」、「漁人」——孤寒之感

　　湖南一地的「湖水」、「江水」，為此地帶來了豐富的人文色彩，詩人們為此感懷、思鄉，成為此地文學的一大特色。而唐人寫詩更利用這分地域的特色，寫下了無數有名的作品，寫下了他們的情感、懷抱。如盛唐代詩人李白在乾元二年秋到上元元年春到湘地，其路線是從江夏岳陽至零陵，再由零陵返岳陽至江夏。在湖南歷時約半年，作詩三十一首〔註30〕。李白於岳陽期間多詠岳陽美景或寫憂國憂時之詩。又〈荊州賊亂臨洞庭言懷作〉

　　　　修蛇橫洞庭，吞象臨江島。積骨成巴陵，遺言聞楚老。水
　　　窮三苗國，地窄三湘道。歲晏天崢嶸，時危人枯槁。思歸

　　　月，頁11～14。
〔註29〕尚永亮〈遷客騷憂楚地顏——略說貶謫文學與荊湘地域之關係及其特點〉：湛江海洋大學學報，第2期，2003年。
〔註30〕陳書良主編：《湖南文學史》，湖南：湖南教育出社出版發行，頁77。

阻喪亂，去國傷懷抱。郢路方丘墟，章華亦傾倒。風悲猿嘯苦，木落鴻飛早。日隱西赤沙，月明東城草。關河望已絕，氛霧行當掃。長叫天可聞，吾將問蒼昊。(《全唐詩》卷一百八十三)

李白利用湘地的傳說，豐富地影射出荊州叛亂，而「思歸」、「去國」亦成了傷感的原因了。另杜甫入湘則在他一生中最後的兩年，入湘寫下了九十九首詩作〔註31〕。其中最著爲〈登岳陽樓〉

昔聞洞庭水，今上岳陽樓。吳楚東南坼，乾坤日夜浮。親朋無一字，老病有孤舟。戎馬關山北，憑軒涕泗流。(《全唐詩》卷二百三十三)

寫出杜甫此時老病孤貧之狀，而詩人在洞庭湖之上的「孤舟」，則更顯無助孤離之感了。如〈入衡州〉「……久客幸脫免，暮年慚激昂。蕭條向水陸，汩沒隨魚商。報主身已老，入朝見病妨。悠悠委薄俗，鬱鬱回剛腸。……」杜甫晚年垂老貧病而停留在南方的湘水，水帶給他的總是無限的「蕭條」之感。〈入喬口〉

漠漠舊京遠，遲遲歸路賒。殘年傍水國，落日對春華。樹蜜早蜂亂，江泥輕燕斜。賈生骨已朽，悽惻近長沙。(《全唐詩》卷二百三十三)

詩句中「殘年傍水國」，「水國」的長沙地對杜甫而言，是晚年時的一大感傷。柳宗元謫居永州〔註32〕，在永州他寫著名的〈永州八記〉，而在詩作上〈江雪〉

千山鳥飛絕，萬徑人蹤滅。孤舟蓑笠翁，獨釣寒江雪。(《全唐詩》卷三百五十二)

詩中刻畫了一位於江雪中孤釣的老漁翁，而這份孤獨也表現出詩人心中的某處感觸。劉禹錫被貶朗州〔註33〕寫下了〈采菱行〉

〔註31〕 見毛炳漢：《杜甫湖南詩新詩的總編次》，載《文學遺產》增刊十八輯。
〔註32〕 永州古稱零陵，因舜帝南巡崩於寧遠九疑山而得名。又因瀟水與湘江在城區匯合，永州自古雅稱「瀟湘」。
〔註33〕 郎州，治所在武陵縣，今湖南常德市。

白馬湖平秋日光，紫菱如錦綵鴛翔。盪舟遊女滿中央，采
菱不顧馬上郎。爭多逐勝紛相向，時轉蘭橈破輕浪。長鬟
弱袂動參差，釵影釧文浮蕩漾。笑語哇咬顧晚暉，蓼花綠
岸扣舷歸。歸來共到市橋步，野蔓繫船萍滿衣。家家竹樓
臨廣陌，下有連檣多估客。攜觴薦芰夜經過，醉踏大堤相
應歌。屈平祠下沅江水，月照寒波白煙起。一曲南音此地
聞，長安北望三千里。（《全唐詩》卷三百五十六）

此詩上寫出采菱女的活潑形貌，然下卻也道出自己的被貶的憤懣心
情。「屈平祠下沅江水，月照寒波白煙起。一曲南音此地聞，長安北
望三千里。」而「屈平祠」、「沅江水」、「月照寒波」、「白煙」都可以
看到詩人「因情」而造出的蕭瑟之景。中唐韓愈被貶連州，途經湖南
時作〈湘中酬張十一功曹〉詩

休垂絕徼千行淚，共泛清湘一葉舟。今日嶺猿兼越鳥，可
憐同聽不知愁。（《全唐詩》卷三百四十三）

在泛「清湘一葉舟」，淚也就不住的流下來了，而到了與中原不同的
地域，當地的猿與鳥，也讓謫人有了「同聽不同愁」的感覺了。

　　唐人入湘，不論是因流浪此地或貶謫於此，其中有時會因心理因
素對湘地的描寫有所改變，然離開了熟悉的中原，來到南方，在中國
人對居所的安土重遷心理因素之下，其有悲之情緒，是一定有的。而
在悲情之下面臨湖光水色的湘地，其「江」、「舟」、「漁人」就都成了
「寒波」、「孤舟」、「蓑笠翁」的淒寒的之愁景了。

2、湘地「江」與「淚」的「水」意象

　　湖南一地多水域，遷客騷人多在此吟詠以抒情懷。而詩歌中屢見
「水」、「淚」之意象。何以如此？可以從此地理氣候與當地傳說以見
其緣由。（一）傳說：洞庭湖水域的瀟、湘二水，自古即有很美的神
話故事〔註34〕。傳說瀟、湘二妃為尋已去世的舜帝，而淚灑竹上，使

〔註34〕舜繼堯位，娥皇女英為其妃，後舜至南方巡視，死於蒼梧。二妃往
　　　　尋，淚染青竹，竹上生斑，因稱「瀟湘竹」或「湘妃竹」。二妃也
　　　　死于江湘之間。

竹出現斑斑淚痕，故稱"瀟湘竹"或"湘妃竹"，而二妃亦死於湘水之中，其後為水神「湘夫人」。這樣的傳說故事，強化了湘地的「淚」故事。又賈誼貶於長沙時，曾痛哭而長歎息，「賈誼痛哭」亦成了此地「淚」的典故。而「淚」的發生，由情而生，生而不息。在情到激動處，作為自然而然的渲洩管道。人情如此，千年一同，故詩人至此地多有「淚」出現。如杜甫〈登岳陽樓〉「戎馬關山北，憑軒涕泗流。」、韓愈〈湘中酬張十一功曹〉詩句「休垂絕徼千行淚，共泛清湘一葉舟」，而加上賈生的不遇之哭，亦對來到湘地的詩人，有了淚的同感。如楊炯〈廣溪峽〉「設險猶可存，當無賈生哭」、李白〈答高山人兼呈權顧二侯〉「未作仲宣詩，先流賈生涕」、〈金陵送張十一再遊東吳〉「空餘賈生淚，相顧共悽然」、杜甫〈同元使君春陵行〉「賈誼昔流慟，匡衡常引經」、〈久客〉「去國哀王粲，傷時哭賈生」、〈別張十三建封〉「載感賈生慟，復聞樂毅書」、孟郊〈羅氏花下奉招陳侍御〉「掇芳須及晨，勞收賈生淚」，在這些詩句中可以發現貶於「長沙」的「賈誼」「淚」對詩人有著難以言喻的共鳴之意。（二）氣候：湖南屬中國南方，在氣候上，是屬於副熱帶氣候型，與北方溫帶氣候屬不同之氣候帶。又湖南由於水域廣闊、地勢低下，故此地常地顯潮溼，與北方常年乾燥有著明顯不同。又此處是個多雨的地區，尤在盛夏與梅雨之季，經年綿雨不斷，如范仲淹〈岳陽樓記〉寫到「若夫霪雨霏霏，連月不開……」，這和少雨乾燥的北方地帶亦大不相同。而這也造成「湘」在詩人印象中，是個充滿了「水氣」的潮溼之地了。如張子容〈永嘉即事寄贛縣袁少府瓘〉「……海氣朝成雨，江天晚作霞。題書報賈誼，此溼似長沙。」、戴叔倫〈過賈誼故居〉「楚鄉卑溼歎殊方，鵩賦人非宅已荒。謾有長書憂漢室，空將哀些弔沉湘。雨餘古井生秋草，葉盡疏林見夕陽。過客不須頻太息，咸陽宮殿亦淒涼」、李群玉〈讀賈誼傳〉「卑溼長沙地，空拋出世才。已齊生死理，鵩鳥莫為災」。於是「溼」由水氣而來，因此加深了詩人對湘地的「水」印象了。

「淚」與「水」有個共同的性質，即有著生生不息，愈流愈多之

現象。湘一地再加上屈原的投水、賈誼的痛哭，其「水」與「淚」則形成了湘地的集體意象。在王立的《心靈的圖景——文學意象的主題史研究》提到水的意象云：「然而，不管是江水、河水、溪水、泉水還是淚水，是流盡流不盡，流到流不到，水似乎總是在不停地流，其深層底蘊便是主體情感之流的不可遏止與綿延無窮〔註35〕。」唐人入湘水至長沙地，想到自身，憶起賈誼，而湘水的水不盡，賈誼的淚不停，也使得唐人的淚不盡；而因離鄉與不遇，因遠離君國、遠離家園的愁緒也就綿綿不絕了。

〔註35〕王立：《心靈的圖景——文學意象的主題史研究》，上海：學林出版社，1999年2月，頁207。

第六章　唐詩漢人物詩反映的唐代問題

第一節　漢帝王反映的唐代政治問題

一、漢武帝與唐代帝王

綜合漢武帝的詩作內容，包含了四個主題：（1）神仙（2）開邊（3）頌德（4）女色。這四類含括了漢武帝之詩作，亦隱含了唐代政治的相關問題，併一起比較分析之。

（一）中晚唐的神仙詩

1、由魏晉的遊仙詩到中晚唐的神仙詩

中國有關神仙之類的思想，由於古神話的發達，故發源極早，在王立《中國古代文學十大主題》中曾談到遊仙主題的發源：

> ……古神話中遊仙意識即已萌芽。儘管文獻殘佚，若僅從月神嫦（姮）娥與不死藥的傳說中考察，仍可見一斑；與之相關的伐桂者吳剛，即為後世的學仙人。……《大雅‧大東》寫牛女星宿，以非人間形式喻現實生活內容，啟仙遊想像之端……屈原《離騷》中光怪陸離的神仙世界，《九歌》中楚楚動人的男女眾神，……都明顯地要引人進入虛幻的天國世界中。……〔註1〕

〔註 1〕　見王立著：《中國古代文學十大主題》，台北：文史哲出版社，民國83年7月，頁201～202。

遊仙詩的鼎盛時期應屬魏晉，王立在此分三個時期，一是曹操的《氣出唱》《陌上桑》《秋胡行》《精列》諸作，與曹植《五遊詠》表現出「在滿是不現實的期待與憧憬中，透露了深重的現實感。」二是正始文人如嵇康等人的遊仙，是「對現實深切憂憤的情緒裡傳達仙遊渴望」〔註2〕。在這裏我們可以看出魏晉時期的遊仙，其實是「寄坎懍詠懷」，而非真正的遊仙。三是陶淵明的《讀山海經》，其「寄望於田園逸隱」，與仙隱異轍而旨同。而中晚唐的神仙詩因著時代背景，及詩人情懷的不同，因此又有著與魏晉不同的表現與走向。

2、漢武好仙求不死藥

中、晚唐是神仙一類詩產生最多的一個時期，所謂中晚唐是由代宗大曆元年（西元766）到晚唐昭宣帝天祐四年（西元907），約一百四十一年的時間。占了唐朝歷史的一半。

崇神仙、求仙丹、欲得不老的思想，由來已久，秦始皇求不老，命徐福等人浮海求丹，漢武帝更直承這個想法，他禮遇方士李少君、少翁、欒大等人，聽信他們能遇仙人，得丹仙之言，給予厚賜，然皆不果，《史記·孝武本紀第十二》記載李少君：

> 是時而李少君亦以祠竈、穀道、卻老方見上，上尊之。……於是天子始親祠竈，而遣方士入海求蓬萊安期生之屬，而事化丹沙諸藥齊爲黃金矣。居久之，李少君病死，天子以爲化去不死也。〔註3〕

後齊人少翁以能使武帝的夫人生還而見武帝：

> 其明年，齊人少翁以鬼神方見上。……居歲餘，其方益衰，神不至。乃爲帛書以飯牛，詳弗知也，言此牛腹中有奇。殺而視之，得書，書言其怪，天子疑之。有識其手書，問之人，果僞書。於是誅文成將軍而隱之。〔註4〕

〔註2〕 見王立著：《中國古代文學十大主題》，台北：文史哲出版社，民國83年7月，頁202。
〔註3〕 司馬遷著：《史記·孝武本紀》卷十二，頁212。
〔註4〕 司馬遷著：《史記·孝武本紀》卷十二，頁212。

變大「人長美，言多方略」，爲武帝所喜，因此武帝大大地封賞他：

> 是時上方憂河決，而黃金不就，乃拜大爲五利將軍。……
> 於是五利常夜祠其家，欲以下神。神未至而百鬼集矣，然
> 頗能使之。〔註5〕

武帝雖如此禮遇變大，但最後「上使人微隨驗，實無所見。五利妄言
見其師，其方盡，多不讎。上乃誅五利。」仍得到不果的証實。漢武
帝爲了求神祭祀，聽從於一些方術之士的建議，廣建祭壇宮殿，其用
意皆在討好神靈，冀其所祈之事皆能達成。如興建甘泉宮「文成言曰：
『上即欲與神通，宮室被服不象神，神物不至。』乃作畫雲氣車，及
各以勝日駕車辟惡鬼。又作甘泉宮」。又如於長安建蜚廉桂觀，甘泉
建造益延壽觀「公孫卿曰：『僊人可見，而上往常遽，以故不見。今
陛下可爲觀，如緱氏城，置脯棗，神人宜可致。且僊人好樓居。』於
是上令長安則作蜚廉桂觀，甘泉則作益延壽觀」。建造建章宮，建築
宏偉，居他殿之上，如「度爲千門萬戶。前殿度高未央，其東則鳳闕，
高二十餘丈。其西則唐中，數十裏虎圈。其北治大池，漸台高二十餘
丈，名曰泰液池，中有蓬萊、方丈、瀛洲、壺梁，象海中神山龜魚之
屬。其南有玉堂、璧門、大鳥之屬。乃立神明台、井幹樓，度五十餘
丈，輦道相屬焉。」，由這些宮殿的建造原因，及其建造的宏偉，可
以看出武帝爲與神靈相通用盡了心思，而相通爲何事，則可由漢人託
名班固著的《漢武帝內傳》中漢武帝與王母相會的情形而得知一二
了。《漢武帝內傳》寫到武帝見王母求不死藥的經過：

> 七月七日，上指漢武帝于承華殿齋，日正中，忽見有青鳥
> 從西方來……是夜漏七刻，空中無雲，隱如雷聲，竟天紫
> 氣。有頃，王母至，乘紫車，玉女夾馭，戴七勝，青氣如
> 雲，有二青鳥，夾侍母旁，下車，上迎拜，延母坐，請不
> 死之藥。〔註6〕

〔註5〕 司馬遷著：《史記・孝武本紀》卷十二，頁212。
〔註6〕 歐陽詢、裴矩、陳叔達等著：《藝文類聚》卷九十至九十五，引班固
　　　　《漢武帝內傳》。

求不死藥一直是武帝的夢想，然最後仍無所得，晚年病死葬於茂陵。然這個美夢卻一直在君王之間相繼流傳下去。

3、中晚唐皇帝的好道與神仙詩

　　求仙丹妄圖長生不老，這一思想，到了唐朝仍很興盛。尤其道教又是唐朝的國教，而道教中的符籙、練丹之術，又符合君王欲得仙丹而不死的心思。因此，道教在皇室中非常盛行，而豈真有仙丹？漢武帝時於建章宮內豎立起高達二十丈的銅製承露盤，日飲「仙露」，但仍不能長生。唐詩人李賀有〈金銅仙人辭漢歌〉對於武帝即抱有無限遺憾。然唐代帝王，對於長生藥的追逐，卻是方興未艾。據史料記載，食丹的皇帝有如太宗、高宗、憲宗、穆宗、文宗、武宗、宣宗等，大多數皇帝都好此道。其中除高宗、穆宗為宦官所殺外，其餘皆食丹而亡。而這些皇帝中除太宗、高宗為初唐時期之外，餘者皆為中、晚唐時代；君王乃一國之元首，此時皇帝在宮闈之內卻熱衷於尋仙求丹，可見國家政事的衰頹。中晚唐時期，國家適經歷了八年之久的安史之亂，在民生經濟上受到了一次大規模的破壞，在政治上有牛李黨爭及宦官干政的紛擾，在軍事上又有軍閥擁兵自立的危機，這時的文人眼見國家之危急，而君王們仍好道而求仙丹，因此唐代與漢武帝有關的八十二首神仙詩出現在中晚唐者就有七十一首，占全部神仙類詩作的百分之八十，其產生之背景及原因，是其來有自。

4、中晚唐神仙詩的特色

　　此期的神仙詩並非同於魏晉時期的遊仙詩以「寄坎懍詠懷」來述己懷。而有較複雜的變化，其特色有三：

（1）反神仙思想，飽含諷諫之意

　　反神仙思想，顧名思義，即詩中充滿了反對求仙尋不死藥的思想，而詩中多包括了諷諫的意思，如中唐韋應物〈漢武帝雜歌三首：一〉

　　　　漢武好神仙，黃金作臺與天近。王母摘桃海上還，感之西過聊問訊。欲來不來夜未央，殿前青鳥先迴翔。綠鬢縈雲

裙曳霧，雙節飄颻下仙步。白日分明到世間，碧空何處來
時路。玉盤捧桃將獻君，踟蹰未去留彩雲。海水桑田幾翻
覆，中間此桃四五熟。可憐穆滿瑤池燕，正值花開不得薦。
花開子熟安可期，邂逅能當漢武時。顏如芳華潔如玉，心
念我皇多嗜欲。雖留桃核桃有靈，人間糞土種不生。由來
在道豈在藥，徒勞方士海上行。掩扇一言相謝去，如煙非
煙不知處。（《全唐詩》卷一百九十五）

如晚唐李咸用〈喻道〉：

漢武秦皇漫苦辛，那思俗骨本含真。不知流水潛催老，未
悟三山也是塵。牢落沙丘終古恨，寂寥函谷萬年春。長生
客待仙桃餌，月裏嬋娟笑煞人。（《全唐詩》卷六百四十六）

在韋應物的〈漢武帝雜歌三首：一〉詩中，首先提到的是漢武與王母
相會賜桃的故事，然詩末提到「由來在道豈在藥，徒勞方士海上行」，
表明長生之道「在道」不在藥，嘲笑漢武，也諷刺當時皇帝的好丹。
而李咸用的〈喻道〉「不知流水潛催老，未悟三山也是塵」，表明了歲
月會使人老，而海上三山僅是塵土，怎會有不死的神仙與仙境呢？僅
得「月裏嬋娟笑煞人」罷了。這兩首詩中都寓涵諷刺與反神仙的思想，
其他又如白居易的〈新樂府：海漫漫，戒求仙也〉、韓愈〈謝自然詩〉、
顧況〈行路難三首：三〉等亦都有反對神仙之意涵。

（2）感歎「生死」、「空」

　　神仙詩歌的另一特色是「歎」。詩人研讀過去的歷史，考察當今
的環境，對於古往今來帝王無悔的尋求長生之道，看到的是「求」，
但終求不到，「尋」，終仍葬於墓陵，因而，思索起了人生的價值。然
面對當時混亂的時空裏，君王昏庸無能，個人價值生命也得不到延展
進升的機會，王立《中國古代文學十大主題》中提到：

每當家邦淪陷、政治黑暗、國步維艱時代，中國文人就頻
頻發露生死之篇，言辭悲愴沈鬱，大都是痛嘆生命價值得
不到應有的重視肯定。〔註7〕

───────────────

〔註7〕王立著：《中國古代文學十大主題》，台北：文史哲出版社，民國83

因此，在這些詩歌中，我們可以明顯感受到詩人發出的無奈感歎。如吳融〈王母廟〉：

> 鸞龍一夜降崑丘，遺廟千年枕碧流，賺得武皇心力盡，忍看煙草茂陵秋。（《全唐詩》卷六百八十五）

李商隱〈過景陵〉：

> 武皇精魄久仙昇，帳殿淒涼煙霧凝，
> 俱是蒼生留不得，鼎湖何異魏西陵。（《全唐詩》卷五百四十）

在這二首詩中，詩人對人的生命，有著無限感歎，吳融的「『忍看』煙草茂陵秋」，詩說『忍看』其實是「不忍看」，李商隱的「『俱是』蒼生留不得」表示帝王與全部的蒼生沒有兩樣，而終歸「茂陵」，終「留不得」，這對想要長生不死的生命而言，是一種無奈。又邵謁〈覽張騫傳〉：

> 採藥不得根，尋河不得源。此時虛白首，徒感武皇恩。桑田未聞改，日月曾幾昏。仙骨若求得，壟頭無新墳。不見杜陵草，至今空自繁。（《全唐詩》卷六百八十五）

張祜〈華清宮四首：四〉：

> 水遠宮牆處處聲，殘紅長綠露華清，武皇一夕夢不覺，十二玉樓空月明。（《全唐詩》卷五百十一）

許渾〈學仙二首〉一：

> 漢武迎仙紫禁秋，玉笙瑤瑟祀崑丘。年年望斷無消息，空閉重城十二樓。（《全唐詩》卷五百三十八）

在這三首詩中詩人表達的又是一種「空」的感歎，邵謁「不見杜陵草，至今『空』自繁」，張祜「武皇一夕夢不覺，十二玉樓『空』月明」，許渾「年年望斷無消息，『空』閉重城十二樓」，「空」表達出來的是一種無奈的無限大之感，比之「徒勞」「仍然」更顯出其無法掌握的一種情感，因此，在這種情形之下就產生了無限的感懷傷歎之情。又胡曾〈詠史詩：迴中〉：

> 武皇無路及崑丘，青鳥西沈隴樹秋。欲問生前躬祀日，幾

　　煩龍駕到涇州。(《全唐詩》卷六百四十一)

曹唐〈句〉：

　　斬蛟青海上，射虎黑山頭。簫聲欲盡月色苦，依舊漢家宮
　　樹秋。一曲哀歌茂陵道，漢家天子葬秋風。誰知漢武無仙
　　骨，滿竈黃金成白煙。(《全唐詩》卷六百四十一)

中晚唐有關神仙一類的詩作，詩人雖刻意以嘲諷之語入詩，如曹唐
「誰知漢武無仙骨」，如韋應物〈漢武帝雜歌三首：一〉「由來在道
不在藥」，如李商隱〈海上謠〉「劉郎舊香炷，立見茂陵樹」等詩作，
一方面表示了這種以諷喻而諫今皇的深刻涵意，另一方面也在詩中
含有對死亡降臨的終極傷感，表達了無限的悵惘之意。

（二）盛唐以後的開邊類詩

　　詠漢武帝的開邊詩是指與漢武帝相關的詩句或詩歌，有開邊拓
土之意者。這類詩作共有七首，其中杜甫有二〈兵車行〉「邊亭流血
成海水　武皇開邊意未已」、〈城上〉「八駿隨天子，羣臣從武皇，遙
聞出巡守，早晚徧遐荒」，中唐詩人李益有一首〈塞下曲：二〉「秦
築長城城已摧，漢武北上單于臺」，而晚唐詩人司馬札〈古邊卒思歸〉
「有田不得耕，身臥遼陽城，夢中稻花香，覺後戰血腥，漢武在深
殿，唯思廓寰瀛。」、沈彬〈塞下三首：三〉「誰知漢武輕中國，開
奪天山草木荒」、邵謁〈戰城南〉「武皇重征伐，戰士輕生死」、劉駕
〈橫吹曲辭：出塞〉「九土耕不盡，武皇猶征伐」。這類與武皇開邊
相關的詩作出現的時間，以杜甫創作〈兵車行〉天寶十一年以後為
主，其共同的特點是詩中都有著濃厚的反戰思想，如詩中「開邊意
未已」、「有田不得耕」、「開奪天山草木荒」等句都表現出厭戰和對
當今帝王發動對外爭戰的不滿之情。然其出現時代與武皇有何關
連？

　　開邊一類詩與戰爭有很大關係，唐的邊國，北有有突厥，西有吐
蕃，南有南詔、天竺、吐谷渾等國，而東方則有新羅、百濟、高麗、
日本諸國。其中突厥、吐蕃諸國與唐王朝時有爭戰，如杜甫創作〈兵

車行〉時值玄宗用兵於吐蕃〔註8〕，而在玄宗自登基以來，吐蕃與唐之間即不斷的有戰事發生，如《新唐書》記載開元二年「甲子，薛訥及吐蕃戰于武階，敗之。」又開元四年「二月丙辰，幸溫湯。辛酉，吐蕃寇松州，廓州刺史蓋思貴伐之。丁卯，至自溫湯。癸酉，松州都督孫仁獻及吐蕃戰，敗之。」〔註9〕又開元五年「七月壬寅，隴右節度使郭知運及吐蕃戰，敗之。」〔註10〕如此的記載在唐玄宗在位之時不斷的發生，唐與吐蕃之間的戰事幾乎未曾停過。可以看出開元以至天寶年間戰事頻仍，人民幾乎未能喘息。而杜甫〈兵車行〉的寫作時間在天寶十一（西元751）年間，見到官吏們「點行」的實際情形。而據《資治通鑑》中記載「（天寶十載）夏，四月，壬午，劍南節度使鮮于仲通討南蠻，大敗於瀘南。時仲通將兵八萬，……士卒死者六萬人，仲通僅以身免。楊國忠掩其敗狀，仍敘其戰功。……制大募兩京及河南、北兵，以擊南詔。人聞云南多瘴病，未戰，士卒死者什八九，莫肯應募。楊國忠遣御史分道捕人，連枷送詣軍所。……於是行者愁怨，父母妻子送之，所在哭聲振野。」〔註11〕，由於用兵頻繁多年來「邊亭流血成海水」，而按《唐鑑》記載：「天寶六載，帝欲使王忠嗣攻吐蕃石堡城，忠嗣上言：『石保險固，吐蕃舉國守之，非殺數萬人不能克，恐所得不如所亡，不如俟釁取之。』帝不快。將軍董延光自請取石保，帝命忠嗣分兵助之；忠嗣奉詔而不盡副延光所欲，蓋以愛土卒之故。延光過期不克。八載，帝使哥舒翰攻石保，拔之，士卒死者數萬，果如忠嗣之言。所以有『邊城流血』等語。」〔註12〕在

〔註8〕 楊倫著：《杜詩鏡詮》註〈兵車行〉云：「玄宗用兵吐蕃而作，是已。」台北市：華正書局。

〔註9〕 宋歐陽修、宋祁編：《新唐書‧睿宗玄宗本紀》卷五，台北：中華書局，民國80年。

〔註10〕 同上註。

〔註11〕 見司馬光著：《資治通鑑》卷二百一十六，臺北市：商務印書館，民國79年6月。

〔註12〕 范祖禹著：《唐鑑》，上海：上海古籍出版社影印，1984。

這樣的時空背景之下，杜甫才能創作出〈兵車行〉，這樣寫實的動人詩篇。在天寶十四年（西元 754）唐國內發生安史之亂，戰爭之禍害己遍及國內外各地，而安史八年亂後，國勢益爲衰頹，民生凋弊。中晚唐起，唐與邊國的戰爭仍未停止，如西方強敵吐蕃，曾於代宗寶應元年（西元 762）陷長安，至使代宗出奔至陝州。又，代宗廣德二年（西元 764）僕固懷恩叛，領兵攻太原，又於永泰元年（西元 765）誘回紇、吐蕃、吐谷渾、党項等數十萬人入寇，幸郭子儀以智取，得到回紇之信任與之聯盟，反攻吐蕃，而使長安得以保全〔註13〕。德宗貞元三年（西元 787）吐蕃利用與唐合盟之際，殺了唐朝使者及兵士，唐大受損傷，於是重與回紇聯盟以抗吐蕃，懿宗時，黃巢作亂，唐已無力對付外侮了。

　　在漢武帝時武帝用兵於匈奴，亦傾舉國之力，毫無保留，初武帝對匈奴僅爲抵禦上的出兵，後在大將李廣、衛青、霍去病三人的努力之下，漢成功的擴大其西方領土，設立了酒泉等郡。但武帝晚年好大喜功，以李廣利爲將，伐大宛，僅爲得汗血寶馬，費時四年，死亡之士卒成千上萬。除北方外，武帝對南越及朝鮮半島等地也都有戰爭，武帝的窮兵黷武，讓詩人們難免與唐代戰爭相連想，不滿及厭惡之情於焉產生了。

（三）初盛唐期的誦帝王之功業詩

　　漢武帝由於帶領了漢走向強盛之境，連帶著在唐詩中多有著歌誦神武一類的詩句出現。而歌誦漢武輝煌功績的詩作，多出現在初盛唐時期，這與唐朝的國運有著很密切的關連性，這類詩歌共有十二首，八首出現在初盛唐，四首出現在中晚唐。歌誦武帝者多半著眼於武帝時的神武功業，創造了漢代強盛的帝國形象，如宋之問〈奉和晦日幸昆明池應制〉「汾歌漢武才，不愁明月盡，自有夜珠來」、

〔註13〕　見司馬光著：《資治通鑑》卷二百一十六，臺北市：商務印書館，民國 79 年 6 月。

張說〈奉和聖製暇日與兄弟同遊興慶宮作應制〉「漢武橫汾日，周王宴鎬年」，王維〈大同殿柱產玉芝龍池上有慶雲神光照殿百官共睹聖恩便賜宴樂敢書即事〉「欲笑周文歌宴鎬，遙輕漢武樂橫汾」，「橫汾」據《漢武故事》，漢武帝嘗巡幸河東郡，在汾水樓船上與群臣宴飲，自作《秋風辭》，中有「泛樓舡兮濟汾河，橫中流兮揚素波」，故「橫汾」有稱頌皇帝才能之意。又如張說〈奉和聖製暇日與兄弟同遊興慶宮作應制〉「周成會西土，漢武幸南都」，王昌齡〈青樓曲二首：一〉「白馬金鞍從武皇，旌旗十萬宿長楊」，都可以看出詩人表現漢武帝武功壯盛，而國勢強大的樣子。由於初盛唐時期，國威遠播，文治武功極一時之盛，因此詩人在歌頌當今皇上時，不能不想到大漢神威時的漢武，故有所指涉。

（四）與帝王相關之女性詩歌

1、漢武帝

漢武帝的皇后妃嬪，據《漢書·外戚列傳》記載有陳皇后、衞皇后子夫、趙之王夫人、中山李夫人，後有尹婕妤、李夫人、鉤弋趙婕妤等人。在歷史中的漢武形象，姑不論其內政或外交上的功業如何，他對其內宮中的后妃們卻是深情重義的，其深情如著名的李夫人事故，武帝因思念而欲召方士以喚其倩影，為其作詩作賦，以悼夫人，《漢書·外戚列傳》：

> 上思念李夫人不已，方士齊人少翁言能致其神。乃夜張燈燭，設帷帳，陳酒肉，而令上居他帳，遙望見好女如李夫人之貌，還幄坐而步。又不得就視，上愈益相思悲感，為作詩曰："是邪，非邪？立而望之，偏何姍姍其來遲！"令樂府諸音家弦歌之。上又自為作賦，以傷悼夫人……〔註14〕

漢武的重義者，如對皇后之親近族人，都能表出加愛之義。如對衛夫人之親族：

〔註14〕 班固著：《漢書·外戚列傳》卷九十五。

> 召其兄衛長君、弟青侍中……衛長君死，乃以青爲將軍，
> 擊匈奴有功，封長平侯。青三子在繦褓中，皆爲列侯。及
> 皇后姊子霍去病亦以軍功爲冠軍侯，至大司馬驃騎將軍。
> 青爲大司馬大將軍。衛氏支屬侯者五人。青還，尚平陽主。
> 〔註15〕

又如李夫人卒

> 上以厚禮葬焉。其後，上以夫人兄李廣利爲貳師將軍，封
> 海西侯，延年爲協律都尉。〔註16〕

這些都能看出武帝是個深情的多情君王。如王渙〈惆悵詩十二首：
二〉

> 李夫人病已經秋，漢武看來不舉頭。得所濃華銷歇盡，楚
> 魂湘血一生休。(《全唐詩》卷六百九十)

由於多情且情深，在濃華銷盡時，縱有帝王的厚愛，然已無力回應，
徒令人感到無比的惆悵罷了。

2、唐皇

　　唐皇與女子情愛最著名的莫過於唐玄宗與楊貴妃的故事，以兩人
愛情故事爲主的詩歌、傳奇、小說、戲曲不在少數。在當時即有白居
易〈長恨歌〉、陳鴻〈長生殿〉聞名一時，二人均以唐明皇與貴妃之
史事爲題，但二人所關切的主題卻不一。不論如何，唐皇與貴妃之情
愛，早已深深烙印在歷代讀者及一般大眾的心中，成爲愛情悲劇故事
的經典。初玄宗寵幸貴妃，恩及家族，《舊唐書‧外戚列傳》：

> 太眞姿質豐豔，善歌舞，通音律，智算過人。每倩盼承迎，
> 動移上意。宮中呼爲“娘子”，禮數實同皇后。有姊三人，
> 皆有才貌，玄宗並封國夫人之號：長曰大姨，封韓國；三
> 姨，封虢國；八姨，封秦國。並承恩澤，出入宮掖，勢傾
> 天下。妃父玄琰，累贈太尉、齊國公；母封涼國夫人；叔
> 玄珪，光祿卿。再從兄銛，鴻臚卿。錡，侍禦史，尚武惠

〔註15〕 班固著：《漢書‧外戚列傳》卷九十五。
〔註16〕 班固著：《漢書‧外戚列傳》卷九十五。

妃女太華公主，以母愛，禮遇過於諸公主，賜甲第，連于
宮禁。韓、虢、秦三夫人與銛、錡等五家，每有請托，府
縣承迎，峻如詔敕，四方賂遺，其門如市。

《長恨歌》中白居易寫唐皇的情深義重的形象爲：

……後宮佳麗三千人，三千寵愛在一身。金屋妝成嬌侍夜，
玉樓宴罷醉和春。姊妹弟兄皆列土，可憐光彩生門戶……
六軍不發無奈何，宛轉蛾眉馬前死。花鈿委地無人收，翠
翹金雀玉搔頭。君王掩面救不得，回看血淚相和流。……
黃埃散漫風蕭索，雲棧縈紆登劍閣。峨嵋山下少人行，旌
旗無光日色薄。蜀江水碧蜀山青，聖主朝朝暮暮情。……
爲感君王展轉思，遂教方士殷勤覓。排空馭氣奔如電，升
天入地求之徧。上窮碧落下黃泉，兩處茫茫皆不見。……
七月七日長生殿，夜半無人私語時。在天願作比翼鳥，在
地願爲連理枝。天長地久有時盡，此恨綿綿無絕期。(《全唐
詩》卷四百三十五)

在詩歌裏唐皇的形象裏是多情浪漫的，它沒張顯玄宗的威赫功績，沒
突顯君王的剛強權力，在詩歌中我們反而看到一個爲愛情所苦的柔弱
君王，一個無法保護自己愛情、權位的帝王。而爲了這場情愛，引發
安史之亂，唐之盛世也因而轉衰，帝王雖有情，歷史與時代卻是無情
的。由於漢武帝的多情形象與唐皇相類，因此漢武帝與唐皇在形象
上，也就有所連通，可相互爲鑒了。如白居易〈新樂府：李夫人　鑒
嬖惑也〉：

漢武帝，初喪李夫人，夫人病時不肯別，死後留得生前恩，
君恩不盡念未已。甘泉殿裏令寫眞，丹青畫出竟何益。不
言不笑愁殺人，又令方士合靈藥。玉釜煎鍊金鑪焚，九華
帳深夜悄悄。反魂香降夫人魂，夫人之魂在何許。香煙引
到焚香處，既來何苦不須臾。縹緲悠揚還滅去，去何速兮
來何遲。是耶非耶兩不知，翠蛾髣髴平生貌。不似昭陽寢
疾時，魂之不來君心苦。魂之來兮君亦悲，背燈隔帳不得
語。安用暫來還見違，傷心不獨漢武帝。自古及今皆若斯，

君不見穆王三日哭。重璧臺前傷盛姬，又不見泰陵一掬淚。
馬嵬坡下念楊妃，縱令妍姿豔質化爲土。此恨長在無銷期，
生亦惑，死亦惑，尤物惑人忘不得，人非木石皆有情，不
如不遇傾城色。(《全唐詩》卷四百二十七)

由於漢武帝在漢代歷史中地位特殊，一方面漢武重視開邊拓土爭戰不
斷，使漢代的文治武功達於極盛。然另一方面漢武卻好神仙之說，求
仙求不死藥不遺餘力，不惜耗費人力物力建宮殿、禮方士，表現出其
強烈的求仙欲望。而另一方面，漢武對待他的后妃又是情深義重的，
對比唐皇實有類似之感。對於如此特殊人物，詩人不免著墨特多，而
二者之間的相似，如同橋樑，如同銅鏡，彼此可以互通，可以爲鑒，
故唐人詠漢武詩作達百首，實在有其時代上的意義。

　　總結漢武帝的一生功過各半，他的各項重大改革振興了國家的經
濟民生；他的開邊拓土，爲中華領土奠下主要基礎；他獨尊儒術，使
儒家精神成爲中國的文化主要內涵。在這些方面，漢武帝誠然功不可
沒；唐詩人們在面對漢武時，同時也注意到漢武的各項功業，因此，
歌頌神武，以漢武爲宗，即是對漢武功業的認同。但在強盛不遜於漢
的唐王朝，詩人們更也不忽略漢王朝的敗亡。因此，他們特別重視漢
武的失敗處，首先是好仙求藥之事跡，在唐王朝也竭力好道求丹之
下，詩人們寫漢武與神仙相關的詩作，在積極方面，希望用詩歌中
「諷」、「諫」的作用，讓唐皇們能由此而有所省悟，而在消極方面，
詩人也對自己生命產生了「歎」、「空」與「悵惘」之感。在漢武帝的
多樣面貌之下，唐人可以諫，可以諷，可以羨，可以鑒。而漢武行事
作風又多與唐皇們相似，因此，唐人喜以漢武帝比喻唐皇，喜以漢武
帝抒其感歎，實在是其來有自。

二、漢高祖、漢文帝與唐代政治其他問題

　　視唐人寫漢高祖、漢文帝的詩作，可以發現唐人關心的幾個焦
點。一是貶官問題；一是懷才不遇的問題。綜觀唐一代政治由初唐至

晚唐，時有政變事件傳出。雖太宗、玄宗年間有著貞觀之治、開元之治的盛世，但由唐代的開放政策，使得朝中有著不安的因子。中唐於是發生憾動國本的安史之亂，造成朝廷與民間動亂的開始。而後朝中無論宦官專擅、軍閥專權、外患頻仍、朋黨之爭，讓唐代政治一直處於不安，最後也結束於這樣的混亂之中，然朝中政治問題一直是衝擊著文人直接的關鍵所在，由此貶官是直接的打擊，懷才不遇是心中的悲怨之情。而造成這些現象有何政治因素：

（一）貶官

1、朋黨傾軋造成貶官：唐代政治上由於朝中時有爭權奪利的事件發生，朋黨傾軋也就不足為奇。如初唐時房遺愛事件〔註17〕，武氏當權時的傾抑異議分子，玄宗時貶抑支持太平公主的黨人，再則中唐時的牛李黨爭，兩黨人士之間的互相排擠，到晚唐藩鎮的專擅朝綱，都讓唐人從政有著不安的因子，而貶官人數也隨之增多。如舉唐德宗年間，元載、劉晏兩黨人士爭得相位的經過，德宗於建中四年（西元 783 年）到貞元五年（西元 789 年），短短六年內便貶十一位宰相〔註18〕，可見因朋黨傾軋造成的貶官情形，實在可觀。

2、宦官亂政造成貶官：唐代宦官專權，一直是唐政治上的亂源之一。如范祖禹認為

> 開元元年七月以高力士為右監門將軍知內侍省事。初，太宗定制，內侍省不置三品官，黃衣廩食守門傳命而已。天后雖女主，宦官不用事。中宗時嬖性猥多，宦官七品以上至千餘人。然衣緋者尚寡。帝在藩邸，力士傾心奉之，及為太子，奏為內給事。至是以誅蕭岑功賞之，是後宦官稍增至三千餘人，除三品將軍者，寖多衣緋紫者千餘人，宦

〔註17〕 參閱孫國棟，《唐宋史論叢》香港：香港龍門書店，1980 年，頁 1 ～16。

〔註18〕 見曾秉常：〈唐代政局與貶官〉，台北：中國文化大學史學研究所，2002 年，頁 40～42。

官之盛自此始。〔註19〕

唐代宦官權力至大，甚至掌握兵權，肅宗時授兵部尚書、兼中書令，代宗時神策軍入駐中央，魚朝恩爲觀軍容使，此後宦官在朝中的勢力愈來愈大。至德宗時一度疏遠宦官，但在張涉、薛邕連以犯贓入罪後，德宗漸不信任文臣，而宦官之勢又再度漸起。後至順宗時王叔文黨的永貞革新，與宦官爭奪朝中大權，時有迭起。後造成二王八司馬的貶官，又憲宗在順宗病危之際，爲宦官俱文珍與杜黃裳、袁滋等所擁立，宦官之勢在唐可見一般。而因宦官而被貶官者，如文宗時宋申錫、李德裕、路隋、李宗閔等人，晚唐昭宗柳璨等人。〔註20〕

（二）未得君主重用

　　唐詩人中，多有著懷才不遇之嘆。而從詩人生平觀之，有幾種情形：1、不爲帝王識而遠放：唐代詩人不論何期，都有不遇的感嘆，而其一則是怨帝王的不識人才之嘆。如初、盛、中唐，詩人多因隙流放或貶謫，例如初唐時的張說、盛唐時李白、杜甫等人。李白雖得見於玄宗，然不爲玄宗重用，只好投身於永王李璘的僚臣，後因李璘叛亂而流放夜郎，至於杜甫不重用於君王，雖有致君堯舜上的忠誠，卻不爲用，而輾轉流徙於湘、蜀之間。其他又如中唐如元稹、白居易等人的謫放，及因王叔和政變而遭貶謫的柳宗元、劉禹錫，都有著未能得遇的感嘆。2、仕途坎坷：中、晚唐詩人中多不遇之嘆，其原因在於中、晚唐詩人，多科舉不順或多居小官或有僚臣的經驗，如孟郊、賈島、劉長卿、李商隱、杜牧、羅隱、胡曾等人。屢試不第者：如賈島、羅隱等。嘗爲僚屬者如：劉長卿、李商隱、杜牧等。位居小官者如：李商隱等人。這些仕途不順的士人，對於皇帝，則不免怨懟。然因中晚唐的政治昏暗，朝中已無正義之士，詩人們詠嘆漢代帝王，也就不免作移情之用而轉爲嘆息了。

〔註19〕范祖禹著：《唐鑑》卷八，上海：上海古籍出版社影印，1984 年，頁 217。
〔註20〕同上註，頁 43～47。

第二節　唐代貶謫地域反映的問題

　　唐代貶謫問題，層出不窮，貶謫對當代士人之生命過程而言是一個重大的挫敗，面對這樣的生命挫折，詩歌中的歷史人物便與現實中的詩人產生共鳴、產生悲憫。唐代的貶官問題，史學研究者曾秉常〈唐代政局與貶官〉，提到日本學者辻正博氏考察《資治通鑑》、兩《唐書》得到貶官人數達 1017 人次〔註21〕，並考察唐人貶官現象之發展發現，唐代不少名臣都有被貶官的經驗，如初唐的李勣、盛唐的張九齡、中晚唐的元稹、韓愈、李宗閔、李德裕等人都有過貶官的過程〔註22〕，在就貶官時期與地域關係表來看〔註23〕，統計出下表〔註24〕：

	高祖～太宗	高宗～玄宗	肅宗～順宗	憲宗～宣宗	懿宗～昭宗	合計
京畿道	2	9	2	6	3	22
關內道	2	9		1		12
都畿道	1	3	2	1	1	8
河南道	1	47	3	9	38	98
河東道		22	3	6	1	32
河北道		23	3	3	5	34
山南東道	1	38	21	41	12	113
山南西道	1	22	15	24	5	67
隴右道	2	4	1			7
淮南道	1	24	3	4	3	35
江南東道		41	26	36	4	107

〔註21〕　辻正博：〈唐代貶官考〉，東方學報，第 63 冊，1993 年，328～390。
〔註22〕　見曾秉常：〈唐代政局與貶官〉，台北：中國文化大學史學研究所，2002 年，頁 1。
〔註23〕　見曾秉常：〈唐代政局與貶官〉，台北：中國文化大學史學研究所，2002 年，頁 94。曾秉常之研究係參考謝元魯〈唐代官吏貶謫流放與赦免〉，從《策府元龜・帝王部・明罰》、《帝王部・寬刑》與《總錄部・譴累》三個部份的統計，再根據《唐代貶官考》及《唐書》《資治通鑑》所載而統計得出。
〔註24〕　為清楚看出貶官與地域之關係，本文加上地域上的合計數。

江南西道	3	47	58	58	14	180
黔東道		23	8	2	8	41
劍南道	1	32	4	9	4	50
嶺南道	4	62	27	60	58	211
總人數	19	406	176	260	156	1017

　　由這張表我們可以看到貶官的高峰時期在於高宗與玄宗之朝，而地點則落在嶺南道江南西道及山南東道，此外再仔細觀之。嶺南道之貶官人數在中晚唐時期居其他各期之冠，這與文學現象相較，也產生了互相映襯的效果。

　　賈誼被貶長沙，詩人行經或流貶此地，往往覩物興悲，發爲篇章。長沙於今爲湖南省長沙市〔註25〕。唐人哀悼賈誼悲苦多與其命運或謫地相關，透過詩人行旅地點的分布，我們可以看出詩人與賈誼在地域上的相關範圍，藉以看出地域與詩人情懷之關係。這對詩人的生平及其創作的了解無疑都是大有裨益的。

一、與賈誼生命歷程直接相關的地點有

（一）「長沙」

　　「長沙」是詩人與賈誼直接連結的重要地點，如劉長卿的〈長沙過賈誼宅〉、戴叔倫〈過賈誼宅〉、〈過賈誼舊居〉，詩中作者直接的寫出對賈誼的哀悼，表現出感傷之意。唐人又在詩句中出現「長沙」二字者爲甚多，如：

　　張說〈岳州別梁六入朝〉「遠莅長沙渚，欣逢賈誼才。」
　　張子容〈永嘉即事寄贛縣袁少府瓘〉「題書報賈誼，此湮似長沙。」
　　王維〈送楊少府貶郴州〉「長沙不久留才子，賈誼何須弔屈平？」
　　杜甫〈入喬口〉「賈生骨已朽，悽惻近長沙。」
　　李益〈送人流貶〉「疇昔長沙事，三年召賈生。」
　　孟浩然〈送王昌齡之嶺南〉「長沙賈誼愁。」

〔註25〕長沙，唐屬江南東道。

劉長卿〈自江西歸至舊任官舍贈袁贊府〉「南方風土勞君問，賈
　　　誼長沙豈不知？」
劉長卿〈送李使君貶連州〉「獨過長沙去，誰堪此路愁。」
劉長卿〈自夏口至鸚鵡洲夕望岳陽寄源中丞〉「賈誼上書憂漢室，
　　　長沙謫去古今憐。」
于鵠〈送遷客二首〉「如今賈誼賦，不漫說長沙。」
白居易〈憶微之傷仲遠〉「可能勝賈誼，猶自滯長沙。」
白居易〈江州赴忠州至江陵已來舟中示舍弟五十韻〉「回眸望兩
　　　京，長沙拋賈誼。」
白居易〈不淮擬〉「多於賈誼長沙苦，小校潘安白髮生。」
白居易〈偶然二首：一〉「漢文明聖賈生賢，謫向長沙堪歎息。」
韓愈〈陪杜侍御遊湘西兩寺獨宿有題一首因獻楊常侍〉「長沙千
　　　里平，勝地猶在險……靜思屈原沈，遠憶賈誼貶……」
張祜〈送李修源〉「昨夜與君思賈誼，長沙猶在洞庭南。」
徐絃〈還過東都留守周公筵上贈座客〉「賈生三載在長沙，故友
　　　相思道路賒。」
李羣玉〈讀賈誼傳〉「卑溼長沙地，空拋出世才。」

　　在這些詩作中，「長沙」一地都與賈誼有著命運上的直接關係，
賈誼貶長沙，詩人在「長沙」二字上附上了賈誼遭憂遠貶的命運，代
表了賈誼「愁」、「苦」、「拋」的困頓，而詩作中「長沙」一地也成了
賈誼愁苦、遠貶命運的象徵了。

（二）「湘」

　　湘是湖南的簡稱，可以指長江附近洞庭湖支流的湘水流域。在唐
人詠賈誼詩作中也多提「湘南」、「湘水」、「沅湘」這些都泛指湖南省
的洞庭湖流域附近。賈誼遭貶長沙之際，曾經湘水而作〈弔屈原賦〉，
因此，詩人對「湘」一地也有著不同意義，如

初唐張九齡〈將至岳陽有懷趙二〉「湘岸多深林，青冥晝結陰。

　　　　　　獨無謝客賞，況復賈生心。……」

張說〈岳州別梁六入朝〉「江樹雲間斷，湘山水上來。」

李白〈巴陵贈賈舍人〉「賈生西望憶京華，湘浦南遷莫怨嗟。」

王維〈送楊少府貶郴州〉「愁看北渚三湘遠，惡說南風五兩輕。」

劉長卿〈自江西歸至舊任官舍贈袁贊府〉「湘路來過迴雁處，江
　　　　城臥聽擣衣時。」

劉長卿〈長沙過賈誼宅〉「漢文有道恩猶薄，湘水無情弔豈知。」

戴叔倫〈過賈誼舊居〉「謾有長書憂漢室，空將哀些弔沉湘。」

白居易〈江州赴忠州至江陵已來舟中示舍弟五十韻〉「……湘川
　　　　雨半晴，日煎紅浪沸……回眸望兩京，長沙拋賈誼……」

白居易〈讀史五首〉「漢文疑賈生，謫置湘之陰」

韓愈〈陪杜侍御遊湘西兩寺獨宿有題一首因獻楊常侍〉「長沙千
　　　　里平，勝地猶在險。」

雍裕之〈聽彈沈湘〉「賈誼投文弔屈平，瑤琴能寫此時情。秋風
　　　　一奏沈湘曲，流水千年作恨聲。」

貫休〈送張拾遺赴施州司戶〉「一言偶未合堯聰，賈生須看湘江
　　　　水。」

吳仁璧〈賈誼〉「誰道恃才輕絳灌，卻將惆悵弔湘川。」

羅隱〈湘南春日懷古〉「洛陽賈誼自無命，少陵杜甫兼有文。」

　　這些詩作中的「湘水」、「湘川」、「湘江」、「湘山水」等，或詩題
中的「湘南」、「湘西」，在詩人的感情之中，賈誼的遠貶之愁在這南
方的江湖之地，只有更加的濃郁了。「水」在詩中有著愈來愈多，有
著源流不盡，有著千年不變的永恆意象。而賈誼弔屈原於湘之濱，唐
詩人重弔賈誼於湘水之畔，這愁緒只有繼續的延續下去了。

二、與詩人生命歷程關係的

　　唐詩人貶謫之地以嶺南道二百一十一人最多，其次為江南西道一
百八十人，而嶺南道的高峰期多在中、晚唐，江南西道的高峰期則多

在初、盛唐，以史爲證，可知唐人貶謫江南之盛；以地爲証，可看出唐人的貶謫遠程；而以詩爲證，卻可看出唐人之貶謫情懷。在詩人行旅地點的分布上，我們可以看出詩人與賈誼在地域上的相關範圍。按地點分布予以分類有：

（一）岳州、岳陽

岳州，治所在巴陵縣，今湖南岳陽市，隋以巴州改名。而岳陽，則在今湖南岳陽市，蓋二地均在湖南省洞庭湖附近，與湘水亦近。詩人經此地感懷賈誼，往往有詩。如：張說〈岳州別梁六入朝〉、張九齡〈將至岳陽有懷趙二〉〔註26〕、李白〈巴陵贈賈舍人〉〔註27〕、杜甫〈入喬口〉〔註28〕、劉長卿〈自夏口至鸚鵡洲夕望岳陽寄源中丞〉〔註29〕、張碧〈秋日登岳陽樓晴望〉。這幾首詩作中，大有詩人自我流落之傷感，亦有爲友人流貶岳州一地不爲君王所用而惋惜，亦或表達勸勉友人之意。「岳州」因近賈誼流貶的長沙，詩人不免因地懷古，因感懷而多所聯想了。

〔註26〕 此詩乃張九齡開元元年奉召入京時作，時趙冬曦坐事流岳州，詩中借「賈生心」比喻趙二，意謂趙二老於荒遠之地，爲其不得展其才而感到惋惜。《新唐書》：「開元初，遷監察御史，坐事流岳州。」，《中原文物》1986年載《趙冬曦墓志》：「除右拾遺、監察御史。以他聯及，放於岳州。歲滿恩召。」見傅璇琮：《全唐詩人名考証》，陝西：陝西人民教育出版社，頁31。

〔註27〕 「巴陵」治所在今湖南岳陽市，晉置。賈舍人，《舊唐書·賈曾傳》：「子至。至天寶末爲中書舍人。」《新唐書·賈至傳》：「（至德中）坐小法貶至岳州司馬，寶慶初召復官。」

〔註28〕 《大清一統志》：入喬口在長沙府九十里處，詩中「賈生骨已朽，悽惻近長沙」，乃在指出詩人杜甫的流落之感。

〔註29〕 源中丞，源休。《舊唐書》：「遷給事中、御史中丞、左庶子。其妻即吏部侍郎王翊女也，因小忿而離。妻族上訴，下御史台驗理，休遷留不答款狀，除名，配流溱州。久之，移岳州。建中初，楊炎執政……遂擢休自流人爲京兆少尹。」見傅璇琮：《全唐詩人名考証》，陝西：陝西人民教育出版社，頁156。

（二）江南道

　　江南道分江南西道與江南東道，指長江流域一帶之地。其相關詩作有王維〈送楊少府貶郴州〉〔註30〕、李白〈經亂離後天恩流夜郎憶舊遊書懷贈江夏韋太守良宰〉〔註31〕、杜甫〈同元使君舂陵行〉〔註32〕、劉長卿〈奉寄婺州李使君舍人〉〔註33〕、劉長卿〈自江西歸至舊任官舍贈袁贊府〉〔註34〕、張南史〈早春書事奉寄中書李舍人〉〔註35〕。

（三）嶺南

　　嶺南，即嶺外、嶺表。亦指五嶺以南地區，相當今廣東、廣西及越南北部一帶之地方。與嶺南相關詩作有如初唐宋之問〈登粵王臺〉〔註36〕、楊炯〈廣溪峽〉〔註37〕、孟浩然〈送王昌齡之嶺南〉〔註38〕、李紳〈逾嶺嶠止荒陬抵高要〉〔註39〕、劉長卿〈送李使君貶連州〉〔註40〕。

〔註30〕　郴州，《舊唐書・地理志》郴州桂陽郡，屬江南西道。

〔註31〕　江夏，唐時江夏郡乃鄂州也，屬江南西道。此詩是李白乾元二年，詩人流夜郎歸至江夏於秋季作。

〔註32〕　舂陵：《舊唐書・地理志》道州江華郡，屬江南西道。《漢書》零陵郡泠道縣，有舂陵鄉。《水經注》都溪水，出舂陵縣北二十里。仰山縣，本泠道縣之舂陵鄉，蓋因舂溪為名矣。漢長沙定王分以為縣，武帝元朔五年，封王仲子買為舂陵節侯。《舊唐書》大曆二年，於道州東南二百二十里，舂陵侯故城北十五里，置大曆縣。

〔註33〕　李使君，即李紓。《唐語林・卷五》「元相載用李紓侍郎知制誥。元敗，……始出為婺州刺史。元載敗在大曆十二年。」《全唐文》卷九一七清畫〈贈李使君書〉即上李紓。婺州，治所在金華縣。今浙江金華縣，隋置，屬江南道。

〔註34〕　江西，全稱江南西道。治所在洪州，今江西南昌市。唐置。

〔註35〕　李舍人指李紓。

〔註36〕　在今廣東廣州市北越秀山上。漢時南越王趙佗建。

〔註37〕　廣溪峽一名瞿塘峽，在今四川奉節縣南長江上。

〔註38〕　嶺南，即嶺外、嶺表。亦指五嶺以南地區，相當今廣東、廣西及越南北部一帶之地方。

〔註39〕　嶺嶠，即五嶺（越城嶺、都龐嶺、萌渚嶺、騎田嶺、大庾嶺的別稱）。在湘、贛與桂、粵等省交界處。

〔註40〕　連州，治所在桂陽縣，今廣東連縣，隋置。

（四）江陵、南陵、金陵

江陵，即今湖北江陵縣；而南陵則指今安徽南陵縣，乃唐代移置，金陵今江蘇，戰國楚築金陵城於今江蘇南京市清涼山上，後人因以金陵作爲今南京市的別稱，此三地分別分布在湖北、安徽及江蘇三個隣省。與江陵、南陵、金陵有關詩作李白〈金陵送張十一再遊東吳〉、白居易〈江州赴忠州至江陵已來舟中示舍弟五十韻〉「……湘川雨半晴，日煎紅浪沸……回眸望兩京，長沙拋賈誼……」、賈島〈送友人之南陵〉、李商隱〈自桂林奉使江陵途中感懷寄獻尚書〉。

（五）淮、淮南、河南

淮，指淮水流域一帶之地。相關詩作如劉長卿〈淮上送梁二恩命追赴上都〉〔註41〕、權德輿〈奉和許閣老酬淮南崔十七端公見寄〉〔註42〕。河南，治所在汴州，今河南開封市，唐方鎮之一，屬河南道。如錢起〈送嚴維尉河南〉

「賈誼」與中國貶謫文化在仕人、文人心中一直是一個互相依存的關係，尚永亮《元和五大詩人與貶謫文學考論》，提到

> 「長沙」作爲貶謫的代名詞幾已是約定俗成，而「賈誼」作爲歷史人物亦作爲貶謫者的特定符號更獲得了極爲普遍的意義……〔註43〕

〔註41〕 淮，淮水，源出今河南南部桐柏山，東流經安徽、江蘇北部入海，在唐爲淮南道。金以後自江蘇淮陽市以下一段爲黃河所奪，淮陽市以上至盱貽縣的一段逐漸滙聚成洪澤湖。上都，唐以長安爲上都，梁二即梁蕭。

〔註42〕 淮南，治所在揚州，今江蘇揚州市，唐方鎮之一。許閣老，許孟容。《舊唐書》「（貞元）十四年，轉兵部郎中。未滿歲，遷給事中，……十九年夏旱，孟容上疏，……以諷論太切，改太常少卿。」故詩云「駁議在黃樞」注云：「德輿建中、興元之間與崔同爲鹽鐵邑大夫從事揚子既濟寺。貞元初德輿受辟於江西廉推，崔又知度支院在焉。」「邑」乃包之訛，包大夫，包佶。《新唐書·李栖筠李廊列傳》卷第七十一：「累官諫議大夫。坐善元載貶嶺南。」（劉）晏秦起爲汴東兩稅使。……崔端公，疑爲崔沆。

〔註43〕 見尚永亮：《元和五大詩人與貶謫文學考論》，台北：文津出版社印

此說固然不錯，但由詩人行經的路線與賈誼遠謫路徑的相關，我們可以看出，詩人在詩作上、路程上與貶謫情感上的範圍。此範圍即以長沙為中心，作放射狀的分布。首先是「長沙」一地，此時提到賈誼者多談長沙地，詩多憐賈誼之謫。次為湘地，「湘水」的意象讓詩人與賈誼「弔」屈原之悲同調。再則擴大到岳陽、岳州一地，此地近長沙、湘水，讓詩人忍不住的聯想賈誼的身世，詩人或是流落此地，或是贈人流貶此地，都不免悲之。繼而擴大到江南道，江南道是唐貶謫人數僅次於嶺南之地，在尤以盛、中唐為多。詩人或勸人安處謫境，或仍作悲調，都不免與賈誼作同一聯想，而與長沙相近的江陵、南陵、金陵亦屬之。繼續遠擴至嶺南一地，嶺南是唐貶謫人數最多地方，而嶺南約在兩廣之境，離長沙一地甚遠，詩作中詩人表達的愁苦之境也勝於其他地方，宋之問「歸心不可見，白髮重相催」、劉長卿「獨過長沙去，誰堪此路愁。秋風散千騎，寒雨泊孤舟」孟浩然「已抱沈痼疾，更貽魑魅憂。數年同筆硯，茲夕間衾裯。意氣今何在，相思望斗牛。」、楊炯「設險猶可存，當無賈生哭。」等詩句，全都顯出，百般的哀怨與深深的悲愁。繼長沙往上擴散到河南一帶，此地的詩作在數量上少於以長沙為中心的詩作，而在唐代貶謫之分布上，此亦是人數較少的一個區域，在詩作的表達上，較為含蓄，多愁而少怨，如劉長卿〈淮上送梁二恩命追赴上都〉

> 賈生年最少，儒行漢庭聞。拜手卷黃紙，迴身謝白雲。故關無去客，春草獨隨君，淼淼長淮水，東西自此分。(《全唐詩》卷一百四十七)

這都能表現出地域與詩人寫作的關係，在詩量上，以長沙為一放射線，愈往中心則詩作愈集中，然在寫作情感上，愈往南方，則愁恨愈濃烈，這表現出唐人在貶謫上的心情，也表現出賈誼在唐人貶謫情感上的依賴度。

行，民國 82 年 1 月，頁 287。

第七章　結　論

　　唐代在中古文明史上是一顆璀璨又耀眼的星星,然而這樣的文明也有著一般文明的通病。由創始到繁盛而敗亡,代表了所有歷朝「生與死」的標準命運、模式。初盛唐的文武盛世、外戚干政,中唐宦官為禍、牛李黨爭,晚唐蕃鎮割據、黃巢之亂,唐代的盛世,讓文學跟著起舞,唐代的衰敗,讓文人跟著感泣、嘆息。文學的繁美,點綴了唐文化,而唐社會文化則帶動了文學的發達,兩者共同造成了唐代之美。如唐的盛世,有了李白浪漫詩風的呈現、王維田園詩歌的展現,安史之亂的發生,有了杜甫寫實社會詩的產生,中唐不安的政治,造就了白居易新樂府諷刺精神的產生,晚唐奢靡腐敗的政治風氣,形成李商隱深意隱喻的華麗詩風。環境影響文學作品,產生不同的文風,這對唐詩而言尤其是如此。由是綜觀唐代詩歌,反映了唐代若干的時代問題,以及唐代個人的生命問題,這些都成了唐詩、唐文學上的重要價值。

　　在唐代史學、地理學十分發達,而在歷朝中漢代是一個唐人崇仰的盛世。在漢唐相關的諸多問題中,唐人選擇了「以漢喻唐」作為抒寫的孔道。借以探討、抒發自我觀感。而隱含的問題則包括整個二百多年的唐朝,更延伸了整個歷史文化的糾葛問題。

一、君臣問題

　　詩人由歷史中「漢高祖與韓信」、「文帝對賈誼」，對君提出懷疑，反映出臣子的不安。也反映出唐代君主與臣子之間的時代問題。唐一代政爭問題頗多。初唐有皇室玄武門之變，盛唐有武后攬權，中唐有太平公主與玄宗皇帝的權利鬥爭，晚唐帝王多昏庸無能，大權旁落於宦官權臣之手。加以朝中外戚專權，宦官的專擅跋扈，牛李黨人的對峙。層層的政治問題使得君王與臣子之間的關係多了更多的不安。在高祖與韓信的問題中，晚唐胡曾所作一系列的詠史詩〈雲夢〉、〈沛宮〉最為代表。另外談論文帝與賈誼之間者，中唐詩人孟郊〈寄張籍〉、劉長卿〈長沙過賈誼宅〉、白居易〈讀史五首：一〉等都可作代表。顯見唐一代的政治不安，使得君王與人臣之間的關係亦顯得脆弱不堪。而眾多的詠人物詩可以看出唐詩人在朝為官的憂慮不安心情了。

二、文人出處問題

　　中國的儒家的出處觀念在於「窮則獨善其身，達則兼善天下」，為臣之道亦在致君堯上，成為一位輔弼的賢臣。然處在唐代的朝政，貶謫問題嚴重的時代，文人不由得思慮起自身的出處問題了。因此詠漢代「商山四皓」、「張良」的詩作甚多，暢談歸隱之詩作甚多。其中心情的轉換，由悲怨轉而成看淡人生。由居處而出世，詩人由詠嘆前人功業如「韓信」、「文翁」，轉而詠「商山四皓」、「張良」。對其「出處」表達肯定與認同之意。如李白〈商山四皓〉、白居易的〈和答詩十首：答四皓廟〉、杜牧〈池州送孟遲先輩〉、許渾〈題四皓廟〉等皆可作代表。而張良在功成之後退居五湖，亦是唐人詠羨的對象。李白〈贈韋祕書子春二首：二〉、〈扶風豪士歌〉這些都是詩人們歌詠的對象與重點。

三、唐代貶謫問題

　　唐代是中國的貶謫高峰之一，貶謫身分上自宰相、刺史、節使

度，下至知名或不知名的詩人。貶謫時間少則一、二年，多則數十年，有的幾年後隨即回京復職如韓愈，有的老死謫地如柳宗元等人。至於貶謫地點多選在唐仍屬蠻荒之地的長江流域，如江南道與劍南道各地。江南道以「長沙」附近最引詩人悲傷情緒，這與漢人物「賈誼」貶長沙之事，有著不可分割的移情之感。也因為如此，詩人貶謫至江南這一地帶，其情緒愈悲，其悲憐愈深，如王維〈送楊少府貶郴州〉、孟浩然〈送王昌齡之嶺南〉、李白〈金陵送張十一再遊東吳〉、杜甫〈久客〉、白居易〈憶微之傷仲遠〉、杜牧〈送薛種遊湖南〉等皆是，故詠「賈誼」詩作高居全漢人物的第一位。而詩作主題多詠賈誼才，歎賈誼不遇，為賈誼感到悲涼。而探討這些作品與詩人的生平足跡，亦可以感到詩人為己感到悲怨之心情。長沙附近的水域如「湘水」、「湘江」也成了為賈誼與自己共感悲傷的橋樑，而水愈多則傷感也就愈深了。另外則是四川一地，蜀地的蠻荒更勝長沙，到蜀地的詩人們，幽怨的情緒更是愈深愈愁，如李商隱〈夜雨寄北〉、薛逢〈題黃花驛〉，這些詩作都可以感受到詩人思歸、悲苦的心情，此地人物如論「司馬相如」、「揚雄」等，詩人總提他們不遇之生平，而四川一地的地理如蜀道之難，劍門之險高，這對詩人亦有著危險、圍困之感，又加以蜀地風情不同於北方，使得詩人難以適應，而悲苦也就更加深刻了，如元稹〈酬樂天微之詩知通州事因成四首〉一詩可以為代表。當代貶謫之地與貶謫詩人，與過去漢人物漢代事跡作了無形的連結。詩人表達的貶謫問題，無論在心境上或在謫地問題上，都有時代的意義了。

四、唐詩人個人生命問題

由初唐至於晚唐，擅長寫作詩歌的詩人多如繁星。詩教「言志」，詩人多在詩歌中表達了他們對生命的詠歎，表現了他們人生的寫照。而透過《全唐詩》，唐詩人對過去漢人物的詠歎評價，我們也可以看出唐代詩人們的人生價值觀與真正的生命理想。而在這些面向上，唐

詩人價值觀點也形成了立體而浮現於詩作之上了。如杜甫寫賈誼、文翁、李廣、馮唐、揚雄、司馬相如、禰衡，則杜甫乃在自況身世，抒己情懷，而他多著重於多「才」之士、「未遇」而遭逢「飄泊」之人、多著墨於「垂老」、「貧病」之況，可見杜甫雖多才華，然一生未遇、飄泊，至於臨老仍垂病的悲苦身世。如李白寫張良、韓信則表現了其欽慕此二人的理想，表達了自己的遠大抱負。如白居易寫四皓、張良則表現了其歸隱之思。又寫文帝則有著詩人對世人勸儆與戒鑒之用意。如劉長卿獨寫賈誼，則見其貶謫之痛。如李商隱寫賈誼、漢武帝多用以比時人時事，在寫作的意義上具時代性，而感受到詩人的用意之深。如羅隱大量寫作許多人物，羅隱在功名路上並不順遂，而詩作中，則表現其看淡古今名利的曠達之思。如杜牧寫作賈誼、四皓，由於杜牧仕途亦順遂，故寫賈誼如同見到知己，寫四皓也可以看到詩人看淡名利歸隱的無奈與理想。如胡曾則以詠史詩為其重要詩作，而其寫作目的如寫高祖，則見其批評與深究之意，在晚唐則見詩人有著喻世警世的重要意義存在了。

　　漢、唐是中國中古時期閃耀輝煌的兩個重要朝代，中國自古以來，常以「漢」、「唐」自稱。漢人物的功業、才華、風範，則是唐人所景仰崇拜的重要對象。我們觀看唐詩中的漢代人物大量入詩，可以感受到兩朝代之間緊密相連的情感關係。觀看詩中漢人物，我們更發現許多唐人欲言的時代問題與價值觀，這些都成了唐時代中重要的意義與價值了。

參考書目

一、專書論著（古籍依時代先後爲序）

（一）古籍

1、漢魏六朝

1. （漢）司馬遷著、瀧川龜太郎注《史記會注考證》，台北：洪氏出版社，民國 75 年 9 月。
2. （漢）班固著、顏師古注《漢書》，北京：中華書局，1962 年。
3. （劉宋）范曄著《舊唐書》，臺北市：臺灣商務印書館，民國 77 年。
4. （晉）常璩著《華陽國志》北京市：中華書局，1985 年。
5. （後晉）劉昫著《舊唐書》，北京：中華書局，1975 年 5 月第一版，1997 年 3 月。

2、唐、五代

1. （清）聖祖御敕編纂《全唐詩》，北京市：中華書局，1999 年 1 月。
2. （唐）歐陽詢、裴矩、陳叔達等著：《藝文類聚》，上海市：中華書局，1965。
3. （唐）范攄著《雲溪友議》，北京市：中華書局，1985 年。
4. （唐）白居易著《白氏長慶集》，《四部叢刊初編集部》，上海：上海商務印書館縮印江南圖書館藏日本活字版。
5. （唐）劉禹錫著《劉禹錫全集》，上海：上海古籍出版社，1999 年 5 月。

6.（唐）韓愈著《韓愈全集》，上海：上海古籍出版社，1997 年 10 月。

7.（唐）柳宗元著、吳文治等校：《柳宗元集》，北京：中華書局，1979年。

3、宋、元、明、清

1.（宋）司馬光等著《資治通鑑》，臺北市：商務印書館，民國 79 年 6 月。

2.（宋）歐陽修、宋祁著《新唐書》，台北市：中華書局，民國 54 年。

3.（宋）王溥著《唐會要》北京市：中華書局，1990 年。

4.（宋）王欽若《冊府元龜》台北：大化書局，1984 年 10 月。

5.（宋）范祖禹著：《唐鑑》，上海：上海古籍出版社，1984。

6.（元）方回著：《瀛奎律隨》，上海：上海古籍出版，1993 年。

7.（明）王嗣奭著《杜臆》，上海：上海古籍出版社，1983 年。

8.（明）高棅《唐詩品彙》，上海：上海古籍出版社，1982 年。

9.（明）鄭賢撰：《史料六編古今人物論》，台北：廣文書局，民國 63 年 6 月。

10.（清）穆彰阿，潘錫恩等纂修《大清一統志》上海市：上海古籍出版社，1995 年。

11.（清）段玉裁《說文解字注》，台北市：黎明文化事業公司，75 年 12 月。

12.（清）沈德潛《唐詩別裁》上海：上海古籍，1979 年。

13.（清）楊倫著《杜詩鏡詮》，台北市：藝文印書館，1978 年。

14.（清）董誥《全唐文》，上海：上海古籍出版社，1993 年。

15.（日）弘法大師原撰、王利器校注《文鏡秘府論校注》，台北市：貫雅出版社，1991 年。

4、唐人詩作箋注

1.（唐）李白著、瞿蛻園等校注：《李白集校注》，台北：里仁書局，70 年 3 月。

2.（唐）杜甫著、（清）仇兆鰲注《杜詩詳注》北京：中華書局，1979 年 10 月。

3.（唐）劉長卿著、楊世明校注：《劉長卿集編年校注》，北京：人民文學出版社，1999 年 9 月。

4.（唐）王維著、（清）趙殿成箋注《王右丞集箋注》，上海：上海古籍出版社，1961 年。

5.（唐）李商隱著、（清）馮浩箋注：《玉谿生詩集箋注》，上海：上海古籍出版社，1979 年。

6.（唐）杜牧著、（清）馮集梧注《樊川詩集注》，上海：中華書局，1962 年 9 月。

7.（唐）杜佑著：《通典》，影印文瀾閣四庫全書本。

（二）近人著作

1. 孫琴安著：《唐詩與政治》，上海：人民出版社，2003 年 7 月。

2. 查屏球著：《史學與唐詩》，北京：商務印書館，2000 年 5 月。

3. 段渝：《攻治結構與文化模式——巴蜀文明研究》，上海：學林出版社，1999 月 12 月。

4. 王立：《心靈的圖景——文學意象的主題史研究》，上海：學林出版社，1999 年 2 月。

5. 陳書良主編：《湖南文學史》，湖南：湖南教育出社出版發行，1998 年。

6. 廖蔚卿：《漢六朝文學論集》台北：大安出版社，1997 年。

7. 施蟄存：《唐詩百話》，上海：華東師範大學出版社，1996 年。

8. 傅璇琮《全唐詩人名考証》，陝西：陝西人民教育出版社，1996 年 8 月。

9. 周先民：《司馬遷的史傳文學世界》，台北：文津出版社，1995 年 10 月。

10. 王立《中國古代十大主題——原型與流變》台北：文史哲出版社，1994 年。

11. 尚永亮著《元和五大詩人與貶謫文學考論》，台北：文津出版社，1993 年 2 月。

12. 儲大泓：《唐代詠史詩選註》，西安：陝西人民出版社，1990 年。

13. 古遠清著《詩歌分類學》，湖北省：中國地質大學出版社，1989 年 6 月。

14. 毛炳漢：《杜甫湖南詩新詩的總編次》，載《文學遺產》增刊十八輯，1987 年。

15. 降大任選注、張仁健賞析《詠史詩註析》，太原市：人民出版社，1985。

16. 張翅翔、歸秀文《湖南風物志》，湖南：湖南人民出版社，1985 年 8 月。

17. 孫國棟《唐宋史論叢》，香港：香港龍門書店，1980 年。

18. 劉若愚著，杜國清譯：《中國詩學》，台北：幼獅文化公司，1977 年。

19. 陸侃如：《中國詩史》，出版地不詳、出版年代不詳。

二、論文

（一）學位論文

1. 何享憫：〈白居易詩歌之歷史人物形象探討〉，玄奘大學中國文學所碩士論文，93 年 6 月。

2. 周宜梅《杜牧詠史詩研究》，國立臺灣師範大學碩士論文，民國 93 年。

3. 李映瑾《全唐詩宮廷婦女形象研究》，國立中正大學中國文學碩士論文，民國 92 年。

4. 賴玉樹《晚唐五代詠史詩之美學意識》，中國文化大學中國文學研究所博士論文，民國 92 年。

5. 曾秉常《唐代政局與貶官》，中國文化大學史學研究所碩士論文，民國 91 年。

6. 向懿柔《唐代詠史絕句研究》，國立清華大學中國文學系碩士論文，民國 90 年。

7. 李宜涯《晚唐詠史詩研究》，中國文化大學中國文學研究所博士論文，民國 90 年。

8. 徐亞萍《唐代詠史詩與中國傳統士文化關係之研究》，高雄師範大學國文學系博士論文，民國 88 年。

9. 潘志宏《晚唐三家詠史詩研究》，清華大學中國文學研究所碩士論文，民國 82 年。

（二）期刊論文

1. 尚永亮〈遷客離憂楚地顏——略說貶謫文學與荊湘地域之關係及其特點〉：《湛江海洋大學學報》，第 2 期，2003 年。

2. 凌朝棟：〈試論唐詩用典的宗漢意識〉，《渭南師範學院學報》第 17 卷第六期，2002 年 11 月。

3. 梁德林：〈古代詩歌中的山意象〉，《廣西師院學報哲學社會科學版》23 卷第 3 期，2002 年 7 月。

4. 賴玉樹：〈唐宋詠史詩中的賈誼〉，《中央人文學誌》第一卷第三期，民國 91 年 9 月。

5. 田耕宇〈論晚唐懷古詩終極關懷的形成及審美表現〉，《陝西師範大

學學報》，29 卷第 4 期，2000 年 12 月。

6. 林明珠：〈劉禹錫懷古詩兩種構象方式之探討〉，《花蓮師院學報》13 期，民國 90 年 10 月。

7. 鄭正平〈淺論唐代懷古詩不同時期的主題傾向〉，《浙江師大學報》25 卷，第 4 期，2000 年。

8. 蕭淑貞：〈杜甫「詠懷古跡五首」之懷古心理美學探究〉，《中國古典文學研究》，4 期，民國 89 年 12 月。

9. 侯迺慧〈唐代懷古詩研究〉，《中國古典文學研究》，第 3 期，89 年 6 月。

10. 謝明陽〈許渾懷古詩試說〉，《中國文化月刊》，88 年 7 月。

11. 張晶〈中晚唐懷古詩的審美時空〉，《北方論叢》，第 4 期，1998 年。

12. 胡大雷：〈詠史：個體抒情在時間上的擴張——中古詠史詩抒情分析〉，《廣西師範大學學報哲學社會科學版》，第 33 卷，第 1 期，1997 年 3 月。

13. 盧清青：〈淺談李商隱的詠史詩〉，《華夏學報》35 期，民國 89 年 12 月。

14. 楊靜芬：〈杜牧詠史詩析論〉，《興大研究生論文集》3 期，民國 87 年 7 月。

15. 楊玉成：〈詩與史：論古詩中的三良主題〉，《中華學苑》49 期，民國 86 年 1 月。

16. 侯迺慧〈從山林天籟、遊湖娛樂到悲歌懷古——西湖題詠詩在唐宋元時間發展的三個階段〉，《國立中央大學人文學報》，14 期，民國 85 年 12 月。

17. 劉向仁：〈「文華秀麗集」中詠史懷古詩初探〉，《德育學報》10 期，民國 83 年 10 月。

18. 辻正博〈唐代貶官考〉，《東方學報》，第 63 冊，1993。

19. 王紅：〈試論晚唐詠史詩的悲劇審美特徵〉，《陝西師範大學學報哲學社會科學版》，1989 年第 3 期。